CLARA ALVES
CONECTADAS

O selo jovem da Companhia das Letras

Copyright © 2019 by Clara Alves

O selo Seguinte pertence à Editora Schwarcz S.A.

As citações originais utilizadas nesta edição foram retiradas de *Orgulho e preconceito*, de Jane Austen (Trad. de Alexandre Barbosa de Souza. São Paulo: Penguin Classics Companhia das Letras, 2011).

Grafia atualizada segundo o Acordo Ortográfico da Língua Portuguesa de 1990, que entrou em vigor no Brasil em 2009.

CAPA E ILUSTRAÇÃO DE CAPA Giovana Medeiros
ÍCONES DO MIOLO sachin modgekar/ Noun Project (avatares)
Luiz Carvalho/ Noun Project (emoticons)
PREPARAÇÃO Sofia Soter
REVISÃO Adriana Moreira Pedro e Adriana Bairrada

Dados Internacionais de Catalogação na Publicação (CIP)
(Câmara Brasileira do Livro, SP, Brasil)

Alves, Clara
Conectadas / Clara Alves. — 1ª ed. — São Paulo : Seguinte, 2019.

ISBN 978-85-5534-089-5

1. Ficção – Literatura juvenil I. Título.

19-27075   CDD-028.5

Índice para catálogo sistemático:
1. Ficção : Literatura juvenil 028.5
Iolanda Rodrigues Biode — Bibliotecária — CRB - 8/10014

11ª reimpressão

[2022]
Todos os direitos desta edição reservados à
EDITORA SCHWARCZ S.A.
Rua Bandeira Paulista, 702, cj. 32
04532-002 — São Paulo — SP
Telefone: (11) 3707-3500
www.seguinte.com.br
contato@seguinte.com.br

/editoraseguinte
@editoraseguinte
Editora Seguinte
editoraseguinteoficial

À minha mãe,
por todo o apoio incondicional que você sempre me deu!

Prólogo

RAÍSSA

Tudo começou quando eu tinha catorze anos.

Foi nessa idade que aprendi uma lição importante, que mudaria a minha vida para sempre: meninos são idiotas.

Sei que estou generalizando, mas, para a Raíssa de três anos atrás, essa constatação foi como ter passado a vida com uma TV analógica e, de repente, descobrir que existe um mundo cheio de televisões Full HD. A Raíssa de catorze anos passou a ver o mundo em alta definição.

Não que eu tivesse total consciência disso na época.

Era uma tarde cinzenta, às vésperas do primeiro dia do emprego novo do meu pai. Antes, ele trabalhava oferecendo consultoria de TI e tinha uns horários meio loucos e imprevisíveis, mas agora seria um homem de rotina e passaria a maior parte do tempo fora de casa. Não sei se ele estava muito feliz com isso, mas, como dizia, "o dinheiro precisava continuar entrando".

No último dia de liberdade, meu pai me chamou em seu escritório. Assim que apareci na porta, o encontrei com um olhar sério, sentado à escrivaninha, um móvel todo planejado de madeira rústica e que parecia passar mais tempo com ele do que a própria família.

— Acho que está na hora de termos aquela conversa — ele falou com seriedade enquanto fazia um gesto para eu me aproximar.

À sua frente estava a parafernália tecnológica que tanto idolatrava. O computador todo montado, peça por peça, com duas telas enormes e um teclado que brilhava. Meu pai era obcecado com isso e eu, como boa filha, era obcecada pela oportunidade de usar seu computador.

O que, infelizmente, nunca tive permissão para fazer.

Então, quando ele levantou e me colocou na cadeira acolchoada, senti que algo importante estava por vir.

— Acho que você já tem idade suficiente para entender a responsabilidade que é usar esse computador.

Em seguida, criou uma conta em meu nome e disse que eu poderia jogar ali quando ele estivesse trabalhando. Obviamente, não deixou de fazer um longo discurso sobre todos os cuidados que eu deveria ter com o seu precioso e me proibiu de entrar na sua conta e logar nos jogos mais violentos de que ele gostava.

E então abriu um programa.

Era um jogo recém-lançado da Nevasca Studios, uma das produtoras de games mais importantes do Brasil. Eu estava perturbando meu pai para me deixar jogar fazia tempo. E agora... estava finalmente acontecendo.

Meus olhos brilharam de emoção. Eu era cria do meu pai, afinal, então já passava a maior parte do meu tempo com joguinhos on-line, mas Feéricos era outro nível. Era um MMORPG, o que significava que pessoas do país inteiro podiam jogar juntas e interagir, cada uma interpretando um personagem.

Perdi horas montando meu avatar — uma fada de longos cabelos trançados, com um vestido maravilhoso de contas que escondia os mais diversos apetrechos de que precisaria para lutar. Perdi dias explorando o mapa do jogo, fazendo as missões que podia terminar sozinha, apreciando o gráfico. Até que começaram a surgir as missões difíceis, aquelas que eu precisaria da ajuda de outros jogadores para completar.

Foi aí que descobri o machismo do mundo dos games.

Nessa época, aprendi que esse universo podia te acolher como nenhum outro, mas também podia te massacrar num piscar de olhos.

— Ô, pai! — berrei, correndo até a sala onde ele e minha mãe estavam sentados.

Os dois pararam no meio do caminho de um beijo e me encararam, assustados.

— O que foi, Raíssa? Aconteceu alguma coisa com o computador? — Os olhos do meu pai se arregalaram antes de ele receber um empurrão de leve da minha mãe.

Eu estava tão chateada que não pude evitar revirar os olhos.

— *Aconteceu alguma coisa com o computador?* — eu o imitei, sarcástica, o tom de voz praticamente idêntico ao seu. Levei as mãos à cabeça, uma mania que meu pai tinha quando estava desesperado. — *Ai, meu Deus! Meu precioso não!*

Minha mãe tentou conter a risada, mas o som escapou por entre seus lábios, atraindo o olhar carrancudo do meu pai.

— Tá bom, desculpa, já entendi o recado — disse ele, bufando irritado.

Desde criança sou muito boa em atuar. Minha habilidade em interpretar papéis acabou me levando a gostar muito de fazer cosplay, algo que meu pai, engenheiro de software, viciado em games e dublador frustrado, sempre apoiou muito. Mesmo quando o alvo das imitações era ele.

— Mas o que aconteceu, meu amor? — minha mãe perguntou, com um tom de voz mais calmo.

— Ninguém quer jogar comigo! Os meninos são uns idiotas!

Na época, nem registrei a expressão de culpa do meu pai, que já devia ter feito o mesmo com outras jogadoras.

— Ah, meu amor. Os meninos são mesmo uns idiotas — minha mãe disse, me puxando para um abraço. — Mas não precisa chorar por isso. Você vai mostrar o seu valor, tenho certeza. Nós acreditamos na sua capacidade. Agora, vamos parar e analisar: o que você pode fazer para mudar isso?

Minha mãe era pedagoga e trabalhava com crianças. Ela tinha muito jeito para a coisa. Na mesma hora, o choro cessou e uma luzinha se acendeu em minha mente.

— Valeu, mãe, você é demais! — Abracei seu pescoço e dei um beijo na sua bochecha antes de sair correndo de volta para o escritório.

Então refiz minha conta e criei um novo avatar e uma nova identidade.

[21/04 15:21] **aylastorm**: Alô, alguém por aí?

[21/04 15:21] **aylastorm**: Preciso de uma mãozinha numa missão aqui, se alguém puder ajudar

[21/04 15:22] **smbdouthere**: Oi! Posso ajudar

[21/04 15:22] **smbdouthere**: Me invita aí!

[21/04 15:22] **aylastorm**: Invita?

[21/04 15:23] **smbdouthere**: Convida kk você é nova no jogo?

[21/04 15:23] **aylastorm**: Sim! Desculpa, to aprendendo ainda as gírias

[21/04 15:24] **smbdouthere**: Relaxa haha logo você aprende

[21/04 15:53] **aylastorm**: Muito obrigada! De verdade!

[21/04 15:53] **aylastorm**: Tava difícil encontrar alguém por aqui pra me ajudar

[21/04 15:54] **smbdouthere**: Sério? Quer me adicionar? To sempre por aqui

[21/04 15:54] **aylastorm**: Jura? Seria o máximo, valeuuu

<<< **aylastorm** enviou um convite de amizade >>>
< Aceitar > < Recusar >

<<< Você e **aylastorm** agora estão conectados >>>

1

RAÍSSA

— Ainda não atualizou aí, né? — perguntei, ansiosa, pelo que devia ser a milésima vez.

— Ainda não, garota — respondeu o Leo, meu melhor amigo, com a voz entediada. — Faltam duas horas.

Era incompreensível para mim como ele podia parecer tão desanimado às vésperas do lançamento da expansão de Feéricos. Tudo bem que o Leo não era tão fã do jogo, mas mesmo assim! A ansiedade estava me deixando elétrica, e eu não conseguia parar quieta. Talvez também tivesse a ver com as duas canecas cheias de café que tinha tomado.

O lançamento oficial ia acontecer exatamente à meia-noite. Era quarta-feira, então precisei me entupir de cafeína para me manter acordada. Eu levantava às seis todo dia para ir à escola e precisava de, no mínimo, sete horas de sono para funcionar bem. Estaria ferrada amanhã, disso já tinha plena consciência, mas era o preço a se pagar para explorar a atualização do jogo em primeira mão. E eu estava *muito* disposta a pagar.

Não seria a primeira vez.

— Eu sei, mas vai que dá um bug e você acaba tendo acesso à expansão antes de mim de novo? — perguntei, carrancuda, enquanto monstros alados apareciam em meu campo de visão e eu dava cliques frenéticos no mouse e toques desesperados no teclado para meu elfo de pele negra e armadura brilhante começar a atacar.

Leo bufou do outro lado.

— Se isso acontecer vou te avisar.

Esse garoto era um insensível.

— Sei. — Um silêncio recaiu na linha, mas eu ainda podia ouvir o barulho incessante do teclado do Leo. — Atualizou?

— Tchau, Raíssa!

— Não, Leo, espera a... — Mas ele já tinha desligado.

Deixei minha cabeça pender para a frente, frustrada.

Eu sabia que estava sendo um pé no saco, mas a última atualização de Feéricos tinha sido uma confusão. Um problema técnico fez com que a expansão fosse liberada para alguns jogadores antes da hora, e o Leo tinha sido um dos filhos da mãe sortudos. Isso porque ele nem jogava Feéricos tanto assim! Não demorou muito até o pessoal da Nevasca Studios corrigir o erro e desativar o acesso, mas aí a merda já tinha sido feita, e eu tive que ouvir o Leo se gabar daquilo por meses. Agora ele estava fingindo indiferença, mas na época fazia questão de esfregar na minha cara em toda oportunidade que tivesse.

E olha, se vamos ser justos, o Leo só conhecia os jogos da Nevasca por *minha* causa. Eu que o apresentei àquele universo e foi assim que se viciou em Ataque das Máquinas, outro game da produtora. Ele devia me agradecer, isso sim.

Na falta de companhia, continuei algumas quests até ficar entediada. Um dos maiores problemas de mentir sobre a minha identidade é que havia poucas pessoas com quem pudesse conversar sobre o jogo, exceto os próprios jogadores — de quem eu não era lá muito próxima. Só o Leo sabia da história completa e era o único amigo de verdade com que eu podia falar sobre *tudo*. Além disso, nada no jogo parecia tão empolgante quanto a perspectiva da nova expansão. Por isso, minimizei o programa e abri o YouTube para rever as prévias que a Nevasca tinha lançado.

Abri o vídeo de Brianna Van Brummer, uma das personagens principais daquela expansão, uma fada vingativa cuja família inteira tinha sido morta por humanos, e o revi umas cinco vezes, reproduzindo as falas já gravadas na minha mente e imitando sua voz e seus trejeitos. Eu ficava maravilhada com todos os personagens e prévias de Feéricos, mas as personagens femininas incompreendidas eram as que mais admirava. Talvez fosse justamente por me sentir como elas, menosprezadas pelos jogadores quando suas histórias eram obviamente as mais interessantes.

Estava prestes a colocar a cantiga feérica que tinham lançado no dia anterior quando uma ligação do Skype apareceu de repente na tela. O nome da Ayla quase gritou comigo na notificação, e meu estômago deu uma cambalhota.

Era sempre assim quando recebia uma chamada dela: tinha a mesma sensação de quando estava prestes a andar de avião. Não que eu já tivesse andado de avião muitas vezes. Da última vez, quando fomos visitar minha avó em Brasília, descobri que tinha desenvolvido pânico de voar. Fiquei tensa durante vários dias antes da viagem, a ponto de quase vomitar e desistir de tudo. Quando entrei no avião, pensei que ia morrer. Segui o voo inteiro agarrada à mão da minha mãe, suando frio, tremendo mais e mais a cada solavanco que a aeronave dava. Quando aterrissamos, minhas pernas ainda estavam bambas, mas não importava mais, porque eu tinha chegado e estava feliz em rever minha avó e toda a minha família, e o nervosismo ficara para trás.

Era exatamente desse jeito que eu me sentia quando falava com a Ayla.

Toda vez que ela me ligava no Skype, eu quase tinha um treco. Mas depois que atendia e começávamos a conversar, a sensação ruim passava. Sabe quando você está tão ansiosa e animada para uma viagem que enfrenta todos os obstáculos para chegar até lá?

Ayla era o destino da viagem pela qual eu mais ansiava.

O que só tornava tudo o que eu estava fazendo ainda pior.

Respirei fundo, me preparando, e atendi a chamada.

— Fala aí — eu disse, engrossando a voz.

Quando comecei a jogar dizendo que era um menino, já tinha planejado criar uma personalidade. Ou melhor, sabia exatamente a pessoa que ia imitar. Não seria burra de me fingir de homem sem realmente ter como fingir. Depois de muito refletir, acabei decidindo que o melhor a fazer era me passar por alguém conhecido. Se um dia eu precisasse mostrar a cara, era bom ter uma saída para isso.

Foi aí que o Leo entrou.

Na época a ideia me pareceu genial.

— Oi! — A voz da Ayla soou empolgada. Não tinha como eu saber, mas gostava de imaginar que ela só ficava tão animada assim quando falava comigo. — Não me diga que você tá aqui de tocaia desde que chegou em casa...

— Então não digo.

Ayla gargalhou, e eu me perdi um segundo, encantada com o som. Às vezes, quando eu me desligava da realidade para apreciar momentos como esse, conseguia esquecer, pelo menos por um instante, a culpa guardada em algum canto obscuro dentro de mim.

Eu sabia que o que estava fazendo era horrível, mas não podia evitar. As coisas meio que tinham saído do controle.

Quando conheci a Ayla, não estava *planejando* enganá-la. Quer dizer, não mais do que eu já fazia com todo mundo. Justamente por ter que mentir sobre a minha identidade, sempre evitei desenvolver amizade com outros jogadores. Eles eram meus companheiros de jogatina, como eu gostava de chamar. A gente conversava por Skype, em chamadas em grupo, com muita frequência, mas eu não sabia nada sobre eles.

A Ayla chegou chutando essa porta que eu mantinha muito bem trancada.

De início, confesso que só aceitei ajudá-la porque entendia bem o que estava passando. Na verdade, ela não foi a primeira nem seria a última garota para quem eu tentaria mostrar que existiam pessoas legais no mundo dos games. Até mesmo meninos — o que eu só fui descobrir mais tarde, fingindo que era uma justiceira feminista do mundo geek.

Eu achava que era meu dever ajudá-la.

Só que as coisas foram diferentes com a Ayla.

— Desculpa não ter respondido sua mensagem mais cedo, tive que ajudar minha mãe na igreja, e ela fica no meu pé quando mexo no celular.

Quase podia vê-la revirar os olhos. Ayla dizia que, se sua mãe não a forçasse a frequentar a igreja toda semana, ela talvez até simpatizasse com o catolicismo. Por isso, ter outra religião era quase uma forma de protesto silencioso para ela. Apesar de ter começado como birra, no fim ela se encontrou no budismo. Não que isso impedisse a mãe de continuar obrigando-a a assistir às missas de quarta e domingo.

— Mas adorei a cara do Gandalf, imagino que ele esteja ansioso para o lançamento da expansão.

Deixei escapar uma risada, me lembrando da imagem que tinha mandado para ela. Gandalf, meu gato, sempre saía assustado na frente das câmeras, então eu vivia tirando fotos engraçadas dele. Dessa vez, eu o tinha fotografado com uma imagem do jogo para demonstrar minha ansiedade para Ayla.

Já fazia alguns meses que nós duas andávamos conversando por mensagem. Inventei para minha mãe que uma parente do Leo tinha sido furtada e precisava de um aparelho para quebrar o galho enquanto não podia comprar um novo. Minha mãe foi muito solícita e doou um celular velho na maior boa vontade, que passei a usar para me comunicar com Ayla. Toda vez que eu tinha que deliberadamente fazer qualquer coisa para enganá-la, me sentia um lixo. E ainda tive que mentir para minha mãe também, o que piorava tudo.

Sabe quando as coisas vão virando uma bola de neve e você não tem chance de voltar atrás?

Foi num momento assim que eu tive que contar toda a verdade para o Leo e implorar sua ajuda. Afinal, era ele quem eu fingia ser. Ayla insistia para fazermos uma chamada de vídeo e eu já tinha esgotado minhas desculpas plausíveis. Então precisei recorrer a ele.

O Leo não ficou muito contente, mas no fim aceitou.

Ele era meu melhor amigo desde o fundamental, e nós dois éramos os esquisitos da turma. Ninguém enfiava nossa cabeça na privada nem prendia a gente no armário da escola, como acontece nos filmes americanos (nossa escola nem tinha armário), mas sempre acabávamos sobrando quando tinha trabalho em grupo. Apesar de termos personalidades bem diferentes, a cada dupla que formávamos eu percebia o quanto tínhamos em comum. Ele podia ser um pouquinho pé no saco às vezes, mas, assim como eu, também se sentia diferente do pessoal da escola.

Enquanto o resto dos meninos só queria falar de sexo (só falar mesmo, porque nessa idade o que eles mais adoravam era se gabar do que nunca tinham feito), o Leo queria debater livros comigo. Ou ver filmes de terror. Ou jogar. Ou fazer qualquer outra coisa que não envolvesse falar de sexo, de preferência. E, bem, todo mundo que conhece adolescentes em plena puberdade sabe que pessoas fora do padrão não costumam ser muito bem aceitas pelos coleguinhas de turma.

Ainda mais se você for um menino que não liga para sexo.

No meu caso, eu sentia que não me encaixava por outro motivo. Enquanto as outras meninas do fundamental conversavam sobre os garotos de quem gostavam, eu secretamente ficava babando pela beleza da Priscila Pena, do sétimo ano B, ou admirando as curvas da Lena Fernandes, do ensino médio.

E agora estava apaixonada por uma menina que acha que sou um menino.

[22/04 13:02] **aylastorm**: Alô, alguém por aí?

[22/04 13:02] **aylastorm**: Será que posso te perturbar de novo?

[22/04 13:10] **smbdouthere**: Claro!

[22/04 13:10] **smbdouthere**: Os duendes sangrentos tão te dando trabalho aí?

[22/04 13:12] **aylastorm**: Nossa, muito!

[22/04 13:12] **aylastorm**: Tô quase desistindo desse jogo

[22/04 13:15] **smbdouthere**: Nãããão

[22/04 13:15] **smbdouthere**: Não faça isso!

[22/04 13:15] **smbdouthere**: Vc vai se arrepender pelo resto da sua vida

[22/04 13:16] **smbdouthere**: Tudo bem, vou te ensinar minhas técnicas

[22/04 13:16] **smbdouthere**: Mas não conta pra ninguém o meu segredo

[22/04 13:16] **aylastorm**: Sou um túmulo, prometo!

2

AYLA

— Como foi seu dia? — perguntei ao Leo enquanto mordia um hambúrguer de grão-de-bico.

Aquela era uma das únicas coisas que me impedia de me revoltar contra as idas à igreja, toda quarta e domingo. Sempre que voltávamos de lá, minha mãe me deixava comprar um sanduíche na hamburgueria da esquina. O que era muito feio da parte dela — nós duas sabíamos que era um suborno, e dos grandes. Mas, por enquanto, eu estava feliz em ser subornada.

— Foi tenso. Não conseguia prestar atenção em nada. Meu professor de biologia chegou até a me chamar no fim da aula pra perguntar se tava tudo bem.

— Ah, é um CDF mesmo — provoquei, porque sabia que ele odiava ser chamado assim. Como se fosse ruim ser inteligente! — Meus professores nem prestam atenção em como eu tô.

— Não, mas seus súditos devem prestar — rebateu, com a língua afiada, me fazendo soltar uma risada. Um ronco escapou da minha garganta antes que eu tivesse tempo de suprimi-lo. Meu primeiro impulso foi de cessar a risada e pedir desculpas, mas relaxei. Já tínhamos passado por isso, o Leo e eu.

A primeira vez que aconteceu, ele não disse nada. Na segunda, também não. Mas na terceira, não aguentou.

— Se você tiver que pedir desculpas toda vez que ri, vou ser obrigado a retirar qualquer coisa minimamente engraçada das nossas conversas.

— Ai, desculpa — pedi mais uma vez, por força do hábito. — É que todo mundo me zoa por causa dessa risada, então acabei pegando o hábito.

— As pessoas são idiotas — resmungou, chateado.

A voz dele ficava engraçada quando dizia alguma coisa fofa. O Leo costumava falar meio pausadamente e tinha um tom suave, mas quando estava com vergonha sua voz afinava um pouco e ele acelerava o discurso.

— A sua risada é uma graça, dá vontade de rir junto — ele continuou, num tom meio agudo.

Era por esse tipo de coisa que eu tinha me apaixonado por ele.

O que era insano, considerando que nunca tínhamos nos encontrado pessoalmente.

Leo e eu nos conhecemos alguns meses antes, quando decidi começar a jogar Feéricos. Eu estava arrasada naquele dia, com raiva dos meus pais, e precisava de alguma coisa — qualquer coisa — para me distrair, para evitar que eu descontasse tudo na comida, algo que, até então, eu fazia mais do que gostaria de admitir.

Na época, já tinha instalado Feéricos no computador, mas estava cansada de tentar jogar porque toda vez tinha muita dificuldade de me juntar a qualquer grupo para cumprir missões. Quando os caras não estavam me ignorando por ser mulher, estavam dando em cima de mim por eu ser mulher e *gamer*.

Era nojento e frustrante.

Aí o Leo apareceu.

— Leo, daqui a pouco você vai ter um problema sério de saúde por deixar o jogo te afetar tanto — reclamei, preocupada, depois de enfiar o último pedaço de hambúrguer na boca. — Isso sem contar o tempo que você passa sentado na frente desse computador.

O Leo era provavelmente a pessoa mais viciada que eu já tinha conhecido. Não sei se isso devia me dizer alguma coisa sobre sua personalidade, mas, enquanto ele estivesse ali e continuasse conversando comigo, eu não iria me incomodar — a não ser que afetasse sua saúde, claro. O meu maior medo era que o Leo superasse o jogo e começasse a se distanciar para viver a vida off-line.

Poucas pessoas conseguiam me deixar tão à vontade quanto ele. Talvez o motivo fosse justamente a nossa relação virtual: o Leo gostou de mim antes de conhecer minha aparência, e vice-versa. Num mundo onde a aparência parecia ser a primeira coisa que todo mundo reparava, conviver com ele era revigorante.

— Ei! Você tá julgando mal a minha rotina de exercícios. Quer dizer, eu malho muito os braços, poxa.

Arfei, dividida entre o susto e o riso com aquela declaração. Leo não costumava falar muita sacanagem, então era óbvio que não tinha dito aquilo no mau sentido. O que só deixava tudo ainda mais engraçado.

— Não, não, eu... — ele começou a tentar se justificar.

Mas não o deixei falar.

— Ai, que nojo! Não preciso ficar sabendo desses detalhes sórdidos da sua vida pessoal. — Adorava ouvi-lo com vergonha. Para falar a verdade, eu provavelmente era a tarada da relação, porque falava muito mais besteira do que ele. — Espero que não fique *malhando o braço* com a minha foto aberta aí!

— Não! Eu quis dizer com o mouse e o teclado e a comida — apressou-se em dizer, a voz cada vez mais aguda, a respiração quase ofegante.

— Sei — falei, séria, soltando uma baforada pelo nariz. Mas não aguentei e deixei escapar uma risada.

— É verdade, tá? — Ele parecia mais calmo agora ao perceber que eu estava brincando. — Eu estava...

De repente, um barulho alto irrompeu pelo fone e alguém gritou:

— Raíssa! — Antes de o áudio ficar mudo.

Suspirei.

Raíssa era a irmã do Leo, e de vez em quando podia ouvir a mãe deles brigando com ela. Acho que ele sentia vergonha dos sermões, porque sempre desligava a ligação nesses momentos.

Girei na cadeira enquanto esperava seu retorno e olhei ao redor do quarto. Havia uma pilha desalinhada de livros ao lado da cama, que ficava colada numa parede num tom de rosa-choque horrível. Meu armário, do outro lado, tinha cara de armário de vó. Na parede entre as duas, uma janela pequena arejava o quarto e tinha vista para um parque malcuidado. A minha escrivaninha, que ficava no extremo oposto do cômodo estreito e comprido, era branca, básica, e tinha sido decorada com objetos que eu mesma comprei em brechós com o que juntei do dinheiro que recebia dos meus pais para lanches e saídas. A parede atrás dela estava lotada de pequenos pôsteres de filmes da década de 90 que eu amava, de *As patricinhas de Beverly Hills* até *O rei leão*. Era a única parte do quarto de que eu gostava. Também, pudera, foi a única que minha mãe me deixou decorar depois de muito espernear.

Era engraçado, às vezes, quando eu parava para pensar em como eu era submissa à minha mãe, apesar de ser independente até demais em todo o restante. Mas, bem, ela era a minha mãe, e eu não podia simplesmente ficar batendo de frente. Não se eu não quisesse ficar de castigo, sem hambúrguer de grão-de-bico e com horário dobrado na igreja.

Dona Inês sabia bem como me manter na linha.

Mas não era apenas isso. Depois de tudo que tinha acontecido no ano anterior, eu não podia ser mais um peso nas costas da minha mãe. Mesmo quando eu queria *muito* dar uma resposta atravessada a ela, me segurava. Respirava fundo. E deixava para lá.

Talvez por isso sair da linha fosse um dos meus passatempos favoritos quando estava longe de casa.

Mas agora eu tinha o Leo e Feéricos. Muitas pessoas não entendiam como um jogo podia afetar positivamente a vida de alguém. Sei que minha mãe não entendia. Ela estava sempre reclamando que eu vivia enfurnada naquele computador, que não aproveitava minha vida, mas não era capaz de compreender que o jogo era meu refúgio. Meu porto seguro. O Leo estava diretamente ligado a isso, mas não só porque eu gostava dele, e sim porque ele me fez ver o jogo com outros olhos. Graças a sua ajuda, consegui superar a dificuldade de jogar por ser mulher. Não que, magicamente, os babacas tivessem parado de me importunar. Mas agora eu já estava *dentro*, agora eu tinha parceiros de jogo com quem podia conversar e pedir ajuda sem me preocupar em ser assediada ou ignorada.

Considerando toda a confusão em minha vida, os problemas financeiros e o relacionamento complicado dos meus pais, além do turbilhão de sentimentos dentro de mim, entrar num jogo em que eu podia ser quem eu quisesse, num mundo de fantasia, sem nenhuma dessas questões para me atormentar, era um enorme alívio. Jogar me fazia tirar o peso do mundo das costas e me despia das minhas mentiras.

Por mais contraditório que parecesse, ali, naquele computador, não havia máscaras.

Era apenas eu mesma.

[23/04 16:34] **aylastorm**: Cara, eu acho que não tive oportunidade de falar isso antes
[23/04 16:34] **aylastorm**: Mas obrigada por não ser mais um desses idiotas que me ignoram no jogo porque sou mulher
[23/04 16:34] **aylastorm**: Ou um desses tarados que ficam dando em cima de qualquer garota gamer
[23/04 16:35] **smbdouthere**: Eita, os caras fazem isso?
[23/04 16:35] **smbdouthere**: Que idiotas
[23/04 16:35] **smbdouthere**: Não faço mais do que minha obrigação
[23/04 16:35] **smbdouthere**: Esse tipo de cara não tinha nem que tá aqui
[23/04 16:36] **aylastorm**: Hahaha esses idiotas tão em todos os lugares
[23/04 16:36] **aylastorm**: Eu sei que não devia ser assim
[23/04 16:36] **aylastorm**: Mas é que é tão difícil encontrar caras como vc que não tem como não agradecer
[23/04 16:36] **aylastorm**: De vez em quando até topo com umas pessoas legais, mas é raro
[23/04 16:36] **aylastorm**: E como comecei há pouco tempo, acho que fica ainda mais difícil
[23/04 16:37] **smbdouthere**: Fica tranquila então, se tá comigo, tá com Deus
[23/04 16:37] **smbdouthere**: Vou te apresentar uma galera daora
[23/04 16:37] **smbdouthere**: Passaram por uma inspeção altamente seletiva pra falar comigo
[23/04 16:39] **aylastorm**: Hahahahah
[23/04 16:39] **aylastorm**: Olha, assim vou ser obrigada a aceitar
[23/04 16:41] **smbdouthere**: Me adiciona no Skype que eu te coloco lá no grupo
[23/04 16:41] **smbdouthere**: leo.lopes04@hotmail.com

3

RAÍSSA

— Tô tão empolgada! — exclamou Gabrielle, com um sorriso no rosto, enquanto retirávamos os ingressos na bilheteria do cinema.

— Não consigo acreditar que essa garota é nossa amiga há um ano e nunca nem assistiu Senhor dos Anéis — reclamou Leo, bufando para mim, com uma expressão desapontada no rosto.

Assenti, me virando em direção ao balcão de comida ao lado dele.

— Estou decepcionadíssima com a gente. Já fomos melhores, Leo.

— Pois é.

Baixamos a cabeça, olhando tristes para o chão enquanto colocávamos o braço um no ombro do outro. Atrás de nós, Gabi deixou escapar uma risada e bateu nas nossas costas.

— Deixem de ser bobos, o importante é que não só vou ver agora como vamos ver *no cinema*!

Leo e eu nos soltamos do abraço e nos viramos para Gabi. Nós três nos entreolhamos e começamos a rir, empolgados, e a dar pulinhos de alegria.

Leo e eu amávamos cinema, e tínhamos introduzido Gabi à nossa tradição de ir atrás de toda promoção que tinha na cidade como dois cachorrinhos esfomeados. Desde a semana anterior, o cinema do shopping perto da casa do Leo estava com um circuito de filmes clássicos nos horários da tarde, durante a semana. Hoje era dia de Senhor dos Anéis. Não podíamos ter ficado mais felizes com essa escolha de filme. Nós dois amávamos Tolkien tanto quanto amávamos cinema. Talvez até mais. Aquela era a melhor combinação que podia existir.

Com os ingressos em mãos, Gabi comprou uma pipoca bem grande para dividirmos e entramos na sala, a mochila carregada de guloseimas que comprávamos em enormes quantidades para economizar. O Leo e eu já fazíamos aquilo havia tanto tempo que nem precisávamos combinar nada. Assim que a palavra "cinema" era mencionada, nós sabíamos exatamente o que fazer: eu comprava os chocolates, ele, as balinhas cheias de açúcar.

E tudo tinha começado lá no sétimo ano do fundamental.

Seus pais haviam se mudado para a cidade no começo daquele ano, e o Leo não conhecia ninguém na escola. Ele entrou na minha turma, mas nos falamos poucas vezes. Sempre fui meio bicho do mato com quem não conhecia, e o Leo logo virou superpopular. Ele era bonito, engraçado, bobão e conseguia se dar bem tanto com os meninos idiotas quanto com as meninas que ficavam babando por ele. Foi o suficiente para torná-lo o centro das atenções.

Mas, pouco tempo depois, durante um passeio da escola naquele mesmo ano, estávamos todos sentados em rodinha, comendo juntos e conversando quando os meninos começaram a falar besteiras com conotação sexual — coisas que deixaram muitas meninas de cenho franzido e algumas outras, que queriam parecer maduras demais, fingindo que entendiam as piadas, mas provavelmente iam caçar o significado na internet mais tarde.

Foi quando o Leo admitiu que não ficava vendo foto de mulher pelada, que não via graça nessas coisas.

Acho que não tinha noção nenhuma do quão maldosos os meninos da escola podiam ser. Mas, a partir daí, começaram as piadinhas nada engraçadas.

Viadinho. Baitola. Menininha.

Era só um deles entoar o coro que todos repetiam.

As professoras tiveram que interferir, e o choro do Leo depois de cinco minutos sendo provocado não ajudou em nada a melhorar a fama dele. Após esse dia, no entanto, o Leo me surpreendeu. Em vez de ficar acuado e se deixar abater, ele começou a responder todas as provocações com uma força surpreendente. Mas nem isso foi capaz de parar os imbecis. Pelo contrário, só deu mais gás a eles.

Por ter virado motivo de chacota, Leo foi sendo deixado de lado em tudo, e era sempre o último a ser escolhido nos grupos da turma. Assim como eu. A lógica era que acabássemos nos juntando eventualmente.

Mas o que realmente nos uniu foi quando, um dia, passando perto de um canto escondido da escola, ouvi o Leo discutindo com outros três garotos, que o empurravam. Na mesma hora, saí correndo para procurar alguém. O inspetor Samir e eu chegamos no momento em que ele recebeu o primeiro soco.

O autor do golpe foi suspenso na hora.

No dia seguinte, Leo sentou ao meu lado na sala. E se juntou a mim durante o intervalo. E, de repente, nos tornamos inseparáveis.

Gabi só foi se unir à nossa dupla no segundo ano do ensino médio. Ela era nova na escola também e não demorou muito para que a gente se aproximasse. O santo bateu de cara. A Gabi era uma pessoa fácil de conversar, fácil de lidar. Justamente por isso, acabou ficando um tanto mais popular do que nós dois, mas nunca abandonou nosso trio, nem mesmo quando o namorado dela, Juliano, entrou em cena. Nem mesmo quando ele começou a implicar com o Leo, e os dois passaram a se alfinetar sempre que estávamos juntos.

O filme começara fazia quase meia hora quando meu celular apitou. Eu ignorei, concentrada na tela, até que, quando estava levando uma pipoca à boca, percebi que o barulho da notificação não era o do meu celular oficial.

Vinha do celular que eu usava com a Ayla.

Fiquei quase dez minutos — ou pelo menos foi o que me pareceu, mas podem ter sido dois — tentando controlar a ansiedade de saber o que ela queria antes de desistir e enfiar a mão no bolso para pegar o aparelho.

— Ei, guarda esse celular! — Gabi reclamou. Ela estava sentada do meu lado direito, entre mim e Leo. Diminuí o brilho da tela e coloquei a mão na frente para não atrapalhar, mas Gabi me cutucou. — Não acredito que você tá quebrando sua própria regra!

Quase quis me bater. Eu tinha *mesmo* dito para Gabi, pouco antes de entrarmos na sala, que a experiência de ver Senhor dos Anéis no cinema só seria completa se a gente não se deixasse distrair pelo mundo exterior.

Sem olhar para nós, o Leo levou a mão ao rosto da Gabi e o virou para a tela, para que ela voltasse a prestar atenção no filme.

Gabi quase pulou de susto com o toque dele. Mesmo no escuro, pude vê-la corar de vergonha.

— Deixa a Raíssa — sussurrou ele. — Ela que vai perder essa experiência incrível. E se você ficar prestando atenção nela, vai perder também.

Abri um sorriso sem graça.

— Desculpa. É rapidinho — acrescentei enquanto respondia a mensagem da Ayla. Ela tinha mandado uma foto dela mesma sentada à escrivaninha, o computador atrás de si, com a legenda "solitária".

Minha vontade era de sair correndo para lhe fazer companhia e abraçá-la bem forte.

— É aquela menina? — perguntou Gabi, baixinho, voltando a olhar para mim e então para o celular em minhas mãos.

Eu apenas assenti, sem olhar para ela, antes de desligar o aparelho e apontar para a tela do cinema, indicando que a gente voltasse a assistir. Tinha certeza de que meu rosto estava completamente vermelho, e não quis olhar para Gabi com medo de que ela percebesse. Mas, depois disso, também não consegui me concentrar no filme.

Gabi sabia da Ayla. Quer dizer, sabia que a Ayla existia, sabia que eu tinha um perfil masculino no jogo e que tinha conhecido uma garota que pensava que eu era um menino. Eu não pretendia contar, mas ela acabou ouvindo uma conversa minha com o Leo uma vez e tive que dizer a verdade. Em parte. Contei que acabei me aproximando de uma menina por causa do jogo, *como amiga*, e que talvez ela tivesse se apaixonado, e eu não sabia como resolver aquela confusão.

Mas era só isso. Gabi achava que o sentimento não era recíproco. Ela achava que eu tinha me afeiçoado a Ayla e não sabia como contar a verdade agora, depois de tanto tempo, porque não queria magoá-la. Ainda assim, já era o suficiente para me julgar por isso — como se já não bastasse minha própria culpa.

Gabi não sabia que eu gostava de meninas. Não porque eu não confiava nela ou por achar que ela não aceitaria ou que ia contar para todo mundo. Eu só... não estava pronta.

Eu tinha doze anos quando percebi que era lésbica.

Antes disso, eu já sabia que era diferente.

Sempre que assistia os filmes da Disney, ficava sonhando em ter alguém, como a Jasmine tinha o Aladdin. Como a Mulan tinha o Shang. Mas, ao mesmo tempo, a cada menino que eu conhecia, a cada passeio de mãos dadas e selinho escondido nos passeios da escola, mais decepcionada eu ia ficando por não sentir absolutamente nada — exceto, talvez, repulsa.

À medida que fui crescendo, minha atração por personagens femininas só aumentou. A princípio, eu achava que era porque eu me identificava com elas — ou porque queria *ser* como elas. Aquele friozinho que eu sentia na barriga devia ser apenas admiração, certo? Afinal, sempre que as pessoas ao meu redor falavam de casais era homem e mulher. Menino e menina. Meus parentes queriam saber dos meus *namoradinhos*, não das namoradinhas. Toda vez que eu tentava comentar com meus pais sobre ter visto dois homens de mãos dadas, ou duas meninas se beijando, eles desconversavam. Às vezes diziam que era assunto para adulto. Às vezes respondiam que eram só amigos demonstrando carinho. Então, com o tempo, aprendi que não devia perguntar sobre aquilo. Nunca.

Com doze anos, quando ganhei meu primeiro computador, comecei a assistir *Grey's Anatomy*. Foi a primeira série que assisti on-line, sozinha, sem medo dos meus pais passarem pela sala e me encontrarem vendo alguma cena constrangedora. Foi aí que apareceu a Callie Torres.

A Callie foi a primeira personagem queer que eu vi nas telas. E acompanhar a história de uma mulher que se apaixona por outra foi fundamental para começar a entender minha própria sexualidade.

A pior parte de assumir para mim mesma que eu era lésbica foi não ter com quem conversar. Por isso a amizade do Leo foi tão importante naquele momento. Apesar de a gente ter se aproximado de uma maneira tão rápida, ainda levou um ano para eu me assumir para ele. Mesmo que Leo contasse para mim os detalhes mais íntimos da sua vida, eu não conseguia me sentir tão confortável para compartilhar todo o turbilhão que estava acontecendo dentro de mim. Mas só tê-lo ali, do meu lado, me ajudou a seguir em frente muitas vezes, quando tudo que eu queria era chorar.

Levou meses para que eu conseguisse dizer em voz alta que era lésbica.

E mais anos para que o Leo conseguisse me fazer acreditar que isso era normal. Que gostar de meninas não era errado.

Mas eu ainda não tinha conseguido superar a maior dificuldade: me assumir para todo mundo. Principalmente para os meus pais.

Não sei se um dia eu estaria pronta. Antes da Ayla eu nunca tinha cogitado fazer isso. No fundo, talvez eu até pensasse: *E se eu acabar ficando com alguma menina e perceber que também não gosto? Que tudo não passou de um engano? Que era só admiração mesmo?*

Mas o que eu sentia pela Ayla não era um engano. Era forte demais. Ainda mais considerando que nunca tínhamos nos encontrado. E, mesmo que nunca tivéssemos a oportunidade de nos conhecer pessoalmente, isso não invalidaria o que eu sentia.

[25/04 19:03] **smbdouthere**: Será que posso te pedir um favor?

[25/04 19:04] **aylastorm**: Depois de toda a ajuda que você tem me dado?

[25/04 19:04] **aylastorm**: Mas é óbvio!

[25/04 19:04] **aylastorm**: Peça o que quiser

[25/04 19:05] **smbdouthere**: CEM MIL REAIS

[25/04 19:05] **aylastorm**: É pra já!

[25/04 19:05] **aylastorm**: Assim que eu ficar rica hahahaha

[25/04 19:06] **smbdouthere**: Tudo bem...

[25/04 19:06] **smbdouthere**: Foi burrice minha não ter especificado pra qnd eu precisava

[25/04 19:06] **aylastorm**: Pois é, o erro foi seu

[25/04 19:06] **aylastorm**: Não tenho culpa

[25/04 19:07] **smbdouthere**: :(

[25/04 19:07] **smbdouthere**: Será que posso então pedir uma ajuda no jogo, pelo menos?

[25/04 19:07] **aylastorm**: Às ordens!

4

AYLA

O Leo tinha saído com os amigos, e eu estava inquieta. Precisava encontrar alguma coisa para ocupar o tempo.

Não que eu fosse igual àquelas pessoas que abandonavam todos os amigos quando começavam a namorar. Até porque nem meu namorado o Leo era. Para piorar, nosso conceito de passar tempo juntos era ficar em casa, cada um no seu computador, em cidades diferentes.

Mas eu não podia mentir: muitas vezes preferia, sim, ficar ali falando com o Leo pelo Skype a sair de casa. Não só porque ele era a minha melhor companhia, mas também porque eu não tinha realmente muitos amigos com quem passar o tempo. Desde que mudei de escola, depois de tudo o que aconteceu no ano passado e minha vida se tornou essa grande bagunça, eu me afastei dos meus antigos amigos e normalmente me sentia um peixinho fora d'água com os riquinhos do novo colégio.

O Leo trouxe luz aos meus dias. Eu sabia que era muito errado depositar tantas expectativas em cima dele. Sabia que estava ficando dependente da sua companhia. Eu só não conseguia evitar. Estar com ele fazia eu me sentir eu mesma.

E era raro eu me sentir eu mesma.

Eu não tinha problema nenhum em jogar sem o Leo — o jogo era minha melhor distração, e eu era apaixonada pela história, pelos personagens, pelas missões. Poderia perder horas assistindo os vídeos, lendo as novidades e jogando sozinha.

O grande problema era minha mãe. Ela não perdia a oportunidade de reclamar do jogo e vivia dizendo que minha vida agora se resumia a isso. Adorava me pedir ajuda nos momentos mais inoportunos, durante missões em grupo ou quests importantes, quase como se fizesse de propósito. Quando eu estava com o Leo, eu me sentia mais motivada para aturar suas implicâncias, mas, quando não estava, eu precisava dar um jeito — qualquer jeito — de sair de casa.

Respirei fundo e tirei o headset da cabeça, minha mente já maquinando um plano para a tarde sem ele.

Por fim, acabei mandando uma mensagem para minha tia Sayuri. Ela tinha trinta anos, doze a menos que meu pai e catorze a mais que eu, mas nos dávamos bem como se fôssemos primas. Ela era superdescolada e sempre tinha me tratado como uma igual. Talvez por isso eu a adorasse tanto.

Assim que Sayuri respondeu, muito animada com a ideia de nos vermos, eu me preparei para resolver a parte mais difícil: minha mãe.

A nossa sala estava tomada de caixas e sapatos de todos os tipos. Minha mãe estava sentada no chão, organizando os produtos que ela comprava para revender. Ela tinha uma lojinha on-line que dava um bom lucro, mas também ia diretamente à casa de clientes mostrar as novidades e vendia em feiras. Mesmo com as boas vendas, a loja não servia para pagar metade das nossas contas. Meu pai trabalhava numa imobiliária, mas em tempos de crise era difícil ganhar comissão.

Me aproximei de mansinho e sentei entre as caixas para começar a ajudar minha mãe a empacotar os sapatos. Ultimamente, eu precisava ser cautelosa quando queria pedir alguma coisa. Não só porque ela não perdia uma oportunidade de me alfinetar, mas porque eu mesma poderia acabar me estressando.

— Ayla, já terminou a lição de casa? — ela perguntou, sem erguer os olhos, assim que sentei.

Deixei os braços e a cabeça penderem em frustração. Essa era sempre a primeira pergunta que me fazia quando eu saía do quarto. Meus estudos eram mais importantes do que qualquer coisa nesse mundo.

— Já, mãe — respondi, cansada. Eu sempre fazia minhas tarefas assim que chegava em casa, justamente para evitar discussões.

— Porque recebi uma ligação da irmã Patrícia querendo conversar sobre suas notas. Se você não melhorar, Ayla, vai ser expulsa daquela escola. — Ela desviou o olhar das caixas pela primeira vez e me encarou. — É isso que você quer?

Peguei um sapato e comecei a empacotá-lo, o olhar focado no serviço.

— Não, mãe — respondi apenas.

Minha vontade era gritar que mudar de escola tinha sido ideia dela, não uma escolha minha. Foi uma das formas que minha mãe encontrou para atingir meu pai, por causa de um erro que ele cometeu. Era quase como se ela tivesse começado uma guerra silenciosa e quisesse ver até onde ele ia aguentar.

Eu só acabei ficando no meio do caminho, recebendo todas as porradas.

Como não respondi mais nada, minha mãe se calou. Fiquei uns cinco minutos ajudando-a antes de tocar no assunto que realmente queria.

— Será que tem problema se eu for na Bia? Ela me pediu ajuda para estudar. — Não a encarei nem depois da pergunta, mas podia sentir seu olhar em mim. Podia até imaginar sua expressão cética, sua sobrancelha arqueada.

Bianca era uma amiga do antigo colégio que costumava ser minha desculpa quando queria visitar a Sayuri. Minha mãe e minha tia não se davam muito bem, então sempre que possível eu evitava falar que era para lá que estava indo. Como Bia e eu fomos amigas por muitos anos, era a desculpa perfeita, mesmo que já fizesse um bom tempo que não nos falávamos direito. Apesar de ela ainda tentar retomar o contato, me mandando um "oi, sumida" de vez em quando, nosso afastamento foi uma opção minha.

Enquanto no Santa Helena eu era vista como uma rebelde sem causa que deixava as irmãs de cabelo em pé, no Maria Amélia sempre tirava boas notas, prestava atenção nas aulas e recebia elogios dos professores. Era colocada em um pedestal. Até pelos meus amigos e seus pais. E atender às expectativas das pessoas era muito exaustivo, mesmo antes de a minha família entrar em colapso. Eu estava sempre tentando me encaixar. Sempre tentando ser o que esperavam de mim.

Por isso eu tinha me afastado do pessoal do antigo colégio. Era difícil ser duas pessoas ao mesmo tempo. Para eles, eu ainda era a garota prodígio, inteligente demais para o Colégio Estadual Maria Amélia. Já para o pessoal do Santa Helena, eu era rebelde, encrenqueira. Minha fama veio de um momento de impulsividade, de revolta, quando o que eu mais queria era xingar todo mundo e jogar tudo para o alto. E aí eu só continuei levando aquela farsa. Era um pouco libertador até, depois de tantos anos de vida certinha no Maria Amélia.

Por isso era tão bom estar com Leo.

Com ele eu não pensava muito em quem eu deveria ser. Eu só *era*.

Mas minha mãe não sabia de nada disso.

— *Você* vai ajudar ela nos *estudos*? Com essas notas baixas? — Dava para sentir a ironia em seu tom.

— O Santa Helena é muito mais rígido, mãe, tenho certeza de que posso ajudar ela com a matéria do Maria Amélia. — Eu já tinha o discurso na ponta da língua. Nunca esperei que realmente acreditasse nas minhas desculpas, mas em geral ela fingia que sim. Ou, talvez, preferisse que eu saísse de casa a passar a tarde inteira no computador.

— Quero ver sua lição antes de sair — foi tudo o que disse.

— Vou trazer. — Levantei rápido com medo de que ela mudasse de ideia. Já estava seguindo para o quarto quando dei meia-volta e corri até ela. — Obrigada, mãe — disse antes de dar um beijo no topo da cabeça dela.

Minha mãe podia até ter virado uma pessoa amargurada, mas eu sabia que a antiga Inês ainda estava ali dentro, em algum lugar, resistindo a todo o rancor que guardava. Como filha, era meu dever não me esquecer disso.

Sayuri morava num apartamento pequeno, mas com uma área de lazer maravilhosa. Fazia um dia atípico de inverno e um calor perfeito para um banho de piscina. E já que ela trabalhava de casa, como freelancer de tradução e preparação de texto (ou qualquer outra coisa que a ajudasse a pagar as contas), era mais fácil que conseguisse um tempinho para mim — algo que Sayuri nunca tinha negado, mesmo quando estava muito atarefada. Ela sabia que, sempre que eu recorria a ela, era porque precisava muito.

Foi uma das cuidadoras do meu tio-avô quem abriu a porta para mim. Desde que teve um AVC, uns dois anos antes, ele precisava de monitoramento constante por causa das complicações que teve no período em que ficou no hospital. Sayuri foi a primeira a se oferecer para cuidar dele. Não só sempre foi a sobrinha preferida do tio Takeshi como também uma das poucas que falava japonês bem o suficiente para se entender com ele — o tio Taki veio do Japão para o Brasil já adulto e só sabia umas poucas palavras em português.

Além disso, Sayuri tinha começado a trabalhar como vendedora de loja para pagar a faculdade, mas nunca conseguiu deixar o emprego. Seu diploma em letras acabou guardado na gaveta por muito tempo até ela começar a fazer tradução. Sempre falava da sua vontade de largar tudo e se dedicar totalmente à vida de freelas, e esse foi o jeito que encontrou para enfim botar seu plano em prática. Por isso, ela se mudou para o apartamento do tio Taki, onde contava com a ajuda de uma cuidadora algumas vezes por semana. Os irmãos dela — meu pai e o tio Ren — davam uma força sempre que podiam, mas era Sayuri quem ficava com o trabalho pesado.

Sinceramente, minha tia era uma das mulheres que eu mais admirava na vida.

Minha mãe jamais podia saber disso.

— Segura essa — gritou Sayuri assim que entrei em seu quarto, depois de cumprimentar meu tio na sala e seguir para o interior do apartamento, para procurá-la. Estendi as mãos num reflexo e peguei um embrulho.

— O que é isso? — perguntei, olhando para ela com um olhar interrogativo.

Os cabelos muito pretos e lisos de Sayuri estavam soltos, e ela usava apenas um short jeans e biquíni, já pronta para descer para a piscina. Parecia muito estilosa, de um jeito despojado. Se minha mãe estivesse ali, perguntaria se Sayuri não tinha vergonha de sair daquele jeito — mesmo que fosse só até a área de lazer do prédio. Justamente por isso, sempre que podia, me inspirava no jeito de se vestir da minha tia.

Fisicamente, éramos muito parecidas. Com exceção de alguns traços da minha mãe, como o nariz mais fino e arrebitado e os lábios carnudos, eu tinha o biótipo da família do meu pai. Era magra, tinha o rosto comprido e triangular, os cabelos pretos e lisos e os olhos castanhos.

— Abre, ué. — Sayuri deu de ombros, e comecei a desembrulhar o pacote. Ali dentro estava um biquíni azul, estampado com desenhos relacionados ao mar e à praia. Olhei para ela, surpresa. — Achei que seria legal ter um biquíni aqui pra você. Você sabe que pode vir sempre que quiser, né? Não precisa nem pedir.

Abri um sorriso e lhe agradeci com um abraço.

Sayuri sabia dos problemas lá de casa, então aquele gesto era mais do que uma gentileza. Era sua forma de dizer que a casa dela estava aberta para ser meu refúgio sempre que eu precisasse. E isso significava o mundo.

Sem dizer mais nada, corri para o banheiro para trocar de roupa e provar o biquíni novo. Poucos minutos depois, já estávamos na área da piscina, pulando na água como duas crianças felizes.

— E aí, como estão as coisas? — ela perguntou quando paramos numa das pontas, só com os braços apoiados na beirada.

— Ah, você sabe, né? Como sempre. — Ou seja, péssimas. Mas eu preferia não me estender no assunto. Afinal, era justamente por isso que eu estava ali. Sayuri sabia bem. Minha tia era a pessoa que me conhecia melhor, talvez até mais do que o Leo. Ele não sabia, por exemplo, que minha personalidade na escola era uma farsa, nem como eu era no antigo colégio, nem o que tinha acontecido lá em casa — e eu não pretendia contar.

Sayuri também foi a única para quem contei sobre a confusão dentro de mim quando percebi que me sentia atraída por uma garota da escola nova. Foi ela quem me acalmou e disse que não tinha nada de errado em gostar de meninas. Mas então conheci o Leo, e nunca mais falamos sobre isso. A verdade é que, no fundo, eu esperava que ela pensasse que tinha sido só uma curiosidade, uma fase. Que depois de conhecer o Leo, havia passado.

Talvez eu mesma também esperasse isso.

— E o Leo, te abandonou? Vou ter que dar uma coça nele? — ela brincou, entendendo a deixa para mudar de assunto.

Soltei uma risada abafada antes de explicar onde ele estava, e logo nós duas engatamos em papos mais leves, o que ocupou boa parte da tarde. Foi só quando o tempo começou a fechar, escondendo o sol e nos fazendo tremer de frio na água, que voltamos para o apartamento.

Já passava das sete da noite quando saí de lá, depois de tomar um bom banho e secar o cabelo. Eu não queria deixar vestígio algum daquela tarde divertida com Say.

Quando estava no ônibus a caminho de casa, percebi que tinha recebido uma mensagem do Leo.

Tá por aí?

Voltando pra casa. Já chegou?

Sim

E muito impactado depois de ver Senhor dos Anéis no cinema

Assim que eu chegar te ligo e você me conta tudo

Minha mãe não estava em casa quando cheguei, e pude suspirar aliviada. Mandei uma mensagem para ela, avisando que tinha voltado, e fui correndo para o quarto.

Esbarrei com meu pai assim que virei no corredor.

— Onde você vai com tanta pressa, menina? — ele perguntou, o tom de voz meio baixo como sempre. Ele ainda estava de terno e gravata, a mesma roupa que usava para o trabalho.

— Só jogar — falei simplesmente, com um sorriso amarelo.

Desde o ano passado, conversar com meu pai era esquisito. Ao contrário da minha mãe, que tinha decidido descontar sua raiva em todos à sua volta (inclusive em mim), era como se meu pai tivesse criado um casulo ao redor de si. Um casulo que ninguém conseguia penetrar, nem sua filha.

— Bom jogo — ele disse, com um tapinha desajeitado no meu ombro.

Hesitei por um momento, sem saber o que fazer, então dei as costas e segui para o meu quarto, onde meu refúgio me esperava.

— Oi! — cumprimentei assim que o Leo atendeu minha ligação.

E de repente foi como se tudo ao meu redor não existisse mais.

Leo Lopes • online

30 de abril

Leo Lopes, 12:03

Ei, ta jogando?

Ayla Mihara, 12:04

Não, to vendo um filme

To meio na merda hoje, mais tarde eu jogo rs

Leo Lopes, 12:05

O que houve??

Ayla Mihara, 12:05

Nada, só uns negócios aqui em casa

Leo Lopes, 12:06

Quer conversar?

Ayla Mihara, 12:06

Vc não precisa ficar ouvindo meus problemas

Leo Lopes, 12:07

Precisar eu não preciso mesmo, mas se eu to oferecendo é pq eu quero

via Skype ▼

Leo Lopes • online

Ayla Mihara, 12:07

Vc é um fofo

Mas acho que prefiro não pensar nisso

Leo Lopes, 12:08

Então tá, mas se quiser to aqui

O que vc tá vendo?

Ayla Mihara, 12:08

Vc vai me zoar haha

É um filme velho

"Uma babá quase perfeita"

Leo Lopes, 12:09

Ué, pq eu zoaria?

Nunca vi esse

Vou colocar aqui também

Ayla Mihara, 12:11

Tá

via Skype ▼

Leo Lopes • online

> Posso te ligar?
>
> Aí a gente finge que tá vendo junto hahaha

Leo Lopes, 12:12
Ótima ideia hahaha

Ayla Mihara, 12:13
> Adorei!
>
> Vou até voltar aqui, tava no começo ainda

Leo Lopes

Chamando ≫

via Skype ▼

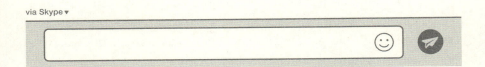

5

RAÍSSA

— Mano... do... céu! — exclamei, muito pausadamente, o olhar vidrado no celular.
— O quê?! — Três pares de olhos se voltaram para mim, curiosos.
Meu coração estava batendo acelerado e minhas mãos tremiam enquanto eu deslizava a tela para ler o texto recém-postado na página da Nevasca Studios.

Nevasca Studios
Agora mesmo · 🌐

Quer ganhar um ingresso grátis + acompanhante para a Nevasca EXPO?

Chegou a sua chance! Participe do nosso concurso de cosplay! O vencedor escolhido pelo nosso júri terá passe livre durante todo o evento, com direito a um acompanhante!

Tá achando que acabou? Os sortudos terão T-U-D-O pago, incluindo passagem e hospedagem completa no Hotel Paladino, do lado do Centro de Convenções Paladino, para não perderem nenhum segundo da primeira feira da Nevasca!

Eu e o Leo estávamos sentados no pátio da escola com Gabi e Juliano. Comecei a me contorcer de felicidade, fazendo uma dancinha estranha, balançando pés e mãos e o corpo todo. Parecia que eu estava tendo um piripaque. E talvez estivesse mesmo.

A Nevasca EXPO era o primeiro grande evento que a Nevasca Studios organizava. Nos últimos anos, a empresa já tinha lançado vários games importantes e crescido tanto que se tornou mundialmente renomada. A programação da EXPO seria repleta de atividades relacionadas a games e tecnologia e reuniria personalidades desse meio, como dubladores, designers, engenheiros de software, produtores, roteiristas. Eram três dias de imersão total nesse universo.

E. Eu. Não. Ia.

Em junho, quando anunciaram o evento, eu tinha ficado tão empolgada que só faltava começar a arrumar as malas, mas minha felicidade foi esmagada assim que meu pai veio me dar a terrível notícia.

— É na mesma data da minha viagem pra Salvador. — Ele estava com uma expressão consternada no rosto, e eu entendia sua dor. Meu pai era tão apaixonado por jogos quanto eu, talvez até mais. Mas essa viagem para Salvador era a trabalho. Ele não podia faltar.

Dei um tapinha solidário em seu ombro.

— Mas eu ainda posso ir, certo? O lado positivo é que você vai gastar menos… — Olhei para ele, esperançosa, mas foi a vez da minha mãe destruir meus sonhos.

— Nem pensar — disse, em tom categórico.

Senti meu estômago afundar.

— Mas por quê?!

— Você acha que a gente vai te deixar ir sozinha pra capital? Só se eu fosse louca!

Meu pai olhou para mim ainda mais desolado, mas não ousaria contrariar uma ordem da minha mãe.

— Mãe, por favor! Eu *preciso* ir nesse evento! — Esperneei, à beira das lágrimas, quase pulando de tanta frustração.

— Não tem conversa, Raíssa, você não vai sozinha.

— E se o Leo for com ela? — meu pai perguntou de repente, vindo em meu socorro.

O Leo era aquele amigo que meus pais confiavam tanto que era só dizer "o Leo vai" que eles mudavam de opinião na hora. O que era ridículo, porque eu era tão responsável quanto o Leo. Mas, bem... Ele era *homem*. Acho que isso fazia alguma diferença na cabeça deles, como se eu fosse estar mais segura e protegida.

Parei de espernear na hora e juntei a palma das mãos enquanto me ajoelhava na frente dela, implorando.

— Por favor, por favor, por favorzinho!

Minha mãe suspirou.

— *Se* o Leo for, você pode ir.

Enchi minha mãe de beijos, empolgada, e liguei para o Leo na mesma hora. A gente já tinha trocado mensagens animadas quando o evento foi anunciado, e ficamos de nos falar assim que conversássemos com nossos pais e soubéssemos o veredito.

Mas a voz do Leo quando atendeu o telefone aniquilou minha animação na hora.

— Minha mãe disse que não tem como pagar. Eu não acredito, Raíssa! — Ele parecia arrasado. Sua voz vacilava, como se estivesse à beira das lágrimas. — Implorei pro meu padrasto, mas ele piorou tudo, disse que ainda teriam que arcar com a hospedagem e o transporte e a alimentação e que ia ficar muito pesado pro nosso orçamento.

Eu estava inconformada. Não podia acreditar que perderia a chance de ir no maior evento nacional de games dos últimos tempos. Aquilo era inconcebível. *Precisava* dar um jeito.

E agora a oportunidade apareceu.

— Eu tô ficando preocupada — Gabi comentou no pátio, lançando um olhar estranho para minha comemoração nada discreta.

— Será que devo chamar a enfermeira? — Leo colocou a mão na minha testa, fingindo sentir a temperatura.

— Olha isso! — exclamei, de repente, voltando a sentar e virando o celular para ele.

Leo leu a notícia com calma, mas seus olhos castanhos foram se arregalando a cada palavra, até terminar com um gritinho de empolgação.

— Orra! É isso, Raíssa! Meu Deus, você *tem* que participar, e me levar junto. Pelo amor do meu bom Deus!

Ele me segurou pelos ombros e me sacudiu, tão empolgado quanto eu. Mas sua comemoração foi interrompida por uma explosão de risadas do grupo mais próximo da gente.

— Que viadinho escandaloso. É assim que você grita quando tá com seu namorado? — perguntou um dos caras do grupo, um branquelo magro e cabeçudo do terceiro ano B, achando que estava fazendo a piada mais engraçada do mundo. Aparentemente, os idiotas dos amigos dele concordavam, pois todos riram enquanto os encarávamos.

Senti meu rosto ficar vermelho de raiva, e pude ver que Gabi estava prestes a levantar e dizer alguma coisa, apesar de ser a pessoa mais doce que eu conhecia. Ela ficava uma fera quando ouvia qualquer um caçoando dele.

A mão de Juliano já estava no meio do caminho para contê-la quando o Leo se voltou para nosso grupo.

— É assim que a gente sabe que a pessoa é virgem — comentou de maneira condescendente, como se estivesse nos dando uma aula. — Quando ela não sabe nem o que é um grito de prazer.

Eu quis me encolher de vergonha, já pronta para a briga que sabia que estava por vir. Ao contrário de mim, que preferia evaporar a começar uma discussão, o Leo não tinha problema nenhum em responder as zoações à altura. E por mais que morresse de medo desses momentos, de ele apanhar ou algo do tipo — como várias vezes já tinha acontecido —, eu também o admirava muito. Naquela época, quando admitiu para a turma inteira que não se interessava por sexo, Leo não tinha muita noção do que estava fazendo. Só mais tarde veio a entender melhor sua assexualidade e o que é área cinza, mas, desde então, preferia se impor a se calar. E eu invejava muito a sua coragem.

Lúcio, o aluno que zombou do Leo, levantou, irritado, e veio na nossa direção acompanhado pelos amigos.

— Já está arrumando confusão com o Leo, Lúcio? — perguntou uma voz alta e grossa. Olhamos para trás em tempo de ver o inspetor Samir se aproximar. Ele era um velhinho muito gente boa, que trabalhava na escola desde que o lugar tinha sido fundado. O homem estava em sua melhor forma e nem parecia ter seus sessenta e poucos anos.

— Não senhor, inspetor — Lúcio respondeu, se contendo para não revirar os olhos.

— Sei. Se eu vir você e seus coleguinhas criando caso de novo, vou arranjar uma expulsão pra você. Vaza daqui. — Os cinco foram embora, pisando duro, mas ninguém ousava dar uma resposta atravessada ao inspetor Samir. Ele podia ser velho, mas era o maior defensor dos oprimidos da escola e carregava nas costas uma lista bem grande de alunos valentões que mandara suspender ou expulsar.

Era nosso ídolo.

— Arrasou, Samir! — comemorou Leo, erguendo a mão para um "toca aqui".

Ignorando o protocolo, Samir retribuiu o cumprimento. Ele não tinha nenhum pudor em demonstrar favoritismo. E como já fazia tanto tempo que o Leo era zoado pelo pessoal da escola, o inspetor o tinha adotado como protegido. O que, por tabela, acabou nos aproximando também. Várias vezes, quando a gente precisava de algum conselho, procurávamos o Samir.

— Samir, você não vai acreditar! — exclamei, retomando o assunto que tinha dado início a toda aquela confusão. — Sabe aquela feira que eu te contei que a gente não ia poder ir?

— Claro! — Ele espalmou a mão no banco de concreto onde os valentões estavam sentados havia pouco, apoiando-se enquanto sentava. Ele vivia reclamando que parecia bem por fora, mas as costas o matavam. — Vocês conseguiram ingresso?

Nós nos arrastamos pelo chão, para ficar mais perto do Samir e incluí-lo na nossa rodinha. Quando cheguei perto dele, segurei suas mãos enrugadas e as sacudi, tentando demonstrar minha animação.

— Não, mas acabaram de lançar um concurso de cosplay valendo dois ingressos! — exclamei, minha voz crescendo num agudo irritante.

Samir pareceu empolgado, em seguida franziu o cenho.

— O que é cosplay mesmo?

Leo e eu nos entreolhamos e rimos.

— É tipo uma fantasia — Leo explicou, simplificando. — Mas é quando você realmente *entra* no personagem, sabe?

— Sei. É aquele negócio que a menininha aqui adora fazer, né?

Ele lançou um olhar para mim. Eu já tinha mostrado várias das minhas fotos para Samir, e ele acompanhara o desenvolvimento das minhas habilidades de corte e costura ao longo do tempo, assim como minhas atuações e dublagens. O inspetor Samir era o maior apreciador da minha arte.

Ele só esquecia meu nome. Às vezes. Quase sempre.

Concordei com a cabeça, respondendo sua pergunta.

— Essa é a nossa chance, Samir! Não acredito que alguém lá em cima ouviu nossas preces pelo menos uma vez na vida. Eu tô morrendo!

Gabi e Juliano, que não tinham falado nada, nos encaravam perplexos.

— Gente, do jeito que vocês estavam, achei que tinham ganhado na loteria. Nem o ingresso vocês ganharam ainda.

Fechei a cara, olhando carrancuda para Juliano. Ele podia até ser uma boa pessoa, mas seu pessimismo me irritava muito. Para falar a verdade, ele só estava sentado conosco porque era o namorado da Gabi. Sinceramente, ela merecia alguém muito melhor. No mínimo alguém que acreditasse mais nela e a incentivasse. Mas eu jamais diria isso em voz alta. Pelo menos ele não era um babaca valentão.

Agora, no entanto, era como se tivesse jogado um balde de água fria em mim.

Não, nós não tínhamos ganhado ainda.

E provavelmente havia centenas de pessoas que faziam cosplay profissionalmente e tinham muito mais dinheiro para investir nisso do que eu.

Meu estômago afundou de decepção com surpreendente rapidez.

— Ah, não! Não, não, não. Não faz essa cara — reclamou Leo. — A gente vai conseguir! Ignora esse imbecil.

Então lançou um olhar azedo para Juliano, como de costume. O Leo não escondia seu desgosto. Na mesma hora, Gabi fechou a cara e lançou um olhar meio envergonhado, meio irritado para o namorado. O que era muito difícil para ela, com aqueles dois olhos grandes e fofos que a faziam parecer uma personagem de desenho animado.

— Deixa de ser babaca.

Ele deu de ombros, com uma expressão inocente, como se não tivesse dito nada de mais.

— Ué, o que que eu falei? — perguntou, soando meio rabugento.

Quando a Gabi o ignorou, virando-se para nós com um sorriso afável, ele lançou um olhar irritado para o Leo. Às vezes eu tinha a impressão de que o Juliano morria de ciúmes dele, o que não fazia muito sentido. Quer dizer, o Leo e a Gabi se conheceram antes de o Juliano entrar em cena. Se tivesse que acontecer alguma coisa entre os dois, a Gabi nem teria começado a namorar... certo?

— Mesmo não gostando desse negócio aí que vocês curtem, eu amo seus cosplays — Gabi disse. — Você manda muito com poucos recursos e, melhor, ainda atua bem como o personagem, Ray. Se eles liberarem o envio de vídeo, acho que você devia investir. Ia aumentar muito as suas chances.

Meus olhos brilharam enquanto encarava Gabi. Ela era uma pessoa doce, fofa e sempre sabia as palavras certas para levantar nosso astral.

Não devia mesmo estar com Juliano.

— Obrigada, Gabi! — O sinal tocou logo em seguida.

— Bom, fico feliz que vocês tenham resolvido tudo, crianças — falou Samir, com um sorriso no rosto enquanto levantava. — Agora voltem para a aula. Vou verificar o pátio atrás de pequenos infratores.

Ele foi embora, em direção aos fundos do pátio, e nós quatro seguimos juntos para a aula.

— Vamos ao café depois da aula? — perguntou Leo, entrelaçando o braço ao meu. — Pra gente decidir que cosplay fazer?

— Vamos!

A Gabi, que estava andando na frente, de mãos dadas com Juliano, se virou para trás.

— E eu? Não estou convidada? — Ela fez um biquinho fofo.

Pelo canto do olho, pude ver o olhar do Leo indo dela para o namorado. Quase conseguia imaginar o que estava pensando: *só se o Juliano não for.*

— Claro! — concordei, ignorando-o.

Abri um sorriso empolgado antes de ouvir uma notificação.

> Vc viu o concurso de cosplay????

> Meu Deus, a gente PRECISA tentar

> É a nossa chance

> Quem ganhar leva o outro como acompanhante

> Não consigo aceitar que não vamos nessa feira nem vamos nos conhecer ☹

> Precisamos conseguir!!

Fechei os olhos por um segundo e apertei o botão de desligar, sem responder.

Caramba, a Ayla não podia vencer aquele concurso. Eu mal tinha me tocado de que aquela era uma boa oportunidade para ela também, que não ia por falta de grana. Mas, se a Ayla vencesse, eu estava ferrada. Porque ela ia querer me levar junto.

Mais do que nunca, eu *precisava* ganhar. Como Raíssa, não como Leo.

Eu queria, sim, conhecer a Ayla — e como! Mas esse sonho era uma realidade tão distante que só conseguia enxergá-lo num universo paralelo.

Um em que eu não tivesse medo de ser quem eu sou.

Um em que o mundo me aceitasse.

Um em que a Ayla gostasse da Raíssa, não do Leo.

Ayla Mihara • online

1 de maio

 Ayla Mihara, 11:11

Alô, bom dia!!

Tá por aí?

 Ayla Mihara, 11:31

Me avisa quando acordar ☺

Leo Lopes, 13:12

Oi, bom dia

 Ayla Mihara, 13:15

Boa tarde, dorminhoco hahaha

Como consegue dormir tanto?

Leo Lopes, 13:20

Foram anos de aprendizado

É preciso muito esforço e dedicação

 Ayla Mihara, 13:22

Hahahaha

Escuta, queria mt te agradecer pela ajuda de ontem

via Skype ♥

Ayla Mihara • online

Leo Lopes, 13:22

Ué, que ajuda? Eu não fiz nada

 Ayla Mihara, 13:25

A sua preocupação, sua companhia durante o filme

Pra vc pode não ter sido nada, mas pra mim foi mt importante

Não são mtas pessoas que se mostram tão abertas pra ajudar uma desconhecida

Leo Lopes, 13:26

Que isso, cara. Não precisa ficar me enaltecendo

Eu sei que sou foda

 Ayla Mihara, 13:27

Hahaha ridículo

Mas você é mesmo 😌

via Skype ▼

6

AYLA

— Ayla! O que você está fazendo aqui? — indagou uma voz autoritária atrás de mim.

Quase pulei de susto com a interrupção, mas sabia que, se eu me virasse sobressaltada, ia dar muito na cara que estava fazendo algo errado.

Eu estava nos fundos da escola, entre o edifício principal e o muro que delimitava o final do terreno. Não havia janelas naquela parte, então ninguém de dentro do prédio poderia ver o que acontecia ali.

Era o ponto perfeito.

Eu me virei devagar, tentando manter uma expressão chateada.

— Oi, irmã Celestina! Eu tô procurando um colar que perdi. — Tentei usar meu tom mais inocente, as mãos atrás das costas para evitar gesticular demais, como fazia sempre que estava mentindo. — Não consigo encontrar em lugar nenhum.

— E por que estaria aqui? — Ela estava com um olhar desconfiado. Não podia culpá-la. Afinal, eu não era exatamente a aluna mais querida pelas irmãs. Meu comportamento na escola era um pouquinho rebelde *demais* para o gosto delas.

— Eu vim aqui quando tava batendo perna pela escola no intervalo de ontem. Pensei que podia ter caído em algum lugar. — Dei de ombros, tentando parecer casual.

Irmã Celestina levantou uma sobrancelha e olhou ao redor, como se esperasse encontrar algo que me denunciasse. Minha fama já não era das melhores, mas eu não estava fazendo nada errado, então a irmã apenas suspirou.

— Bem, o sinal já vai bater, então vá logo para a sala. Não vou te isentar da advertência se chegar depois dos quinze minutos de tolerância.

Com uma última olhada ao redor, ela foi embora.

Mordi o lábio, ainda mantendo no rosto a expressão inocente enquanto a via sumir numa esquina.

— Vem, Ayla! — sussurrou alguém, alguns minutos depois. A voz feminina e aguda vinha do outro lado do muro.

— Deixa de ser medrosa! — provocou outra voz, mais rouca.

— Medrosa é a sua mãe — respondi, carrancuda, depois de dar uma última olhada na passagem lateral que levava ao pátio principal, de onde a irmã Celestina tinha vindo. Então corri até o ponto da parede em que havia uma protuberância de cimento e comecei a escalar o muro.

Alcancei o topo com a respiração ofegante e vislumbrei a área extensa e abandonada atrás da escola. A grama era alta ali, exceto na parte onde Vitória e Adriana estavam paradas, olhando para cima, me esperando. Naquele ponto, a vegetação estava amassada e pisoteada de tantas vezes que havíamos pulado.

Aquele terreno baldio era o local para onde fugíamos com mais frequência do que gostaria de admitir. A gente costumava esperar o sinal do primeiro tempo bater para não correr o risco de esbarrar com algum professor, mas raramente alguém passava por ali.

Agora, porém, teríamos que tomar cuidado com a irmã Celestina. Tinha certeza de que ela ficaria de olho. Talvez até desse pela nossa falta, então era melhor voltar antes do intervalo entre as aulas.

O motivo das nossas fugas variava muito. Uma aula especialmente chata. Um dia de merda. O vício secreto de Vitória no cigarro. Uma vontade louca de fazer alguma rebeldia. Hoje, era por causa do filme que a professora de história ia passar. Aulas com filmes eram sempre insuportáveis, e nunca rolava chamada. Era quase como se estivessem *pedindo* para a gente cabular.

Vitória, Adriana e eu vínhamos de mundos muito diferentes, mas nossa vontade de mandar tudo pelos ares nos unia.

— Desce logo, Ayla! Alguém vai te ver! — esperneou Adriana, a mais medrosa de nós três. Ela estava com os cabelos crespos presos no alto, e tinha aberto completamente a blusa de botões, deixando à mostra a regata branca que vestia por baixo do uniforme.

Ao lado dela, Vitória, com seu bronzeado de quem tinha passado as férias de julho inteiras na praia, estava com o uniforme intacto. Seus cabelos lisos e tingidos de loiro, presos num rabo de cavalo, não tinham um fio fora do lugar, apesar de ela ter pulado o muro havia poucos minutos.

Ainda demorei um segundo, analisando a vista do bairro. O Colégio Santa Helena ficava num dos bairros mais nobres de Campinas e, dali de cima, dava para ver os casarões ao redor. Era uma das escolas mais rígidas da cidade, com um ensino médio totalmente focado no vestibular.

Nós três a odiávamos.

Meus pais pagavam uma fortuna e se endividavam para manter a mensalidade em dia, tudo por causa daquela maldita guerra fria em que os dois estavam.

Isso nunca tinha me irritado tanto quanto agora. Porque antes eu só pensava: *Tomara que as dívidas fiquem tão grandes que eles finalmente tenham que conversar e se resolver.* Vivia falando para eles que não precisava daquilo tudo. Que eu era perfeitamente capaz de ser uma boa aluna em uma escola mais barata. Não que eu achasse de verdade que isso tinha muito a ver com meus estudos.

Mas eles nunca me ouviam.

Bem, principalmente minha mãe. Porque meu pai só aceitava tudo calado.

Assim como eu.

Mas agora... agora eu realmente precisava da ajuda deles. Agora havia algo que eu realmente queria mais do que jamais quis na vida. Eu queria ir à Nevasca EXPO e queria que o Leo pudesse ir também, mas não tínhamos um tostão no bolso para fazer isso acontecer.

Dei uma última olhada na vista antes de me impulsionar para a frente e cair agachada no terreno baldio. Corremos até a outra ponta da propriedade, onde uma obra abandonada servia para nos escondermos da vista de quem estivesse passando pela rua.

— O.k., me contem a maior merda que aconteceu com vocês essa semana —Vitória pediu assim que terminamos de nos acomodar na área cimentada, apoiadas em uma das paredes erguidas.

Aquele também era um ritual nosso. Compartilhar nossas desgraças para que as outras rissem e transformassem tudo em piada até que o problema não parecesse tão grande assim.

— Minha mãe tá traindo meu pai — soltou Adriana, olhando as próprias unhas.

— De novo?

— Ela não disse que ia terminar com o amante?

— Disse. E terminou.

— Mas voltou?

— Não, arranjou outro. — Adriana olhou para a gente, séria, antes de cair na gargalhada. — Minha mãe não perde tempo.

— Por que ela simplesmente não se divorcia do seu pai, meu Deus? — perguntei, chocada. As histórias da mãe da Drica sempre me deixavam perplexa. Eu nunca admitiria, mas era do tipo que ainda acreditava em amor verdadeiro.

Ou, pelo menos, em companheiros fiéis.

— A vovó Tassi ia se revirar no túmulo se eles se separassem — respondeu Drica, sarcástica.

— Bem, a vovó Tassi morreu, acho que ela não vai se importar.

— É uma hipocrisia tão grande! — soltou ela, de repente, jogando as mãos para o alto. — Eles nem dormem mais no mesmo quarto, sabe? Mas *Deus* não permitiria aquilo! É preciso manter a família tradicional brasileira — debochou.

— Deus é um cara tão bacana, não sei por que jogam sempre a culpa das merdas que fazem para cima dele — comentei, chateada.

As três riram e, quando o silêncio recaiu, olhamos para Vitória.

— Bem, a *minha* maior merda foi que minha mãe encontrou um maço de cigarros na minha mochila.

— Sério, Vick? E aí?

— E aí eu falei que era da Drica — ela se virou para a amiga —, e ela me proibiu de andar com você.

— Aff, ridícula!

Drica tentou dar um tapa em Vick, que se contorceu para desviar enquanto eu dava risada.

Quando as duas olharam para mim, suspirei.

— Não é exatamente uma merda, mas... sabem aquele evento caríssimo que eu queria muito ir? — As duas assentiram com a cabeça. — Tá rolando um concurso de cosplay pra ganhar entradas. E eu preciso da ajuda de vocês pra vencer.

— Cosplay? Não é muito a sua cara — disse Vick, me analisando com a sobrancelha erguida.

— Eu sei. Também nunca me imaginei fazendo um negócio desse. — Respirei fundo para tomar coragem de continuar. — Mas eu preciso ganhar pra ir na feira... e conhecer o Leo.

— Leo, o seu namorado virtual?

Odiava quando Drica falava daquele jeito, como se estivesse caçoando do meu relacionamento. Ou o que quer que aquilo fosse. Certamente não era uma *amizade*, mas será que eu poderia chamar de namoro quando não tínhamos nem mesmo dado as mãos? Drica e Vick deviam pensar a mesma coisa pelo olhar que trocavam sempre que eu trazia o assunto à tona, mas elas nunca admitiriam, porque aquela era uma das nossas regras.

Não julgarás.

Eu tinha contado para elas sobre o Leo e o jogo quase sem querer. Vick ficou sabendo antes da Drica, porque tive que pedir para usar sua caixa postal para receber o presente de aniversário que ele queria me mandar. Mas, quando ela me perguntou o motivo, dei a entender que Leo era um primo distante com quem tinha retomado o contato e que, por causa das férias do porteiro do meu prédio, precisava desse favorzinho. Não sei se Vick acreditou, principalmente depois, quando ele mandou *outro* presente, mas ela nunca comentou nada.

Não tenho certeza de por que menti, acho que senti que era algo pessoal demais e que elas não aprovariam. Mas, alguns meses atrás, no dia que divulgaram a notícia da Nevasca EXPO, eu estava tão chateada por não poder ir que acabei falando sobre isso em um dos nossos desabafos ali no terreno baldio.

Quando contei a verdade sobre o Leo, Drica arregalou os olhos.

— Jura que você tem um namoradinho virtual?

Eu me encolhi, incomodada com o tom de deboche em sua voz.

— Ele não é meu namorado... — murmurei, sem graça, mas ela nem me deixou explicar nada.

— Eu jurava que você era lésbica.

Foi a minha vez de arregalar os olhos.

— Quê? Por quê? — Será que eu tinha deixado minha dúvida tão na cara assim?

Drica deu de ombros.

— Não sei, foi só uma sensação que eu tive.

— Quer dizer então que aquela história de primo era tudo mentira? — questionou Vick, e eu me encolhi novamente, dessa vez de vergonha, mas ela não parecia chateada. Mesmo assim, me senti péssima, porque esqueci completamente que tinha inventado essa história. — Bem que eu achei tudo muito estranho... Mas por que você mentiu, Ayla?

Eu desconversei, evasiva, e tentei conduzir o assunto novamente para o Leo e a Nevasca EXPO. Drica e Vick se ofereceram para comprar um ingresso para mim, mas eu fui terminantemente contra. Eu odiaria ficar devendo dinheiro a elas sem ter como pagar de volta — e eu faria questão, mesmo que tivesse que economizar pelo resto da vida, e elas jamais aceitariam, o que era outro ótimo motivo para minha recusa.

— Vocês vão ajudar? — indaguei agora sobre o concurso de cosplay, ignorando a pergunta da Drica.

As duas se entreolharam e deram de ombros.

— É pra isso que estamos aqui, não é? Pode contar com a gente.

Leo Lopes • online

2 de maio

Ayla Mihara, 15:53

Ai meu Deus!!!!

Minha tia acabou de me dar um presente de aniversário incrível!!!!!!!!

Leo Lopes, 16:00

O quê??

E como assim é seu aniversário e você não me disse? É hoje?

Ayla Mihara, 16:05

Hahaha não, foi segunda

Não curto muito aniversários, por isso não falo nada

Mas, nossa, ela me deu aqueles bonequinhos cabeçudos da Bela e da Fera

Eu sempre quis começar a coleção, mas é muito carooo

via Skype ▼

Leo Lopes • online

Leo Lopes, 16:10

Que legal!!!

Eu amo os bonecos da Funko, meu pai tem uma coleção, aí comecei uma também

Po, eu adoro aniversário! Pq você não gosta?

Ayla Mihara, 16:11

Sei lá, nunca acontece nada de bom

Leo Lopes, 16:12

Peraí, foi por isso que vc falou que tava na merda segunda?

Ayla Mihara, 16:12

É

E graças a vc foi um dos melhores aniversários q eu tive

Leo Lopes, 16:12

Que droga, eu teria me empenhado mais se soubesse que era seu aniversário

via Skype ▼

Leo Lopes • online

> To me sentindo mal agora

> Queria te mandar um presente tb

Ayla Mihara, 16:12

> Hahaha não precisa

> Vc já me deu um ótimo presente

Leo Lopes, 16:12

> Mesmo assim né

> Tinha um presente perfeito em mente

> Mas acho que ficaria meio esquisito se eu pedisse seu endereço pra mandar

Ayla Mihara, 16:12

> Hahahaha acho que sim

> Ah, já sei!! Tenho uma amiga que tem caixa postal

> Serve?

Leo Lopes, 16:12

> Sim!!

via Skype ▼

7

RAÍSSA

Sábado era dia de programa em família.

Era uma tradição que meus pais criaram quando meu pai começou a trabalhar fora, para que a gente não deixasse a vida e as obrigações nos afastarem.

Normalmente, eu adorava. Escolhíamos um restaurante, um parque ou qualquer coisa legal que estivesse acontecendo na cidade e nos reuníamos para comer besteira juntos e compartilhar as novidades. Sempre divulgávamos a programação no grupo da família, convidando qualquer um que estivesse por perto. Tínhamos um tio que também morava em Sorocaba, mas os outros parentes se espalhavam pelas cidades vizinhas e às vezes estavam dispostos a pegar a estrada só para nos ver. Costumava ser bem divertido.

Mas hoje, em especial, eu estava muito aflita com o concurso de cosplay e com a possibilidade de Ayla ganhar. Minha preocupação com sua determinação era tanta que eu preferia que qualquer outra pessoa vencesse, se isso significasse que ela não iria conseguir.

O que era horrível, mas era melhor do que decepcioná-la com a verdade.

E me decepcionar também.

Eu não estava pronta para admitir ao mundo que gostava de meninas. Não tinha certeza de como as pessoas iam reagir, principalmente meus pais. Minha mãe era toda "respeito as opções de cada um, mas não precisa ficar se beijando assim em público", como se fosse muito mente aberta, mas ela não entendia que: 1) Não era uma opção. Se fosse, será que eu não teria escolhido o caminho mais fácil? E 2) Aquele era exatamente o tipo de pensamento que só pessoas preconceituosas tinham. Afinal, ela nunca reclamava de casais héteros, mesmo que a conduta deles às vezes fosse muito mais explícita.

Meu pai não costumava manifestar muito sua opinião, mas, vez ou outra, eu o via repreender minha mãe quando ela fazia algum comentário preconceituoso. Isso não significava, é claro, que ele apoiaria a homossexualidade da própria filha. Quantas vezes, afinal, eu não tinha ouvido sobre pais que militavam pelos direitos LGBTQIA+, mas não conseguiram aceitar quando seus filhos assumiram?

Porém, mesmo se minha família me apoiasse, em nossas conversas Ayla nunca tinha dado nenhum indício de que também se interessava por meninas. Ela gostava de mim como Leo, então não acho que ficaria muito feliz ao descobrir que eu sou mulher. Seria desolador ter que lidar com o distanciamento dela.

Por ora, minha única meta era vencer o concurso e impedir um desastre.

— Terra chamando Raíssa — meu pai falou, estalando os dedos na minha frente. Meu olhar focou em seus olhos castanho-escuros e na sua sobrancelha arqueada.

Estávamos na frente de uma barraca de sorvete, num circuito de food trucks que acontecia naquele final de semana num dos parques da cidade. Nós dois tínhamos sido incumbidos da missão de levar sorvete para mamãe enquanto ela guardava a mesa (conseguida a muito custo) com meu tio Jorge, irmão do meu pai, e minha prima Madu.

— Oi! Desculpa — eu disse, saindo do devaneio.

— Tá tudo bem? — perguntou, preocupado, apesar do olhar feio que o atendente da barraca lançava para nós. Havia uma fila crescente atrás do meu pai, e as pessoas pareciam estar começando a ficar impacientes. — Você parece que anda no mundo da lua ultimamente.

— Foi mal, eu tava só pensando no concurso de cosplay. — Fiz um gesto com a mão para que deixasse para lá, como se não fosse importante. — Eu vou querer chocolate belga com baunilha — falei, mudando de assunto enquanto me virava para o atendente.

Meu pai pegou a carteira para pagar — ele já devia ter feito os outros pedidos enquanto eu estava viajando, pensando em Ayla — e voltou ao assunto.

— Já falei que você devia tentar a fantasia de Arlamian, o rei dos elfos. É a sua melhor interpretação — elogiou, com um sorriso animado no rosto moreno. Minha família paterna tinha origem indígena, então meu pai tinha olhinhos puxados e cabelos pretos e grossos que mantinha quase rente, além da pele acobreada. Eu era uma boa mistura dos genes do meu pai e da minha mãe, mas a pele, os olhos e a cor dos cabelos vinham dele. Da minha mãe, eu tinha herdado os fios cacheados e cheios, a estatura mediana e o corpo pouco curvilíneo, exceto pelos quadris largos.

— Mas a roupa dele é a mais difícil de fazer e conseguir os acessórios. São muitos detalhes. — Eu já tinha repassado aquela ideia várias e várias vezes na cabeça. Leo inclusive concordava com meu pai. Como vídeos eram liberados no concurso, ele tinha certeza de que minha interpretação de rei dos elfos sairia vitoriosa.

— Mas se fosse para ser fácil, não seria um concurso, não é? — comentou, enquanto passávamos para o lado, esperando os sorvetes. — Se você fizer algo mais complexo, tem mais chances de ganhar.

— Eu sei — concordei, desanimada enquanto recebíamos os pedidos.

— Filha, eu tenho certeza de que você vai conseguir. — Ele passou o braço pelo meu ombro e me puxou em direção à mesa. — Minha menininha é muito capaz. E vai mostrar a eles que faz o melhor cosplay do país.

— Apoiado! — exclamou tio Jorge, que só tinha ouvido a última parte, fazendo todo mundo rir. Até eu abri um meio sorriso, me rendendo.

Ao lado dele, estava minha priminha de dois anos. Ela estendeu os bracinhos gorduchos para o pote que meu pai entregava a tio Jorge, rindo alegre enquanto o pai dela começava a dar o sorvete em sua boca.

Em seguida, eu e meu pai nos sentamos ao lado de mamãe, de frente para eles.

— Jorge, você tem falado com a Ivanilde? — perguntou meu pai, dando uma colherada no sorvete. Ivanilde era a prima deles mais afastada da família, porque morava com a minha avó em Brasília, junto às duas filhas, Maria Isabel e Paola. — Ela anda sumida...

— A Paola falou que não tá bem de saúde, teve um treco depois que a Bel apareceu em casa com uma garota.

Me senti enrijecer e ergui a cabeça bruscamente.

— Quê? — soltei sem querer.

— Mentira! — exclamou minha mãe, chocada com a informação, levando a mão à boca para esconder a surpresa.

Meu coração batia acelerado enquanto os três fofocavam.

— Pois é, sua prima Maria Isabel contou pra família que é sapatão, e a Ivanilde quase morreu do coração quando soube, foi pro hospital e tudo. — Tio Jorge balançou a cabeça em reprovação.

— Não sei por que a surpresa, tava na cara que aquela ali jogava no outro time.

Eu olhei para minha prima, que agora segurava o pote em suas mãos e estava focada em tomar seu sorvete, completamente alheia às barbaridades que os adultos à mesa falavam.

— Bom, sabendo ou não, a Ivanilde deu uma sumida porque está morrendo de vergonha de contar pra família — comentou tio Jorge.

— Coitada, não sei o que faria no lugar dela — minha mãe disse, me fazendo encolher ainda mais.

Meu Deus, eu queria morrer.

Também queria falar alguma coisa, qualquer coisa, mandar todo mundo calar a boca, aqueles hipócritas preconceituosos, mas nenhum som saía de mim.

— O Fred deve ter ficado revoltado também.

Meu tio assentiu.

— Expulsou a menina de casa e tudo.

— Ah, gente, mas também não é pra tanto — minha mãe tentou

amenizar. — Afinal, é a filha deles. Se ela gosta de meninos ou não, isso não muda o caráter dela.

Meu tio apertou os lábios, revoltado.

— Pra mim isso é falta de uma surra.

— Aí já acho exagero, Jorge. Concordo com a Marta que isso não muda nada. Só é um pouco difícil aceitar. A gente quando tem filhos planeja todo um futuro, pensa nos netos que vão nos dar. Uma notícia dessa dá uma balançada, mas não é o fim do mundo. — Como se não bastasse, ele se virou para mim e deu um tapinha na minha mão, apoiada sobre a mesa. — A Raíssa aqui pode ser o que ela quiser. Mas acho que desse mal a gente não sofre. Não é não, filhota?

Ele me cutucou, fazendo graça. Mas eu não consegui sorrir.

Na verdade, eu tive que me esforçar para não chorar.

Ayla Mihara • online

4 de maio

 Ayla Mihara, 18:12

Oiii, tá por aí?

Sabe o que eu acabei de me tocar?

A gente tá se falando tem uns dias, mas não trocamos mais nenhum contato, né?

Preciso saber se vc é real mesmo hahaha

5 de maio

 Ayla Mihara, 15:43

Será que eu devo me preocupar com o seu sumiço?

6 de maio

 Ayla Mihara, 10:43

Ou considerar isso como um "não, não sou real"?

via Skype ▾

Ayla Mihara • online

Ayla Mihara, 14:46

Tem um Leonardo Lopes no Facebook que parece com a sua foto de perfil aqui do Skype

Será que se eu adicionar ele vai vir me dizer que nunca jogou Feéricos na vida?

Leo Lopes, 20:12

Oi!!

Pro seu azar, eu sou real hahaha pode adicionar

Viajei pra casa da minha vó esse final de semana e fiquei sem computador

Tava morrendo já

Ayla Mihara, 20:30

Ahh, que susto, tava ficando preocupada

Adicionei

Leo Lopes, 20:32

Beleza, vou mandar meu número por inbox

via Skype ▼

8

AYLA

— Ei, vamos ver alguma coisa daqui a pouco? — perguntou o Leo, quebrando o silêncio de repente.

Eu estava atacando um demônio alado da floresta com minha gnoma de cabelo rosa e expressão feroz. Podia ouvir os cliques enlouquecidos do Leo do outro lado da linha também. Já fazia umas duas horas que estávamos jogando, mas tinha vezes que só ficávamos ali, juntos na ligação, ouvindo a respiração um do outro e os barulhos que nos cercavam.

Era estranho porque eu conseguia me ver ali do lado dele. Imaginava a cama de casal bagunçada, o quarto todo branco, bem minimalista, apesar dos pôsteres de animes e super-heróis nas paredes. Já tinha pedido para ele me mostrar o quarto várias vezes para que eu pudesse memorizar a imagem. Mas tinha coisas que nenhum vídeo poderia me mostrar. O cheiro do amaciante que a mãe dele usava na roupa de cama. A sensação dos pelos do Gandalf enquanto ele andava de um lado para o outro, tentando encontrar uma posição para dormir. Ficar agarradinha com Leo vendo filme. O ronco dele, quando adormecesse sem querer. Algo que ele nunca admitiria, mas que eu já tinha escutado durante uma de nossas ligações em que ele apagou comigo na linha.

Essas coisas eu só podia imaginar.

Às vezes quase conseguia. Às vezes parecia que eu estava mesmo lá.

Às vezes parecia que havia um oceano inteiro entre nós.

— Eu vi umas resenhas de *Cinco centímetros por segundo*, fiquei morrendo de vontade de assistir — ele continuou.

A gente tinha essa mania de assistir filmes juntos de vez em quando. Dávamos play no mesmo instante e comentávamos as passagens e ríamos juntos e era quase como se estivéssemos um do lado do outro.

Quase.

— Ai, queria, mas combinei com a minha tia de a gente ir atrás de coisas pra fantasia.

Sayuri conhecia todos os lugares legais da cidade, e tinha ficado muito empolgada em me ajudar a montar o cosplay.

— Ah, legal. Você decidiu se vai de Branwee mesmo?

Branwee era a fada da beleza. Ela usava seu charme para conseguir tudo o que queria e era uma das minhas personagens preferidas.

— Vou sim! Até fisicamente ela parece comigo, então vai ajudar.

— Você tá se comparando com a fada mais bonita de Feéricos? Meu Deus, você é muito convencida.

— Não! Não foi isso que eu quis dizer, eu... — Mas Leo me interrompeu com uma gargalhada. Ele estava me provocando.

Parei um segundo para apreciar sua risada. Sua voz era tão suave, quase feminina, como se ainda não tivesse encorpado. E a risada era do mesmo jeito. Leve. Tranquila. A risada de quem não tinha nenhuma preocupação no mundo.

— Acho que você vai ficar perfeita de Branwee — completou, com o tom mais sério agora.

Eu corei.

— Vai à merda — resmunguei, envergonhada.

— Quê? Eu tô te elogiando!

— Mas tava me zoando. Não sou convencida.

Ele riu.

— Eu sei que não. Você é a pessoa menos convencida que eu conheci na minha vida, o que é até engraçado porque também é a mais bonita.

— Para, Leo! — reclamei, querendo cobrir minha cara de vergonha apesar de ele não poder me ver.

Era meio engraçado como às vezes eu sentia como se realmente estivesse falando com ele. Queria tanto poder ouvir sua risada ao vivo.

Tinha passado os últimos dias pensando e repensando que fantasia cairia melhor em mim. O prazo do concurso era até o fim da semana seguinte, exatamente uma semana antes do evento. Eu já estava a todo vapor.

Nesse momento, a campainha de casa tocou.

Pude ouvir a voz surpresa da minha mãe enquanto abria a porta e dizia:

— Boa tarde, Sayuri, não sabia que você vinha.

Leo ainda estava rindo do meu constrangimento.

— Acho que minha tia chegou, vou ter que ir. Espero que você esteja tão empenhado nessa fantasia quanto eu.

Leo hesitou. Sei que morria de vergonha dessas coisas e achava que era o maior mico, mas ele precisava tentar. *Pela gente.*

— Claro que tô.

— Então tá bom, até mais tarde.

Em seguida, desliguei a ligação e saí correndo para a sala.

Sayuri estava lá, de pé, conversando com a minha mãe. Ela usava uma calça toda rasgada e uma regata branca larga, que deixava seu sutiã de renda à mostra, e estava com os cabelos presos num coque. Perto de Sayuri, minha mãe era alta, mas parecia pequena diante da imponência da minha tia. Ela sabia como conquistar seu espaço onde quer que estivesse.

Talvez por isso minha mãe não gostasse dela. E talvez por ciúmes, também.

— Oi, Say! — gritei, correndo para abraçá-la.

Só tive tempo de registrar o olhar de reprovação da minha mãe antes de pular no pescoço da minha tia. Ela retribuiu o abraço, me apertando forte.

— E aí, chefinha. — Say passou a me chamar assim desde que fiquei obcecada com *O poderoso chefão*. Ela dizia que combinava comigo porque, quando eu era mais nova, era bem autoritária. — Tá pronta?

— Tô! Vou só pegar minha bolsa. — Fui correndo para o quarto e voltei antes que minha mãe tivesse tempo de começar um novo assunto. Ela adorava falar sobre qualquer coisa que Sayuri desaprovasse, só para provocá-la.

— Aonde vocês vão, hein? — minha mãe indagou. — A Ayla não me disse que ia sair.

— Vamos só dar uma volta, tomar um café.

— Hummm.

Empurrei Sayuri em direção à porta antes que minha mãe resolvesse se convidar para ir com a gente.

— Tchau, mãe!

Fechei a porta às nossas costas.

— Você não contou pra ela? — Sayuri perguntou assim que estávamos longe o suficiente do alcance do seu ouvido atento.

— Não, senão ela ia agourar.

Saímos do meu prédio e começamos a caminhar para o ponto de ônibus.

Sayuri tinha mencionado que conhecia algumas lojinhas baratas de fantasia e que poderíamos encontrar o que eu precisava lá.

— Entendi. — Ela deu um pulo, se animando, e bateu palmas, empolgada. — O.k., então nossa missão é encontrar os acessórios que você precisa pra ser a princesa da beleza com asas.

— Isso.

— E como você vai transformar isso em uma fantasia?

— A Vick e a Drica vão me ajudar com as roupas. Elas têm um monte de coisa em casa que não usam mais. E a Drica vai pedir pro irmão dela, que é fotógrafo, tirar as fotos.

Paramos no ponto de ônibus enquanto Sayuri continuava o interrogatório.

— Você já pensou o que vai fazer se ganhar? Tipo, como você vai? Onde vai ficar?

— O vencedor do concurso ganha tudo. Ingresso, passagem e hospedagem. E eu tenho um dinheirinho guardado, que fui juntando dos lanches...

— Você não tá deixando de comer não, né? — Ela se virou para mim, exaltada.

Ergui as mãos para acalmá-la.

— Não, eu só me planejo. Passo no mercado na volta da escola às vezes e compro lanches mais baratos. Aquela escola cobra os olhos da cara em tudo!

— O.k., então. Voltando pro concurso. — Ela parou para lembrar o que pretendia perguntar antes. — E se você não ganhar?

Franzi o cenho, nervosa.

— Bem, eu... Eu não sei, tia, não pensei em tudo ainda.

Ao perceber meu nervosismo, ela colocou as mãos em meus ombros, me obrigando a encará-la.

— Não estou querendo te desanimar, chefinha, mas você precisa ser racional. Precisamos de um plano B. É bom estar preparada para todas as possibilidades.

Deixei escapar um suspiro enquanto meus ombros murchavam, desanimada.

— Se o concurso não der certo, eu posso simplesmente desistir...

Sayuri balançou o indicador na minha frente.

— Nem pensar. Vamos dar um jeito.

Ela suspirou e me abraçou. Nesse momento, Sayuri esticou o pescoço para enxergar algo às minhas costas. Logo em seguida, fez sinal para o ônibus que vinha.

— Se o concurso não der certo, vou pensar em alguma coisa, prometo. Agora se anime. Estamos prestes a te transformar na mais bela fada de Campinas! — quase berrou enquanto o ônibus parava para nós.

— Do *Brasil*! — concordei, me animando de repente.

Ia dar tudo certo.

Eu tinha certeza.

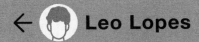 **Leo Lopes**

10 DE MAIO

Aaaaaaaaaaaaaaaa 8:15

Chegou!! 8:15

O quê?! 9:28

Você enviou uma foto

Meu presente!! Eu amei amei amei! 9:30

Minha amiga trouxe hoje pra mim 9:30

Já levei chamada dos professores umas 5 mil vezes por estar lendo na aula hahahah 9:30

Isso é errado de tantas formas que não sei nem o que dizer ahahah 9:32

Quer dizer, seus professores reclamarem da sua leitura, não a leitura em si 9:32

Ah ta hahaha já ia te xingar 9:33

Se vc tivesse mandado um livro de "alta literatura" eles não iam reclamar 9:33

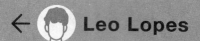 

Que idiotas 9:34

Insira um revirar de olhos aqui haahah 9:34

Depois me conta o que achou!! 9:34

> Já tô amando! Tô até lendo agora no intervalo 9:35

> Os seus comentários no livro são os melhores 9:35

> Muito muito obrigada, Leo! Vc é incrível! 9:35

> Meu Deus, eu sou sortuda demais por ter te conhecido!! 9:35

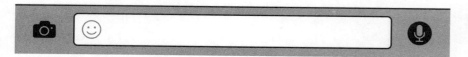

9

RAÍSSA

Olhei para a lente apontada para mim. O tripé se equilibrava precariamente sobre o chão de terra do Jardim Botânico de Sorocaba, mas o Leo segurava a câmera firme, mantendo-a estabilizada. Seu olhar concentrado indicava que ele tinha entrado no "modo profissional" — o Leo amava fotografar e, desde que ganhara a câmera de presente dos pais, vinha me usando de cobaia para aprender. Eu não podia reclamar; a gente era, afinal, a dupla de amigos que todo mundo gostaria de ter.

A Gabi, que me observava por cima do ombro do Leo, costumava dizer que eu tinha tudo para virar uma cosplayer famosa no Instagram. Eu tinha o talento e o amigo fotógrafo. Mas, por mais que eu me sentisse muito à vontade interpretando, posar para fotos era outra história. Postá-las, então? Alguém teria que me obrigar.

— O.k., Ray. Tá pronta? — Leo perguntou, o olhar atento à tela da câmera.

Eu respirei fundo e assenti.

Tinha passado a última semana completamente empenhada na produção da minha fantasia de Arlamian, o rei dos elfos. No fim das contas, decidi seguir o conselho do Leo e do meu pai. Eu tinha mesmo muita facilidade de interpretar papéis masculinos — Ayla podia atestar —, mas o que me fez bater o martelo foi a parte física. Os elfos em geral tinham traços femininos, e Arlamian era um ícone do gênero fluido em Feéricos, ainda que eles não dissessem isso com todas as letras. A única mudança física que tive que fazer foi alisar meus fios cacheados e cheios para que ficassem mais parecidos com o cabelo liso do personagem.

Arlamian usava uma coroa de galhos e uma túnica de tecido grosso — que tinha dado um trabalho do cão para encontrar e, mais ainda, para customizar —, que se abria em duas fendas na altura do quadril e seguia até o chão. Tive que pedir um tamanho maior que o meu para que a roupa justa não marcasse meu corpo e usei um top sem alça que, somado à armadura de metal para proteger o coração, disfarçavam o volume do meu peito. Uma calça colada de um dourado desgastado cobria o restante do corpo à mostra, dos pés à cintura. O resultado tinha ficado perfeito.

No rosto, passei apenas uma base para cobrir as espinhas e imperfeições — os elfos tinham a pele lisa como de um bebê — e caprichei no iluminador. Entre o cabelo alisado, surgiam orelhas pontudas de silicone, que eu já tinha em casa, compradas para outros cosplays.

Quando me olhei no espelho aquela manhã, me senti incrível.

Mais do que a produção, o que realmente me deixava animada, o que me dava um barato bizarro e delicioso, era aquilo ali. Aquele momento. A hora de entrar no personagem.

— Três, dois... vai! — gritou Leo, e senti a transformação acontecer enquanto mirava o céu acima, esquecendo a câmera, o Leo e a Gabi. Voltei o olhar para baixo, diretamente para a lente, mas já não via mais nada daquilo à minha frente. Em vez disso, podia vislumbrar um mar de elfos, de súditos, murmurando enquanto aguardavam seu rei falar.

— Meus irmãos e irmãs — comecei o discurso, repetindo as palavras havia muito decoradas —, é com pesar que venho aqui hoje confirmar o que a maioria de vocês já temia: Lorien foi derrubada. Minha querida irmã Prius foi assassinada. Todo o povo loriano, elfos, fadas, duendes, nossos irmãos, amigos, familiares, foi massacrado por humanos. Os mesmos humanos que juraram nos defender incondicionalmente, os mesmos humanos que assinaram nosso acordo de paz há tantos anos! — A raiva ia começando a se revelar em meu tom de voz, as palavras saindo quase cuspidas à medida que Arlamian era tomado pela notícia arrasadora. — A aliança entre feéricos e humanos foi quebrada. Mais do que isso, os humanos declararam *guerra* contra o nosso povo! — Eu quase podia sentir o silêncio mortal que recaía sobre a população conforme se davam conta do que o rei estava dizendo. Wyor era a maior cidade do universo do jogo, uma das poucas em que seres de todas as raças feéricas se misturavam e viviam em harmonia, assim como Lorien. Arlamian, apesar de ser rei só dos elfos, era o único capaz de falar e atingir a todos os feéricos com seus discursos. — Não podemos ficar de braços cruzados! É hora de agir! Lorien merece ser vingada, e cada um de nós aqui deve isso aos nossos entes queridos que deixaram esse mundo lutando com bravura contra aqueles que juraram amizade a nosso povo. — Deixei o silêncio se arrastar, o olhar feroz indo de um lado para o outro, como se fitasse cada um dos rostos cheios de raiva que me encaravam. — É hora de lutar!

Ergui a mão em punho para o alto, e o Leo logo gritou:

— Corta! — Ele ergueu o olhar da tela e sorriu para mim, erguendo o polegar em sinal de aprovação. — Agora sim, ficou perfeito! Rainha dos cosplays!

— Arrasou! Diva feérica! — Gabi entrou no coro de elogios.

Fiz uma dancinha empolgada, pulando junto com eles.

Estávamos no Jardim Botânico já fazia mais de uma hora. Pegamos um Uber para lá porque, por mais que eu amasse fazer cosplay, não tinha a menor coragem de sair na rua daquele jeito — as piadinhas que ouvia sempre que estava fantasiada acabavam minando minha cara de pau. Passamos um bom tempo procurando uma área bonita e deserta para filmar. Depois que nos acomodamos naquele ponto, Gabi tirou algumas fotos do Leo, que também estava fazendo um cosplay bem básico de Maedhros, uma das poucas fadas do gênero masculino e um traidor do próprio povo. Para todos os efeitos, ele também precisava se inscrever no concurso e ter fotos para mostrar à Ayla, mas não nos empenhamos muito na fantasia.

Foi só após a sessão do Leo que comecei a me preparar enquanto fazíamos os testes de filmagem. Por mais que amasse atuar e me sentisse muito bem fazendo isso, não era perfeita. Eram necessárias várias tentativas até chegar na melhor versão possível. No fim, tínhamos material mais que suficiente se quiséssemos inserir erros de gravação.

— Nossa, certeza que esses ingressos já estão no papo — Gabi disse, enquanto eu e ela nos jogávamos no chão, felizes pelo resultado, e o Leo tirava a câmera do tripé e começava a desmontar tudo.

— Não fala isso que eu fico esperançoso demais — ele disse antes de sentar ao nosso lado, arrancando as asas de fada das próprias costas. — Mas ficou *mesmo* incrível, Ray. Acho que a gente devia levar a sério a ideia da Gabi.

— Ai, não sei...

A Gabi insistia que eu devia abrir uma conta no Instagram só para postar meus cosplays. Por enquanto, eu os mantinha muito bem guardados em pastas do meu computador.

— Imagina se você ganha mesmo o concurso, olha a visibilidade que vai ter! — Gabi argumentou, desbloqueando o celular antes de estendê-lo para mim. — Olha essas fotos, mano. Você tá incrível! Se ficar famosa, vai começar a ganhar mimos e pedidos de encomendas.

Eu abri um sorriso divertido. Nós sempre brincávamos sobre ganhar "mimos" de empresas e ficar famosinhos na internet, gravar vídeos de recebidos e tudo mais. Mas isso era só um sonho, uma brincadeira até. Pelo menos para mim. Agora, postar minhas fotos? Parecia um pouco presunçoso da minha parte... Eu gostava dos meus cosplays, mas será que mais alguém teria interesse?

Enquanto olhava as fotos que ela tinha tirado e, depois, as da câmera do Leo — a maioria tão espontâneas que eu nem me lembrava de tê-lo visto fotografar —, a ideia começou a não me parecer tão absurda assim.

— Eu posso tentar, acho... Mas não quero ficar divulgando meu perfil, tá? Prefiro que nenhum conhecido saiba disso. E preciso de umas dicas...

— Oba! — Gabi gritou, animada, me interrompendo. — Eu te ajudo!

— Eu também! A gente te divulga entre as contas de cosplay, vai ser ótimo!

— Ai, gente, que vergonha — falei, escondendo o rosto entre as mãos.

— Que engraçado isso — Gabi comentou, e ergui o rosto em tempo de vê-la rindo, olhando para mim. — Você fica superenvergonhada agora, mas na frente da câmera... parece que vira outra pessoa. Você se solta!

Abri um sorriso de lado, encarando meu colo.

— Acho que essa é a mágica da atuação, sabe? Porque quando eu tô interpretando um papel, não sou eu. Sou o forte e imponente Arlamian, o rei dos elfos, ou a doce e delicada Tilly, a gnoma, ou o chato do Leo. — Pelo canto do olho, pude vê-lo mostrar a língua para mim. — Quando eu *entro* no personagem, de verdade, eu *sou* aquela pessoa. Não tem espaço para a minha vergonha, a não ser que a pessoa que estou interpretando também seja envergonhada. Ainda assim é diferente. Porque cada um tem uma personalidade, um trejeito, uma característica única.

— Ai, que lindo, Raíssa. — O Leo passou o dedo sob os olhos, como se secasse as lágrimas inexistentes de emoção. — Muito profundo.

— Cala a boca, seu tonto — reclamou Gabi, rindo, batendo com o ombro no dele. — É incrível o que você faz, amiga. De verdade. E hoje você tava excepcionalmente arrasadora. Nunca te vi tão empenhada em uma interpretação. Dá pra ver o quanto quer ir a essa feira.

Talvez também tenha ajudado o fato de eu estar determinada a impedir a Ayla de ganhar.

— Mas... Posso perguntar uma coisa? — Ela estava hesitante, me fazendo arquear a sobrancelha.

— Hum... claro.

— Você acha que é uma pessoa envergonhada mesmo, ou só não tem coragem de ser quem você é de verdade?

Eu encarei Gabi, sentindo meu coração acelerar.

— Como assim?

— Sei lá, às vezes eu tenho a impressão de que você gosta de atuar porque é a única forma de ser quem você quiser, sem que ninguém fique te julgando, sabe?

Minha boca ficou seca.

— Não que você não possa simplesmente curtir atuar — acrescentou Gabi, começando a ficar nervosa com meu silêncio. Mas eu estava paralisada demais para dizer qualquer coisa. — É só que... Não sei, pode ser besteira minha, mas às vezes eu tenho a sensação de que atuar não é só um passatempo, mas a forma que você encontrou pra se libertar.

— Nossa, Gabi, agora é você que tá profunda — Leo brincou, colocando a mão no braço dela, tentando quebrar o gelo e me salvar daquela situação constrangedora.

— Desculpa... — A Gabi deu uma risada e desviou o olhar para a mão dele. — Não quis ficar analisando demais a situação, foi só uma coisa que me passou pela cabeça. É besteira minha, deixa pra lá!

Acompanhei a risada, tentando me acalmar, apesar de ainda sentir o suor frio nas mãos.

— Acho que esse é um ótimo momento pra gente criar o perfil de cosplay da Ray, não acham? — Leo perguntou, desviando o assunto.

— Boa! — concordou a Gabi, animada, se apressando em sacar o celular antes que eu vetasse a ideia.

No momento em que ela se distraiu com a missão, Leo me lançou um olhar cauteloso, e eu sorri para garantir que estava tudo bem. Mas devo ter falhado porque, quando o olhar dele voltou para o celular da Gabi, havia um vinco profundo entre as suas sobrancelhas.

← **Ayla Mihara**

12 DE MAIO

Oi! Vai jogar hoje não? 😕 15:06

Tá sentindo minha falta, é? hahaha ♡ 15:28

Tô só oferecendo companhia 15:35

Pois estou aqui livre, sozinho e triste 15:35

HAHAHAH que gracinha 15:38

Tô num churrasquinho, aniversário da minha tia 15:38

Poxa nem chama 15:39

Olha hahaha bem que queria chamar 15:42

Pena que você tá tão longe 😕 15:42

Ahh... nem é tão longe assim 15:43

Uma horinha só 15:43

Vem então? 15:47

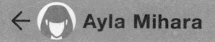 

Tem queijo coalho, pão de alho, farofa de banana 15:47

FAROFA DE BANANA É MUITO BOM 15:50

Desculpa, me exaltei hahaha amo farofa 15:50

Tem carne nesse churrasco, não? 15:50

Temm hahahaha 15:52

É que eu sou vegetariana, não reparo muito nessa parte 15:52

O QUÊ? 15:53

POR QUÊ? 15:53

Esse é o momento que nossa amizade sofre um baque por você descobrir que não como carne? 15:56

Hahaha nada disso 15:58

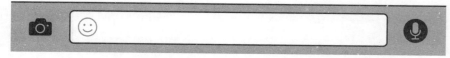

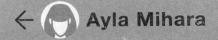 **Ayla Mihara**

> Respeito seu estilo de vida 15:58

> Na verdade, é até bom 15:58

> Assim quando a gente se encontrar sempre sobrará mais carne hahahaha 15:58

Aff, interesseiro 16:00

Mas apesar da sua ganância, gostaria que esse dia pudesse acontecer mesmo 16:00

> Ah sei lá... 16:04

> Quem sabe um dia? 16:04

10

AYLA

O prédio em que a Vick morava era daqueles de um apartamento por andar, e o elevador já deixava você *dentro* de casa. Foram poucas as vezes que eu a tinha visitado — em geral, a gente só andava junta no colégio ou saía depois da aula — e eu ficava embasbacada toda vez.

Só a sala dela era do tamanho do meu apartamento. O cômodo era dividido em três ambientes: uma sala de TV, com sofás confortáveis, daqueles com um assento mais longo, e uma televisão de mais de cinquenta polegadas; uma sala de jantar, com uma grande mesa redonda de madeira, que tinha uma bandeja de vidro que girava, igual à que eu via na novela das nove; e uma sala de estar, com sofás menores de dois lugares ao redor de uma mesinha de centro.

A cozinha era meu verdadeiro sonho de consumo. Ela era maior do que o meu quarto e tinha aquelas ilhas enormes no meio do cômodo, com fogão cooktop e cheiro de limpeza. Sempre que a visitava, a Lídia, empregada da casa, colocava um bolo de laranja no forno e enchia o apartamento com aquele cheiro delicioso.

Agora, estávamos em seu quarto, a Drica jogada na cama, mexendo no celular como se fosse dona da casa, apesar de a verdadeira dona ter proibido a filha de andar com ela, enquanto Vick e eu vasculhávamos o armário — tão grande que, para mim, era quase um closet. Eu poderia brincar de pique-esconde ali dentro e ninguém nunca me encontraria.

— Olha, parecidos com aquele que você me mostrou, eu tenho esse — Vick tirou um cabide do nicho de vestidos em seu armário e voltou a analisar as outras peças —, esse, esse e esse. — Ela tirou todas as opções do armário e as jogou em sua cama para que eu escolhesse.

Os quatro vestidos que tinha separado eram bem diferentes um do outro, mas todos se encaixavam perfeitamente na fantasia de Branwee.

— Eu queria muito saber em que momento da vida você usou uma roupa assim — comentei, erguendo o cabide em que estava pendurado um vestido bege de tecido leve como seda, a saia e as mangas compridas em tiras, no melhor estilo élfico.

Vick riu e se jogou na cama ao lado de Drica.

— Foi para um casamento na praia, de uns amigos do meu pai. Eu tinha comprado esse pra ir — ela apontou para um dos outros três que havia separado, o segundo que mais tinha chamado minha atenção —, mas na véspera o tempo virou, a temperatura caiu muito e a gente correu pra comprar esse pra eu não morrer de frio.

Ela deu de ombros, como se não fosse nada de mais gastar uma grana preta num vestido de casamento, depois de já ter comprado outro vestido caro. Se fosse eu, teria que arranjar uma echarpe para jogar por cima e torcer para ser o suficiente.

Drica desviou o olhar do celular e encarou os vestidos na cama.

— Esse aqui é o que você falou que ia me emprestar pro casamento do meu irmão? — perguntou, puxando um vestido amarelo pastel fininho, que tinha um decote enorme na frente e as costas nuas.

Vick era nossa fada madrinha, praticamente. Apesar de a família da Drica também ter uma boa condição financeira, o bom gosto da Vick era inegável. Quando ela não estava emprestando roupa à Drica, a ajudava a comprar as melhores peças. Em geral, eu ficava só admirando. Além de não ter dinheiro para comprar nada, também não tinha muitos eventos sociais que exigissem um *look* diferente do que tinha no armário.

Exceto agora.

— Esse mesmo, vai ficar maravilhoso em você. Prova aí.

Drica pulou da cama e começou a tirar o uniforme do colégio para experimentar a peça enquanto eu fazia o mesmo com o vestido que tinha em mãos.

Antes mesmo de olhar no espelho, já sabia que Vick tinha acertado. A manga aberta ficava pendurada quando eu erguia as mãos à frente do corpo, deixando os braços à mostra. O tecido era bege, mas num tom mais escuro, contrastando com a minha pele. O decote era quadrado e mais discreto, mas o arame embutido para sustentação parecia me deixar com mais peito do que eu realmente tinha. Quando colocasse a asa falsa e os outros acessórios que tinha comprado e prendesse o cabelo na lateral, eu estaria a Branwee em pessoa.

Apesar de ter dito ao Leo que escolhi a Branwee principalmente pela semelhança física, havia outro motivo também: ela era a personagem mais empoderada, forte e incrível do jogo inteiro. Depois de ter perdido a mãe — que também era uma fada da beleza, de quem herdara a aparência física e os poderes — pelas mãos do próprio pai — um humano que, enlouquecido pelo ciúme, acabou matando a própria mulher —, Branwee se tornou uma espécie de defensora das fadas e, com o tempo, de seres femininos de outros povos também. Ela era claramente um símbolo contra o machismo, o feminicídio e os relacionamentos abusivos. Isso era uma das coisas que eu mais amava em Feéricos. O jogo era inclusivo, com personagens inspirados em diferentes raças, gêneros e sexualidades, e abordava temas importantes sem parecer forçado.

Eu tinha o maior orgulho de ser uma jogadora.

— Uau! — exclamou Vick, batendo palmas enquanto assobiava para mim. — Que fada maravilhosa!

Eu corei enquanto admirava meu reflexo. Tudo bem que aquele não era o figurino mais chamativo de todos, o que diminuía o impacto do cosplay, e a imagem mais icônica da Branwee era com um vestido de *folhas de árvore*, algo que eu jamais conseguiria reproduzir, mas... era o melhor que eu podia fazer com o tempo e o dinheiro de que dispunha. E, modéstia à parte, eu não estava nada mal.

— Fada da beleza asiática — concordou Drica, juntando-se aos aplausos e chamando minha atenção.

Ela usava o vestido amarelo de Vick, que combinava bem com sua pele negra. Tinha ficado mais justo do que provavelmente ficaria na dona da roupa, mas não parecia apertado — só, talvez, mais sensual. O decote era enorme, o volume bem marcado graças a uma faixa apertada na cintura, logo abaixo do peito. O quadril largo dela se destacava no tecido leve, moldado ao corpo. O vestido marcava todas as curvas bem delineadas dela.

— Olha quem fala, né? Assim vai tirar a atenção da noiva! — brinquei.

— Ficou ótimo, né? — ela disse, segurando a saia do vestido e dando uma balançada para ver o movimento. — Bom, mas isso não importa agora. Nosso foco de hoje é você! Deixa eu ver onde meu irmão se meteu enquanto a gente faz sua maquiagem.

Ela pegou o celular que estava na mesinha de cabeceira e começou a mandar uma mensagem.

— Tem certeza de que não tem problema ele tirar essas fotos, Drica? — Mordi o lábio, me sentindo um pouco folgada por estar me aproveitando delas assim. A roupa e a maquiagem da Vick, o irmão fotógrafo da Drica. — Tipo, o cara *trabalha* com isso. Odeio pedir pras pessoas fazerem coisas de graça pra mim.

— Ayla. — Ela caminhou na minha direção, largando o celular na cama e só parando quando estava cara a cara comigo. Então colocou a mão no meu ombro. — O Kaíque tem muitos anos de implicância comigo nas costas pra pagar. Fica tranquila que eu sei muito bem como lidar com meu irmão.

Ela deu uma piscadinha enquanto Vick levantava da cama e abria o armário para pegar sua maleta de maquiagem. Eu estava começando a ficar nervosa com toda aquela produção. Não que eu não gostasse de me arrumar, mas receber toda essa atenção era estranho e desconfortável.

É por mim e pelo Leo. Vale a pena, me forcei a lembrar.

O celular da Drica apitou com uma notificação.

— Ele tá a caminho! Vamos agilizar a maquiagem — declarou, indo até a cadeira da escrivaninha e empurrando-a para perto da janela.

— Olha, amiga — disse Vick, me puxando até a cadeira. Sentei enquanto ela abria a maleta para pegar o primer. — Sei que de vez em quando não parece que a Drica e eu te damos muita força, mas eu tô achando muito incrível ver o quanto você tá se empenhando pra conhecer esse garoto...

— Não é só pelo Leo — falei rápido demais. — A feira é...

— Ah, corta essa, Ayla — Drica interrompeu, voltando a trocar de roupa enquanto Vick começava a passar o corretivo. — Pensei que a gente não precisasse ficar se justificando uma pra outra.

— E não precisa — murmurei em concordância.

— Então pronto. — Ela fechou o zíper da saia do uniforme e se aproximou. — Eu posso até achar estranho conhecer alguém por um jogo, mas né... As pessoas usam aplicativos de relacionamento *com o objetivo* de arranjar namorado. Quem sou eu para julgar?

Era a primeira vez que Drica falava qualquer coisa para apoiar a minha relação com o Leo, e confesso que até me emocionei. Pode ser que nós três tivéssemos uma amizade um pouco incomum e vivêssemos em mundos completamente diferentes. Mas apesar de tudo isso elas estavam ao meu lado quando eu mais precisava. E ainda se esforçavam para me apoiar e entender o que eu estava fazendo.

Se isso não era amizade verdadeira, eu não sabia o que era.

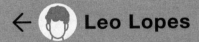 **Leo Lopes**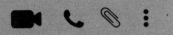

16 DE MAIO

Leo, tá por aí??? 12:42

Pelo amor de Deus, me salvaaa 12:42

Que houve?? 12:43

Você por acaso sabe cozinhar? 12:43

Ou, no caso, usar a panela de pressão? 12:43

Bom, eu sei me virar 12:44

Já usei, nunca explodiu 12:44

AH, SERVE. ME AJUDA AQUI 12:44

Você enviou um vídeo

Esse barulho significa o quê?? 12:44

É melhor eu desligar? Vai explodir? Tá pronto? Deixo mais? 12:44

HAHAHAHAHHAHAHAHAHAHHA 12:45

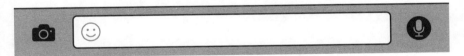

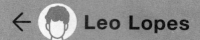 **Leo Lopes**

Calma! Tá só saindo a pressão. Começou agora, né? 12:45

Baixa o fogo e conta o tempo de cozimento a partir de agora 12:45

Aff, eu só precisava colocar um frango pra desfiar ☹ 12:46

Minha mãe falou pra deixar 15 minutos depois de pegar pressão 12:46

Ela teve que sair cedo pra fazer umas entregas urgentes e pediu pra eu fazer arroz de forno 12:46

MAS NÃO SEI MEXER NESSE TROÇO 12:46

E EU NEM COMO CARNE 12:46

Respira! Vai dar tudo certo 12:47

Sei que é assustador, também passei por isso 12:47

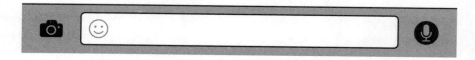

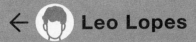 

Mas to vivo hahah 12:47

O máximo que vai acontecer é explodir 12:47

Puxa, MUITO OBRIGADA 12:47

Foi de grande ajuda, você 12:47

Hahahah ♡ 12:48

Fica de olho aí e me dá notícias 12:48

Tá bom 12:50

Se eu morrer, foi muito bom te conhecer ☹ 12:50

Dramática... 12:51

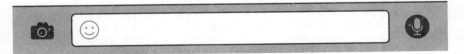

11

RAÍSSA

— Raíssa Machado. É você, não é? Tem certeza? Absoluta? — perguntou Leo, perplexo, enquanto encarávamos a tela do computador.

Estávamos no meu quarto, sentados ao balcão onde ficavam minhas parafernálias tecnológicas, o cantinho que ganhei dos meus pais no último aniversário, incluindo algumas peças de computador novas. Leo e eu tínhamos vindo juntos para minha casa direto da escola e estávamos matando o tempo havia horas, esperando o resultado do concurso da Nevasca.

Passamos a tarde inteira jogando e vendo vídeos, ansiosos. Já era tão tarde que meu pai tinha chegado do trabalho fazia umas duas horas e estava na cozinha preparando bolo para a gente. Ele disse que o bolo serviria para ambos os resultados — faríamos um lanche para comemorar ou afogar as mágoas.

O tempo parecia não passar de jeito nenhum. Ficamos horas atualizando a página da empresa e mais horas ainda debatendo as possibilidades de eles terem esquecido ou de algum possível atraso. Conversamos com a Ayla por vídeo, aproveitando a vinda do Leo, o que sempre o deixava um pouquinho ranzinza e superenvergonhado. A coisa toda era muito complexa. Mesmo que eu o imitasse, muito da personalidade e dos trejeitos eram meus mesmo. Então ele tinha que tentar agir como eu agiria e falar as coisas que eu falaria. Da primeira vez que abrimos uma chamada de vídeo, ela chegou até a comentar a leve diferença de voz. O Leo ficou tão nervoso que inventou um resfriado e passou o restante da chamada tossindo. Não sei se a Ayla ficou desconfiada, mas não mencionou mais essa incoerência. Talvez tenha se convencido de que era só a diferença do tipo de ligação.

O Leo também odiava ter que mentir para Ayla porque, depois de tantos meses fazendo isso, acabara desenvolvendo uma certa afinidade com ela. Era quase como se nós três fôssemos amigos.

Exceto que a Ayla não sabia da minha existência.

Quando meu celular apitou com uma notificação no Facebook, todas as preocupações ficaram para trás.

Nevasca Studios
Agora mesmo

RESULTADO DO CONCURSO DE COSPLAY

Oi, pessoal! Tivemos váááários inscritos e cada cosplay foi melhor do que o outro, vocês arrasaram! Foi muito difícil escolher nosso vencedor, mas... o trabalho precisa ser feito, como diria nosso amado Valarys. E é por isso que elegemos como melhor cosplay: Arlamian, o rei dos elfos, de Raíssa Machado!

A vencedora receberá um e-mail com as informações que precisamos para agilizar a vinda dela, mas, caso não responda em até 48 horas, entraremos em contato com o segundo colocado.

Parabéns a todos os inscritos! Vocês mandaram muito bem!

Nos vemos no dia 7 de setembro!

Eu ainda estava paralisada, lendo e relendo o post do concurso, quando Leo me sacudiu, fazendo a cadeira em que eu estava sentada ranger.

— Raíssa, fala alguma coisa! — ele pediu, exasperado.

Eu ganhei.

Ganhei *mesmo*.

A maior produtora de games do Brasil tinha me notado.

— Caralh...

— Raíssa! — Leo berrou, chamando minha atenção novamente.

Olhei para ele, que estava sentado em uma cadeira da sala que eu tinha arrastado para o quarto. Seu rosto estava vermelho de empolgação, e seus cachinhos pretos já tinham ficado completamente sem definição depois de tanto passar a mão para conter o nervosismo.

— Você ganhou! A gente ganhou! A gente vai pra feira da Nevasca! — Ele saltou da cadeira e começou a pular e a soltar gritinhos animados.

Foi então que a ficha caiu.

Caramba, eu ganhei!

Nem mesmo nos meus sonhos mais loucos eu poderia imaginar aquilo, mas...

Eu ia para São Paulo!

Nesse momento, arregalei os olhos e soltei um berro.

— Eu ganhei! EU GANHEEEEI! Meu Deus, a Nevasca me notou, e a gente vai pra São Paulo! NÃO ACREDITO! — Pulei da cadeira e abracei o Leo, e agora nós dois estávamos nos abraçando e berrando e rindo juntos de alegria.

A porta do meu quarto se abriu de repente.

— Mas o que é isso? — perguntou minha mãe, o cenho franzido, parecendo preocupada. Ela estava de avental, a luva de borracha pingando água no chão.

— Eu ganhei o concurso! A GENTE VAI PRA NEVASCA EXPO! — berrei, virando para ela enquanto ainda pulava pelo quarto.

O olhar de surpresa da minha mãe foi tão grande que só então percebi que ela não acreditava de verdade na possibilidade de eu vencer. A condição que impusera já tinha parecido improvável desde que meu pai a sugeriu. Afinal, os dois conheciam a família do Leo e sabiam que eles não poderiam arcar com o gasto todo da feira.

Bem, azar o dela, porque EU TINHA GANHADO O CONCURSO!

Quase quis gritar *Chupa essa, otária!*, mas, bem... era a minha mãe, e eu temia pela minha vida. E, principalmente, pela minha viagem.

— O que tá acontecendo? — indagou meu pai, aparecendo na porta atrás da minha mãe.

Ele segurava um pote de plástico num braço e, com o outro, mexia a massa ali dentro sem parar, com uma colher de silicone. Meu pai fazia o melhor bolo de cenoura com chocolate que eu já tinha comido na vida e, agora, ele teria um gostinho ainda mais especial. Gostinho de *vitória*.

— Eu ganhei o concurso da Nevasca! — berrei novamente, pelo que parecia ser a milésima vez.

Meu pai arregalou os olhos e então abriu um sorriso enorme no rosto.

— Mentira! — Ele entrou no quarto carregando o pote e tudo, e chegou perto de mim para me dar um beijo. Eu o abracei de lado, tentando não atrapalhar o preparo do bolo, e nós começamos a pular juntos de empolgação. Meu pai conseguia ser uma bela de uma criança às vezes. — Não acredito, filha, parabéns! Meu Deus, essa notícia é maravilhosa!

Atrás dele, podia ver a expressão da minha mãe de quem tentava se conter para não ralhar com o marido.

— Vou caprichar nesse bolo pra gente comemorar! — disse, já indo em direção à porta.

Ele saiu do quarto dando um beijo empolgado na bochecha da minha mãe, nem percebendo o olhar quase mortal que ela nos lançava.

— Valeu, mãe, você é demais! — agradeci a ela, contente, porque sabia que aquilo iria amolecê-la. E ela realmente relaxou os ombros e sorriu, puxando-me para um abraço, tentando não tocar as luvas ensopadas em mim.

— Você merece, filha, tô muito orgulhosa de você. Mas, olha, tenha juízo lá. É do hotel pra feira, da feira pro hotel, viu? Não quero você perambulando sozinha por aquela cidade, mesmo com o Leo.

— Pode deixar, mãe, vai dar tudo certo!

— Já deu — completou o Leo, com uma expressão feliz.

Minha mãe suspirou, resignada, antes de sair do quarto.

— Agora a missão dois é falar com os seus pais — comentei, quando a euforia do momento diminuiu um pouco.

— Acho que a sua missão dois tá bem ali, olha. — Ele indicou com a cabeça a tela do computador. Havia uma chamada da Ayla esperando para ser atendida.

Senti minha animação afundar.

Eu estava feliz por ter ganhado e também por ter evitado um desastre, mas a Ayla devia estar arrasada. Aquela conversa não seria fácil.

— Você quer que eu saia? — ele perguntou, enfiando as mãos no bolso.

— Não, ela tá pedindo chamada de vídeo. — O pânico se alastrou por mim enquanto pensava o que dizer para ela.

— Raíssa! — Leo esperneou. — Você não pode ficar jogando essa responsabilidade pra cima de mim! Não sei nem o que dizer pra ela!

— É só fingir que tá triste porque não ganhou! — exclamei, exasperada, enquanto o empurrava até a cadeira. — Tira esse sorriso do rosto.

Leo começou a reclamar, mas eu aceitei a chamada antes que ele pudesse dizer qualquer coisa, tentando me manter longe do alcance da câmera. Uma tela de vídeo abriu logo em seguida, mostrando uma Ayla arrasada, com resquícios de lágrimas ainda no rosto.

— Leo! — A voz dela, ao contrário do que pensei, estava carregada de raiva, não de tristeza. — Por que você não me falou que sua irmã tava concorrendo?!

Foi como se uma onda de gelo começasse a percorrer cada parte de mim, me fazendo paralisar no lugar.

— Quê? — Leo parecia prestes a ter um infarto. Seus olhos estavam arregalados enquanto o suor escorria pela sua têmpora.

— Raíssa Machado — Ayla disse, e eu quase desmaiei. O meu nome soava tão bem na voz dela... — É a sua irmã, não é? Você me falou dela, já vi foto no seu Facebook e tudo.

Levei a mão à testa, chocada que ela lembrasse disso. Eu só tinha falado da minha "irmã" uma vez, num dia que a Ayla estava stalkeando o Leo e viu as fotos dele comigo. Acho que ela estava com ciúmes, por isso acabei dizendo que éramos irmãos. Leo e eu não éramos exatamente iguais, mas a gente tinha alguns traços parecidos, como o cabelo volumoso e cacheado, por exemplo. Dava para fingir que tínhamos puxado lados diferentes da família e que cada um usava um dos nossos sobrenomes.

A desculpa veio a calhar. Pouco tempo depois, minha mãe entrou no quarto reclamando da louça que eu não tinha lavado e pude dizer que o sermão era para minha "irmã".

— Bem, é... — O olhar do Leo voou para mim, pedindo socorro, e então encarou a tela novamente.

— E ela ganhou o concurso! — Ayla jogou as mãos para o alto, frustrada. — O cosplay dela foi incrível! Como você nunca me falou disso?

— Eu... Eu...

Leo gaguejava, desesperado. Me senti péssima. Estava colocando meu melhor amigo numa posição constrangedora, enganando a garota que eu amava e incentivando aquela ilusão. Tanto para mim, quanto para ela.

Sem pensar direito, dei um passo à frente, entrando no campo de visão da câmera.

— Ele não sabia que eu tava participando — falei rápido antes que tivesse tempo de desistir.

Ayla ficou muda na hora, e seu olhar se voltou para mim.

— Ah, oi! Não sabia que você tava aí. — Ela parecia sem graça quando finalmente abriu a boca.

Tentei parecer descontraída.

— Desculpa ter estragado o plano de vocês. Mas é que eu precisava *muito* ir nessa feira. Não é só o Leo que é viciado em Feéricos aqui em casa, sabe? — Então abracei o Leo pelo pescoço, fingindo ser a irmã implicante. — Não foi nada pessoal, mas eu sabia que se o Leo soubesse ele ia tentar estragar tudo.

— Ah... — Ayla não conseguia esconder a tristeza dela. — Mas você vai levar ele junto? Como seu acompanhante?

— Claro! — Abri um sorriso, forçando uma animação que não sentia. — Com algumas condições, obviamente. — Lancei um olhar inocente para o Leo enquanto me afastava dele.

— Ridícula — murmurou ele, irritado. Não sei se ele foi muito convincente, mas eu sabia que parte daquela irritação era real.

Nesse momento, Ayla pareceu se recuperar e espelhou o sorriso que eu ainda estampava no rosto.

— Menos mal, então! Agora eu só tenho que dar um jeito de ir também — disse, com o olhar cheio de determinação.

Aquela reação era tudo que eu *não* esperava.

— Mas você não disse que... — começou Leo, parecendo tão chocado quanto eu.

— Sim, continuo sem ter dinheiro. Mas vou pensar em alguma coisa. Não vou desistir, gente, prometo. Estarei lá em São Paulo com vocês!

Ayla Mihara • online

Ayla Mihara, 16:49

Ei, tá tudo bem aí? Ouvi um berro e dps caiu do nada a ligação

Leo Lopes, 17:05

Oi, tá tudo sim hahaha

O berro era a minha mãe brigando com a minha irmã

Ayla Mihara, 17:07

Eita hahahaha menos mal, tinha ficado preocupada

Leo Lopes, 17:10

Essa garota tá sempre fazendo merda

Tô até surpreso que vc só tenha ouvido minha mãe brigar com ela agora

Ayla Mihara, 17:11

Tadinha, Leo hahaha não deve ser tão ruim assim

via Skype ▼

Ayla Mihara • online

Aposto que é só implicância de irmão isso aí

Pelas fotos, parecia que vocês eram tão amigos!

Leo Lopes, 17:12

Tudo fachada, ela é mt chata hahaha mas tudo bem

Vc não tem irmãos?

 Ayla Mihara, 17:14

Tenho um, mas é só por parte de pai

A gente não tem mt contato

Leo Lopes, 17:14

Sorte a sua!

 Ayla Mihara, 17:14

É, acho que sim...

via Skype ▼

12

AYLA

Eu não queria desistir tão fácil. Mas chega um momento na vida em que é preciso aceitar a derrota antes que a frustração te consuma. Tem coisas que simplesmente não são para acontecer. Tipo eu descobrir uma herança que acabaria com todos os meus problemas financeiros. Ou minha mãe se tornar uma pessoa mais carismática.

Ou eu encontrar um jeito de ir na Nevasca EXPO, que já estava começando.

Isso não significava que eu estava aceitando *bem* a derrota. Definitivamente não.

Depois de muito espernear em casa, depois de brigar com a minha mãe, com o meu pai, com Deus e o mundo, eu estava encolhida na cama, aos prantos. Eu tinha implorado para minha mãe me ajudar, mas nada foi suficiente para fazê-la se apiedar e dar um jeito de me levar para São Paulo.

E naquele *exato* momento Leo estava indo para a capital com sua irmã, e eu estava em casa. Sozinha. Desconsolada. Arrasada.

O mundo era mesmo muito injusto.

Eu sabia que a Nevasca EXPO não era a minha *única* chance de conhecer o Leo. Ele morava a pouco mais de uma hora da minha cidade, mas eu não tinha nada para fazer em Sorocaba. Não era um lugar que meus pais visitavam por livre e espontânea vontade, e eu duvidava que eles reagiriam bem à ideia de me levar até lá para encontrar um cara que conheci na internet. Para os meus pais, enquanto a coisa toda fosse apenas virtual, estava tudo bem. Contanto que eu não me metesse em problemas e colocasse um louco na minha cola, não era um problema conversar com essa "galera da internet".

Mas a Nevasca EXPO não tinha só a ver com o Leo. Eu era apaixonada por Feéricos, encantada por games e já tinha pensado muitas vezes em procurar uma carreira que me permitisse trabalhar com isso. Seria uma oportunidade incrível de estar em contato com aquele mundo.

Mas minha mãe estava irresoluta, e meu pai não tinha coragem de contrariá-la.

— Sem chance, Ayla — foi o que ela disse no dia que saiu o resultado do concurso e eu entrei em pânico por não ter conseguido. Minha mãe estava com a cara amarrada e os olhos vidrados na televisão. — Não temos como bancar um luxo desse, muito menos por causa de um garoto qualquer que você conheceu na internet.

— Ele não é um garoto qualquer, mãe! E não é só por causa dele...

Minha mãe virou o rosto bruscamente em minha direção.

— É pelo quê, então? — Mas ela não me deixou responder. — Pelo amor de Deus, Ayla! Você precisa encarar a realidade. Sua vida é essa aqui. — Ela apontou para o chão. — Não temos dinheiro pra bancar sonhos impossíveis. Então chora, grita, bota pra fora tudo o que tiver aí dentro, mas o mundo não vai acabar porque você perdeu a chance de ver seu namorado e ir numa feira de jogos.

O que minha mãe não entendia é que não era *só* uma feira de jogos. Era um evento incrível, falando de coisas que eu gostava. Era a chance de vivenciar um mundo completamente diferente do que eu estava acostumada.

As coisas não eram tão simples quanto o quadro que ela pintava na sua cabeça. Mas minha mãe tinha se tornado uma mulher muito amarga para conseguir enxergar isso.

Eu estava tão focada no meu próprio sofrimento que mal registrei a campainha tocando. De repente, ao fundo, ouvi o som de chaves girando na fechadura e então a voz de Sayuri.

— Ayla, Ayla! — ela berrou, sua voz se aproximando do meu quarto a cada segundo. — Eu consegui! Você vai ter que me pagar favores pro resto da vida!

— O que aconteceu? — perguntei quando ela entrou feito um furacão no meu quarto desorganizado.

Então ela ergueu um pedaço de papel que escondia às costas.

Um ingresso da Nevasca EXPO!

Dei um pulo da cama na mesma hora, o choro cessando sem cerimônia.

— Como você conseguiu isso, Say?! — Meus olhos estavam arregalados enquanto eu tirava o ingresso da mão dela, quase como se quisesse comprovar que era mesmo *real*.

— Tenho meus contatos — respondeu com uma piscadela. Quando arqueei a sobrancelha, minha tia acenou a mão num gesto de descaso. — Tenho um amigo que trabalha na rádio patrocinadora do evento e ele tinha ingressos cortesia. — Ela abriu um amplo sorriso. — Vai se arrumar, a gente tá atrasada!

— Mas... Mas... — Minha mente parecia ter entrado em curto-circuito. — Onde eu vou ficar? O que eu vou comer?

— Ayla, respira fundo. Agora repassa nosso plano B.

Conforme eu respirava, minha mente começou a clarear.

Eu precisava ligar para Naomi.

Ela era minha prima de consideração, enteada do meu tio por parte de pai, e mudara para São Paulo no início do ano para cursar a faculdade. Quando o resultado do concurso saiu e eu decidi dar um jeito de ir, tinha ligado para Naomi e explicado a situação toda. Minha prima me convidou na mesma hora. Ela morava com duas amigas, mas as meninas eram supertranquilas e estariam viajando no feriado em que aconteceria o evento.

Tinha ficado de confirmar para ela se iria mesmo, mas a decepção com a recusa dos meus pais em me ajudar me fez esquecer de avisá-la. Precisava saber se o convite ainda estava de pé, mesmo tão em cima da hora.

Além disso, eu tinha uma pequena reserva de dinheiro, acumulada com os trocados que meus pais me davam para lanche e outras coisinhas. Aquilo teria que servir para eu me alimentar durante os próximos três dias.

— E como vou chegar em São Paulo? — perguntei de repente, trincando os dentes, porque não tinha pensado nessa parte.

— Eu te levo — Sayuri disse na mesma hora. — Aproveito pra dar uma passeada.

— E na volta?

— Também.

Abri um sorriso enorme, voltando a ficar empolgada agora que tudo parecia mesmo real. Eu ia para a Nevasca EXPO!

Eu ia conhecer o Leo!

— Você é um anjo, Say! — Juntei a palma das mãos, em agradecimento, e então pulei em seu pescoço. — Fico te devendo uma vida inteira de favores *mesmo*.

— Acho bom você deixar isso bem anotadinho, porque vou cobrar — ela brincou com um sorriso no rosto, retribuindo o abraço.

— O que está acontecendo aqui? — A voz da minha mãe nos interrompeu, e me soltei do abraço com Sayuri.

Dona Inês estava na porta do quarto, com o cenho franzido. A preocupação voltou a me dominar.

Todas as barreiras que minha mãe tinha colocado agora não existiam mais, mas eu suspeitava que ela ainda tentaria implicar com alguma coisa em relação àquela viagem. Era quase como se ela sentisse prazer em reclamar.

Say se adiantou.

— Consegui o ingresso para a feira que a Ayla queria tanto ir. Não é o máximo? Estou indo levar ela daqui a pouco. Você não se importa, não é, Inês? — Ela olhou para a cunhada com uma expressão doce, mas minha mãe não se deixou abalar.

— Claro que me importo! — Podia ver o rosto dela ficando vermelho de raiva, especialmente por ser a *Sayuri* quem estava trazendo aquela novidade. — Esqueceu que tem que pedir permissão para levar a *minha filha* para outra cidade? Você acha que a Ayla é que nem você, uma rebeldezinha que pode ir aonde bem entende sem falar com a mãe?

Sayuri arqueou a sobrancelha, nem um pouco ultrajada com a ofensa. Ela já estava mais do que acostumada com os ataques da minha mãe e, normalmente, teria apenas ignorado. Mas, dessa vez, era como se tivesse se transformado em uma leoa protegendo a prole. Say se colocou na minha frente, seus olhos brilhando de determinação.

— Nós resolvemos todos os empecilhos que impediam sua filha de curtir um evento superimportante pra ela. Qual desculpa você vai dar agora pra não deixar que a menina vá? Aliás, até quando você vai continuar descontando nela toda a sua raiva e frustração? — perguntou de repente, e eu senti minha mãe hesitar por um instante, como se tivesse levado uma bofetada com a simples menção daquele assunto. — Se o seu problema é comigo, é melhor você deixar a Ayla fora disso.

— É muita prepotência sua achar que tudo gira ao seu redor, Sayuri. — Minha mãe olhou para ela com puro desprezo. — Você não passa de uma menina mimada e mal-educada, que fica defendendo seu irmão das merdas que ele faz. Não foi assim que eu criei a Ayla, e não vai ser agora que minha forma de educar a minha filha vai mudar. Se eu disser que ela não vai, ela *não vai*.

— E por que você não deixaria a sua filha aproveitar algo que claramente a deixa feliz?

— Esse negócio de jogos não faz ninguém feliz. Só deixa as pessoas alienadas e viciadas. Desde que começou a jogar esse joguinho a Ayla tá cada vez mais rebelde, mais reclusa, indo de mal a pior na escola. E você só alimenta esse comportamento.

— Ahh, Inês. Eu acho que nós duas sabemos que o comportamento da Ayla não tem *nada* a ver com esse jogo.

Dava para ver que Sayuri começava a perder a paciência.

Eu precisava interferir. Por isso, segurei minha tia pelo braço e dei um passo à frente. Respirei fundo antes de tomar coragem para falar.

— Mãe, a Sayuri tem razão. Meu "comportamento" não tem nada a ver com o jogo, mas com o que acontece nessa casa.

Dois pares de olhos me encararam, surpresos.

— O quê?! — minha mãe exclamou, chocada com o meu desabafo.

— É isso mesmo que você ouviu — insisti, tentando soar mais firme do que eu me sentia. Na verdade, parecia que eu ia vomitar. — Se fiquei mais *reclusa*, mais *rebelde*, e vou de mal a pior na escola, é porque não aguento mais essa guerra fria entre você e o papai.

Ela ficou em silêncio, sem saber o que dizer, e aquilo me deu gás para continuar.

— O único momento do dia que me sinto bem é quando estou jogando. Odeio aquela escola em que você me colocou, odeio que a gente não tenha dinheiro pra nada por causa da fortuna desnecessária que vocês gastam lá, *odeio* que você me proíba de fazer todas as coisas que eu gosto porque preciso carregar nas costas o peso de conseguir uma vida melhor da que você e o pai tiveram. — A raiva foi crescendo, desesperadora, à medida que tudo que eu vinha reprimindo nos últimos tempos era colocado para fora. Eu estava quase ofegante, sentindo o turbilhão de sentimentos dentro de mim. — Eu não sou um robô! Tenho sentimentos! Mas você nunca pensa neles! Eu vejo essa família se destruindo, e ninguém liga pra como eu me sinto no meio desse furacão. Bem, adivinha só? A Sayuri pensa, e ela fez de *tudo* pra que eu conseguisse essa coisinha — sacudi o ingresso na direção dela — que ia me deixar mais feliz do que estive nos últimos tempos. Então, você pode até tentar me impedir, mas *eu vou nessa feira, custe o que custar*!

Quando terminei, dei as costas para as duas e comecei a arrumar a mala. Podia sentir o olhar perplexo da minha mãe atrás de mim, mas o ignorei. O único barulho do quarto era o que eu fazia remexendo o armário para pensar nas melhores roupas que tinha. Sabia que, se tivesse mais tempo, estaria com os nervos em frangalhos pensando nas combinações ideais para passar esses dias com o Leo, mas agora eu estava atrasada, desesperada e irritada, então não pensei muito a respeito das peças que coloquei na mala de rodinhas.

— Onde você vai ficar? — minha mãe perguntou, baixinho, quebrando o silêncio depois de um tempo.

Eu me virei para ela, surpresa. Ela estava com o olhar fixo no chão e uma expressão indecifrável no rosto.

— Na casa da Naomi.

— Você já falou com ela?

— Tinha falado antes. Preciso conferir se o convite ainda tá de pé.

Finalmente, minha mãe ergueu o olhar, os olhos castanho-claros intensos.

— Tá bom. Então liga pra ela. — Ela fez uma pausa, respirando fundo. — E me passe todas as informações que preciso saber. Eu quero você indo direto da feira pra casa da sua prima. Sem desvios. Sem saídas com desconhecidos. Sem passeios com seu namoradinho. Quero todas as informações dele. Nome, foto, número. Tudo. E me mantenha atualizada. Todo dia. Se você não der notícias, vou atrás de você e você vai ficar de castigo pro resto da vida.

Ao final do sermão, minha mãe se virou e saiu do quarto pisando firme.

Sayuri e eu nos entreolhamos, e então abrimos um largo sorriso.

— Acho que foi melhor do que a gente esperava, não? — Sayuri perguntou, soltando um gritinho de empolgação.

Parecia que eu tinha acabado de tirar um peso gigantesco das costas. A sensação era boa até demais.

[02/06 19:46] **aylastorm**: Mano do céu!! Você viu o post da Nevasca?

[02/06 19:50] **smbdouthere**: Acabei de ver, não to acreditandoooo

[02/06 19:50] **smbdouthere**: Preciso ir nessa feira!!!!

[02/06 19:52] **aylastorm**: Eu também, meu Deussss

[02/06 19:52] **aylastorm**: Imagina a gente poder se conhecer? Seria INCRÍVEL DEMAIS!!

[02/06 19:52] **aylastorm**: Ai, caramba, meus pais nunca vão deixar

[02/06 19:53] **smbdouthere**: Ai, queria tanto te conhecer!!

[02/06 19:53] **smbdouthere**: Vou falar com os meus pais, já volto

[02/06 19:53] **aylastorm**: Eu também, até

[02/06 20:23] **aylastorm**: Não vou :(

[02/06 20:23] **aylastorm**: Não temos dinheiro

[02/06 20:23] **aylastorm**: Tô arrasada

[02/06 20:40] **smbdouthere**: Eu também

[02/06 20:40] **smbdouthere**: Quero morrer :(

[02/06 20:42] **aylastorm**: Vamos jogar pra afogar as mágoas?

[02/06 20:43] **smbdouthere**: Por favor

13

RAÍSSA

Estar feliz mesmo sabendo que a Ayla estava triste fazia de mim uma pessoa horrível?

Porque eu estava feliz. Tipo, *muito* feliz.

Leo e eu seguíamos para São Paulo na manhã de sexta, no feriado de sete de setembro, dia da Independência. Eram nove e vinte da manhã, e devia faltar pouco menos de uma hora para chegarmos. A abertura do evento era às onze, então teríamos um tempo muito curto para deixar nossas malas e comer alguma coisa se quiséssemos assistir a abertura.

Mas não importava a correria.

Tudo o que importava era que eu tinha ganhado o concurso de cosplay. Eu seria reconhecida publicamente em um evento da programação oficial da Nevasca EXPO, no domingo, além de já ter saído na página da empresa. Receberia prêmios no jogo e *estaria na maior feira de games do Brasil*!

Caramba, eu estava nas nuvens.

Então, sim, talvez a minha bússola moral estivesse um pouquinho desajustada, mas se eu estava indo para lá era melhor não ficar me remoendo com a culpa. Isso eu deixaria para mais tarde.

Observei a paisagem conforme seguíamos para a capital. Leo estava deitado no meu ombro, babando na minha blusa. Seu ronco ressonava baixinho, e eu sabia que devia filmar e guardar aquilo como um tesouro precioso, mas estava muito ocupada sonhando com tudo que eu encontraria no evento.

Quando chegamos à rodoviária, avisei meus pais que estávamos pegando um Uber e compartilhei a corrida com eles assim que o motorista chegou. O lugar não ficava muito longe dali, mesmo que tudo parecesse distante demais em São Paulo, e, por ser feriado, levamos pouco mais de vinte minutos para chegar.

Leo e eu corremos para a recepção, onde nossa chave já nos aguardava. O check-in do hotel costumava ser mais tarde, mas eles abriram uma exceção por causa do evento. Havia muitos clientes no saguão, assim como do lado de fora, já fazendo fila para a entrada da feira, e nós corremos para trocar de roupa.

Eu estava tão afobada que quase não parei para contemplar o quarto, mas, quando cheguei ao banheiro e me deparei com uma banheira de mármore claro revestindo o piso e as paredes, meu queixo caiu. Dei dois passos para trás e olhei o quarto novamente. Não era exatamente um hotel *chique*, mas eu nunca havia estado em um hotel, então toda a referência que eu tinha era de fotos na internet. O cômodo em que estávamos hospedados era amplo, ficava no décimo andar e tinha uma vista incrível da cidade. Estava ocupado por duas camas de solteiro, uma televisão na parede e uma mesinha de cabeceira branca. A cortina era cor de creme e as paredes eram claras, o que deixava o ambiente ainda mais iluminado. O lugar era uma graça.

Eu estava me sentindo no céu.

— Raíssa, se você não for logo no banheiro, eu vou!

— Tá bo-om! — berrei em resposta, enquanto corria de volta para o banheiro para trocar de roupa.

Vinte minutos depois, Leo e eu estávamos correndo pelo saguão do hotel, seguindo para o pavilhão da feira. O evento de abertura já devia estar começando, mas nós ainda precisávamos ir à bilheteria retirar nossos ingressos. Quase caímos para trás quando vimos a fila gigantesca, mas não havia o que fazer.

— Não importa, Raíssa. O importante é que estamos aqui. Está acontecendo! — Leo exclamou, empolgado, me sacudindo pelos ombros.

A gente quase começou a gritar e pular na fila, mas nos contivemos porque seria mico demais.

— Bom dia — cumprimentei, sorridente, assim que chegou nossa vez. — Eu ganhei o concurso de cosplay e me informaram que a retirada dos ingressos seria aqui na bilheteria? — falei, quase em tom de pergunta.

A atendente pediu nossos documentos e assim que entregou os ingressos, Leo e eu os encaramos, admirados.

Era lindo.

E brilhava.

E tinha ilustrações dos símbolos de cada raça.

E brilhava.

E era lindo.

Eu estava emocionada.

Eu estava...

— Será que vocês podem dar licença pro próximo cliente? — perguntou a atendente, nos arrancando do nosso encantamento.

Dei um sorriso sem graça e pedi desculpas para ela antes de puxar o Leo para a fila da entrada. Praticamente corremos para dentro do pavilhão assim que entregamos nossos ingressos e recebemos o crachá que também serviria para os dois próximos dias. Quando pisamos no carpete escuro do interior do lugar...

Boquiaberta, analisei a quantidade de pessoas que estavam ali. Centenas. Milhares. Havia uma variedade extraordinária de estandes que vendiam camisetas e action figures e bonecos da Funko e livros, mas à medida que nos embrenhávamos no lugar, seguindo mais para o centro do pavilhão, começamos a encontrar os estandes oficiais da Nevasca. Havia lugares onde o público podia testar em primeira mão novidades dos jogos, estátuas em tamanho real para fotos, lançamentos de games para smartphone, espaços para cosplay, áreas para gravação de vídeo e as arenas principais, onde aconteceriam os bate-papos. Agora, a inauguração estava em andamento, e o diretor de criação de roteiro conversava com o público sobre como tinha surgido a ideia de Feéricos.

Leo e eu corremos para lá assim que notamos a área. Os assentos estavam todos ocupados, mas a arena era aberta, cercada por uma grade baixa, então dava para ver tudo o que acontecia no palco.

Atrás do diretor, imagens de Feéricos em desenvolvimento deslizavam pela tela, mostrando desenhos de personagens e criação de cenários e tudo de mais incrível que alguém poderia imaginar.

Eu estava lá, admirando as imagens, ouvindo atentamente tudo o que os participantes diziam, quando meu celular vibrou — o celular que eu só usava para falar com a Ayla — e me esforcei para ignorar. Apesar de eu estar tentando me enganar, não conseguia evitar pensar nela nem naquele momento. Não era à toa que eu tinha levado o aparelho, por mais que eu soubesse que devia me desligar da culpa e realmente curtir a feira.

Tirei o aparelho do bolso e olhei a notificação na tela.

Meu coração quase parou quando li a mensagem.

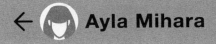 **Ayla Mihara**

6 DE JUNHO

Você me mandou outro livro?? 08:20

Minha amiga acabou de me entregar 08:20

Talvez... 08:56

Já abriu? 08:56

Tô abrindo agora! 08:57

Sei lá, queria confirmar antes que era pra mim mesmo hahaha 08:57

Vai que isso é uma cantada barata que vc faz com várias meninas que conhece no jogo e me mandou errado? 08:57

Você tem uma imaginação muito fértil kkk 08:59

Talvez eu não devesse te dar mais livros, vai te fazer mal... 08:59

HAHAHA ai de você se parar 09:01

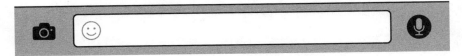

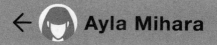 **Ayla Mihara**

AI MEU DEUS É NÁRNIAAA 09:01

Eu tava louca por esse livro!! 09:01

EU sei disso melhor que ninguém 09:04

Você não parava de falar do filme semana passada 09:04

Mas tive que reler pra fazer os comentários 09:04

Que eu obviamente já to lendo e amando! 09:05

Para de ler!! Vai tomar spoiler 09:05

Eu já vi os filmes, Leo HAHAHAH não existe spoiler 09:06

Existe, sim, o livro é muito melhor 09:07

Apesar de eu não curtir muito o final 09:07

Aff, não me dá spoiler!! 09:07

 09:08

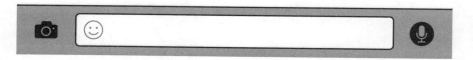

14

AYLA

— E aí? Ele respondeu? — Sayuri perguntou, me observando pelo canto do olho.

Eu estava com o celular em mãos, ansiosa, lendo e relendo a mensagem do Leo pela milésima vez.

— Sim! Ele já tá lá. Começou agora o evento. — Olhei para Sayuri, sentindo o sorriso amarelo que estampava meu rosto. O nervosismo estava deixando meus movimentos duros, mecânicos.

— Você parece tão tranquila... — zombou minha tia, rindo da cara que eu fazia. Tentei relaxar, rindo junto com ela. — Tá ansiosa?

— Pro evento? Muito! — Esfreguei as mãos uma na outra para fazer o fluxo de sangue acelerar. Minha mão estava até dura, tamanha minha tensão.

— Não, boba, pra conhecer o Leo.

Meu estômago se revirou. *Conhecer o Leo*. Eu não tinha palavras para expressar o quanto aquele momento era importante para mim. Aquele mundo — não apenas o Leo, mas todo aquele evento — era o único lugar onde eu sentia que realmente pertencia.

Todo mundo sempre dizia que eu era forte, que me impunha, que sabia o que queria e corria atrás. Mas toda vez que me olhava no espelho a única coisa que via era uma garota medrosa, que se escondia atrás de atos rebeldes para não ter que lidar com a confusão dentro de casa e de si mesma.

Mas a feira da Nevasca e a possibilidade de conhecer o Leo mudavam tudo. O mundo onde eu podia ser quem eu quisesse e a pessoa com quem eu podia ser eu mesma deixariam de existir só no meu computador e se tornariam concretos.

Era ao mesmo tempo libertador e apavorante.

— Pela cara que você tá fazendo, posso apostar que tá *muito* ansiosa.

Abri um sorriso envergonhado.

— Tenho medo de a gente não se dar tão bem pessoalmente, sabe? — admiti, baixinho.

Éramos apenas nós duas ali, e Sayuri tinha me ajudado *tanto*. Seus conselhos eram sempre sinceros, neutros e racionais, sem julgamentos. Eu sentia que podia confiar nela para tudo.

Às vezes queria que Sayuri fosse minha mãe.

Eu me odiava por pensar assim porque, por mais rígida e mão de vaca que ela fosse, eu sabia que minha mãe me amava. Ela fazia o que achava melhor para mim. Fazia o que ela *sabia* fazer como mãe. Nem sempre acertava — na verdade, quase nunca — e provavelmente eu teria que fazer terapia pelo resto da vida para me livrar dos medos que ela colocara em mim — Freud me apoiaria —, mas ela me amava. Ela era minha mãe. Eu era ingrata demais por não levar em consideração todos os sacrifícios que ela fez. No fundo, eu suspeitava que sua decisão de não confrontar meu pai também tinha a ver comigo. Tudo que ela sempre quis foi que eu tivesse uma família unida, com pai e mãe juntos, como manda a igreja, diferente da que ela mesma teve, depois de ter sido abandonada pelo pai.

— Sei que não é exatamente isso que você quer ouvir, mas... — Sayuri me deu uma olhadela. — Tenta ir sem expectativas, sabe? Os homens podem ser seres muito curiosos.

— Como assim? — perguntei, meio rindo, meio preocupada.

No auge dos meus dezesseis anos, eu ainda era muito inexperiente nos assuntos do coração, mesmo que o pessoal da escola pensasse que eu só não ficava com ninguém do Santa Helena por me achar *madura* demais.

Mal sabiam eles a confusão com que eu tinha que lidar todo dia por causa dos meus sentimentos. O que diriam se soubessem da atração que senti pela Ana Luiza, uma veterana do ensino médio, quando entrei na escola? E, alguns meses depois, pelo Pedro Paulo, meu colega de turma?

Por mais que eu tentasse definir aquilo como curiosidade, eu tinha certeza de que ninguém veria com bons olhos a atração que eu sentia por *pessoas*, independente do gênero. Quer dizer, eu não só fui criada por pais religiosos, como agora também estudava num colégio católico. Cada vez que eu tentava dizer a mim mesma que não tinha nada de errado em gostar de meninas, que eu era normal, o medo de estar errada me fazia sofrer. E se o inferno realmente existisse e eu fosse acabar lá por causa disso?

Por isso, todos os dias eu esperava que aquele conflito passasse, que eu me apaixonasse por um único garoto e nunca mais tivesse que pensar nisso.

Talvez o universo tivesse ouvido minhas preces ao colocar o Leo em minha vida.

— Tipo, eles são de um jeito na internet — Sayuri continuou. — Fofos, carinhosos, te ouvem, se mostram realmente interessados. Aí quando você conhece a pessoa... Parece que vira outra, sabe? Não que todos os homens sejam assim, claro. Mas é que ele é adolescente, não é?

— É, tem dezessete.

— Pois é. Os homens já são imaturos adultos. Adolescente então...

— Ai, Say, você tá me assustando.

Ela fez uma careta.

— Desculpa, acho que tô descontando em você minhas próprias frustrações. — Ela largou uma mão do volante e bagunçou meu cabelo. — Tenho certeza de que o Leo vai ser incrível. Se não for, você pode mandar ele praquele lugar.

— Pode deixar — brinquei com uma piscadela, apesar de estar quase morrendo por dentro.

Eu torcia muito para que tudo desse certo.

— Bom, chegamos. Vamos lá rapidinho dar uma socializada com a Naomi e eu te deixo no evento, tá?

Naomi nos recebeu na portaria e me apresentou ao porteiro, dizendo que eu ficaria ali no final de semana e que ele poderia liberar minha subida, antes de nos levar ao apartamento que dividia com as amigas. Como as duas tinham viajado, só conheci os quartos. Naomi me acomodou em um cheio de detalhes cor-de-rosa que achei exagerados demais, mas estava muito grata pelo espaço cedido sem custo. Deus sabia que eu só tinha dinheiro para comer e olhe lá.

Depois de quase uma hora de conversa, Naomi finalmente me deu uma chave e seguimos para o evento.

Quando Sayuri encostou na entrada do pavilhão onde acontecia a feira, olhei para ela meio desesperada.

— Respira fundo — ordenou Sayuri, percebendo meu pânico. — E presta atenção no que vou dizer. Vou dar uma de adulta chata agora, mas... Quando for embora, pede o Uber e espera lá dentro, compartilha a corrida comigo, com a Naomi, com a sua mãe, com Deus e o mundo. Não vai embora tarde, avisa assim que chegar. E em hipótese alguma sai dessa feira com estranhos, ouviu bem? Nem com o Leo, Ayla. Ele pode ser a pessoa mais incrível do mundo na internet, mas você não conhece ele, não sabe a índole dele, e essa feira é grande o suficiente para vocês passarem o dia inteiro tendo mil encontros e beijando muito na boca. Não tem motivo pra sair daqui. E se precisar de ajuda em qualquer coisa você me liga, tá? Eu venho correndo. Responde minhas mensagens. Se o sinal lá dentro for ruim, sai do pavilhão de vez em quando pra mandar notícias.

— Tá bom, pode deixar, mãe — brinquei, abraçando Sayuri com força. — Obrigada, tá? De verdade. Você tem sido incrível. Eu te amo muito!

— Eu também te amo, chefinha. Vai se divertir agora! E juízo. Tô botando minha mão no fogo por você. Não vai fazer rebeldia.

Pulei do carro e dei tchau para ela antes de sair correndo para a fila, o coração cheio de ansiedade.

[07/06 18:40] **aylastorm**: VOCÊ VIU O ANÚNCIO DA EXPANSÃO NOVA?

[07/06 18:42] **smbdouthere**: QUEEEEEE

[07/06 18:42] **smbdouthere**: Peraí

[07/06 19:02] **aylastorm**: Leo?

[07/06 19:05] **smbdouthere**: Desculpa, to muito emocionada aqui

[07/06 19:05] **smbdouthere**: emocionado*

[07/06 19:05] **smbdouthere**: Tô até escrevendo errado hahaha

[07/06 19:05] **smbdouthere**: Já vi a prévia umas 3x

[07/06 19:06] **aylastorm**: Hahaha decorou as falas?

[07/06 19:08] **smbdouthere**: Quase hahahaha

[07/06 19:08] **smbdouthere**: Graças a Deus a Nevasca pensou em nós

[07/06 19:08] **smbdouthere**: Os reles mortais que não irão pra feira e precisavam de um consolo :(

[07/06 19:10] **aylastorm**: Um consolo pequeno, mas justo

[07/06 19:10] **aylastorm**: Mas to bem triste ainda, queria muito que a gente se conhecesse):

[07/06 19:12] **smbdouthere**: Eu também :(

[07/06 19:12] **smbdouthere**: Mas teremos oportunidade ainda

[07/06 19:12] **smbdouthere**: Fica tranquila que eu vou continuar do seu lado <3

15

RAÍSSA

Eu estava apreensiva.

Observava a mesa de cartas em que o Leo estava sentado, jogando com um garoto com albinismo. O jogo era lançamento da Nevasca e contava com um deque de Feéricos incrível e um tabuleiro ainda mais lindo.

O Leo estava prestes a perder. Ele tinha zero noção de estratégia.

O adversário estava levando toda a vantagem, aproveitando as cartas fracas que o Leo jogava na mesa. Eu queria empurrá-lo da cadeira e tomar seu lugar, mas ajuda era proibida. Havia um juiz oficial e tudo, auxiliando os jogadores caso alguma das regras ficasse confusa ou fizessem algo errado. Algumas pessoas assistiam a partida dos dois e das outras cinco mesas.

O adversário do Leo jogou uma carta na mesa e o público soltou uma exclamação de surpresa e comemoração. Era Telyrien, o Poderoso. Com ela, era quase impossível que o Leo ganhasse.

— Eu não aguento olhar, vou comprar um sorvete pra gente comemorar sua *derrota ridícula* — falei me afastando do estande antes que o Leo tivesse chance de me xingar.

Na verdade, o sorvete foi só uma desculpa para sair dali. Eu estava nervosa demais para aproveitar a feira agora que sabia que Ayla estava a caminho. Na verdade, já tinha passado tempo suficiente para ela chegar. Poderíamos nos esbarrar a qualquer momento. Meu coração acelerou só de pensar.

Eu tive que pedir, ou melhor, implorar, para que Leo me salvasse daquela enrascada. Mais cedo, Ayla havia me mandado uma mensagem empolgada dizendo que tinha conseguido um ingresso. Eu entrei em pânico. Primeiro, pensei em dizer que tudo tinha dado errado e eu não estava lá, mas a Ayla já tinha visto o Leo. Várias vezes. Conversado por vídeo. Eram amigos no Facebook. Ela o reconheceria se esbarrasse com ele na feira.

Eu não podia dizer que não estava lá.

Realmente pensei em ir embora, o que era loucura. Eu estava num evento incrível, que batalhara muito para ir. Não dava para simplesmente deixar tudo para trás.

Eu tinha que ficar. Não só por mim, mas pelo Leo. Fazia pouco tempo que havíamos chegado, mas dava para ver o quanto ele estava maravilhado com tudo. Ele também curtia os jogos da Nevasca, principalmente Ataque das Máquinas, mas para o Leo aquela viagem tinha um significado diferente. Desde que começou a entender a própria sexualidade, ele passou a falar muito em sair de Sorocaba.

Eu entendia bem seu desespero. Sabíamos que não existia uma cidade no mundo onde todas as pessoas queer podiam ser felizes e viver sem opressão, mas quanto menor o lugar, mais difícil era. Eu podia imaginar a dificuldade que o Leo tinha para explicar às pessoas o que era ser assexual panromântico, quanto mais encontrar pessoas com quem pudesse se relacionar que aceitassem a) sua falta de atração sexual, e b) sua atração romântica por outros gêneros.

Não era só isso: enquanto tudo que eu queria era viver no meu casulo, protegida do mundo, o Leo *era* do mundo. Viver sob as asas dos pais conservadores e superprotetores dele era completamente frustrante para alguém que queria ser tão independente. Por causa disso, nos últimos tempos o sonho da vida dele era passar em alguma faculdade em São Paulo e morar sozinho na capital.

Ele estava no céu naquela feira, conhecendo um pouquinho que fosse da cidade, vendo tantas pessoas diferentes e sentindo um gostinho do que o esperava dali a algum tempo. Eu nunca o faria ir embora para fugir da garota para quem *eu* estava mentindo.

Foi por isso que acabei implorando a ele para fazer um *favorzinho* por mim. Por nós dois.

— Raíssa, você tá ficando louca! Eu NUNCA vou fazer uma doideira dessas! — Foi sua resposta imediata assim que joguei a ideia.

— Por favor, Leo, eu juro para você que vou acabar com tudo. Não vai mais acontecer.

— Ah, pronto. Agora, depois de ter me obrigado a mudar toda minha vida on-line por causa da sua namorada, você vai abandonar o amor da sua vida *por minha culpa*? Isso é chantagem emocional!

— Não! Não é isso. É que... — Mordi o lábio, sem saber como começar a me explicar. — Sei lá, nunca pensei que as coisas fossem chegar a esse ponto, sabe? Nunca achei que surgiria uma oportunidade de conhecer a Ayla pessoalmente. A mãe dela é super-rigorosa, nunca deixaria que ela saísse de Campinas pra conhecer um garoto da internet. Eu achei que as coisas uma hora fossem morrer e isso seria esquecido, sabe? Mas agora... Agora isso tá me apavorando. — Levei as mãos à cabeça à medida que o pânico tomava conta de mim. — Caramba, eu menti pra ela. Eu menti sobre *tudo*. Ela vai ficar arrasada quando descobrir.

— *Se* descobrir. *Se* — interrompeu Leo, colocando a mão em meus braços e me forçando a abaixá-los. — Respira fundo — ele ordenou, tentando me acalmar. Quando eu voltei a respirar normalmente, ele disse: — Tá bom, tá bom. Eu faço isso. Droga, Raíssa, olha as merdas que você me obriga a fazer. Você tem vinte minutos pra me dizer tudo que eu preciso saber e que ainda não sei antes de eu ficar entediado e voltar a aproveitar a feira.

Respirei fundo novamente, me sentindo mais calma agora que ele tinha concordado em me ajudar.

— Você sabe como a Ayla é. Super conto de fadas, gosta de filmes românticos clássicos... — comecei a explicar. — Gosta de coisas fofas, de demonstrações de carinho, de palavras afetuosas, sabe?

— Ou seja, tudo que eu odeio, né? — interrompeu o Leo.

Eu o ignorei.

— Sei que pode não parecer, mas ela é muito insegura. Acho que às vezes ela nem percebe o quanto se deixa em segundo plano pelos outros, sabe? Fica evitando falar sobre as coisas que incomodam ela pra não perturbar ninguém, nunca quer escolher o filme que a gente vai ver ou o livro que a gente vai trocar no mês, como se ela tivesse medo de impor sua vontade. Mas também não gosta que fiquem apontando as qualidades dela. Então qualquer gesto de carinho que você fizer, precisa ser sutil.

Enquanto conversava com Leo, tentando lembrar de todas as coisas mais íntimas que ele precisava saber sobre Ayla, uma cruel percepção foi me invadindo devagar, penetrando cada célula do meu corpo.

Aquilo precisava acabar.

Ayla e eu nunca daríamos certo.

Por mais apaixonada que eu estivesse, não ia suportar continuar a enganá-la, principalmente agora que a mentira tinha tomado proporções ainda maiores. E, se eu não estava pronta para admitir ao mundo que eu gostava de meninas, então sair da vida dela era a única solução que me restava.

Mas não durante a Nevasca EXPO. Eu faria de tudo para evitar que ela saísse magoada daquela feira. Como um último apelo, pedi a Leo para dar o melhor de si. Eu queria que Ayla aproveitasse ao máximo o evento e se divertisse.

— Você quer que eu beije ela também? — perguntou, irônico, mas eu senti meus olhos se arregalarem quase involuntariamente.

— Não! — quase berrei, sentindo todo o meu corpo trêmulo só de pensar na possibilidade. O Leo podia não ter interesse em sexo, mas também gostava de meninas.

E se ele acabasse gostando dela?

— Calma, eu tô brincando — disse, mostrando a palma das mãos para mim, na defensiva. — Mas, olha, e se *ela* quiser me beijar? Se ela tomar a iniciativa? O que eu faço? Afasto ela?

Eu fiquei encarando ele, horrorizada, porque aquilo sequer tinha passado pela minha cabeça. Quer dizer, as únicas vezes que imaginei a Ayla beijando alguém tinha sido *eu*, não o Leo.

— Eu... Eu... Não sei, tá? — gaguejei, nervosa. — Faz o que você achar que deve fazer! — Dei as costas a ele e saí andando a passos duros, sem destino.

Leo veio correndo atrás de mim.

— Calma, calma. Eu não vou beijar sua garota, fica tranquila. Não sou de furar olho de amigo, não, eita. Só queria saber se você tinha alguma desculpa pra isso.

— Não sei, não tinha pensado nisso — respondi, mais calma. — Acho que a Ayla não tomaria essa atitude. Mas se ela tomar... Não sei, talvez você pudesse tentar afastar ela sem parecer que tá dando um fora?

Leo suspirou.

— Tudo bem. Se chegar a esse ponto, eu penso em alguma coisa. Pode deixar. Fica tranquila que a Ayla é só sua.

— Quem dera... — Suspirei.

Depois daqueles três dias, eu sairia da vida dela para sempre e aceitaria que a Ayla nunca seria minha de verdade. Eu devia aproveitar aquele fim de semana para curtir a feira e me adaptar à nova realidade, porque era o único jeito de não magoar a garota que eu gostava.

Ou melhor, não magoar *tanto*.

Eu não era ingênua nem humilde demais para achar que ela não ficaria triste com meu sumiço, mas ela iria superar. Ia encontrar algum cara que a faria feliz.

E logo me esqueceria.

Era justo. Afinal, eu tinha começado aquela confusão. Agora só precisava terminá-la causando o menor dano possível.

Enquanto esperava na fila enorme da barraca de sorvete, Leo me mandou uma mensagem avisando que tinha entrado numa nova partida. Ele estava completamente viciado naquele jogo. Eu tinha certeza de que meu amigo sairia dali com o deque em mãos, isso se não tentasse convencer os pais a comprar as expansões também, por mais difícil que fosse. Os pais dele viviam reclamando do dinheiro que gastava com jogos.

Eu já estava no corredor a caminho do estande quando paralisei, com os olhos arregalados.

À minha frente, olhando para o Leo, estava Ayla.

A *minha* Ayla.

Virei de costas imediatamente, para que ela não me visse, e comecei a me afastar de novo enquanto procurava um lugar para apoiar os potes de sorvete. Peguei o celular desesperada para ligar para o Leo.

Depois de muitas tentativas, ele atendeu.

— Leo?

— Que foi? Eu tô no meio da partida, não posso falar!

— Não entra em pânico e não olha para os lados — alertei, tentando soar calma. — A Ayla tá aqui.

— Quê?! — sussurrou, sem esconder o susto.

— Ela acabou de te ver na mesa, mas parece que tá esperando você terminar a partida.

— E cadê você?

— Tô aqui perto. Vou ficar de olho.

— Ai, meu Deus, que loucura é essa que eu tô fazendo, que Deus me perdoe pela mentira. — Ele orou baixinho. Revirei os olhos. — Você não vem?

— Óbvio que não! Vai que eu falo alguma besteira? Ou ela reconhece minha voz? Ou, sei lá, eu digo alguma coisa que só "o Leo dela" deveria saber?

— Ai, Raíssa!

— Tchau!

Desliguei e espiei por cima dos ombros, nervosa. Podia ver o Leo tenso, terminando a partida, enquanto Ayla observava de longe. Quase roí a unha de tanta ansiedade.

Assim que o jogo acabou com mais uma derrota do Leo, ele respirou fundo e levantou. Não conseguia disfarçar que estava à procura dela. Assim que os olhares deles se cruzaram, a Ayla sorriu. Um sorriso tão amplo, tão verdadeiro, que foi como se meu mundo inteiro se iluminasse.

Caramba, era a Ayla.

Era a Ayla *de verdade*.

Meu coração acelerou enquanto eu olhava para ela num misto de alegria e espanto.

Ayla era mais esguia do que eu imaginava. Parecia mais alta, apesar de ter me dito sua altura algumas vezes. Seu cabelo era preto e muito liso e ia até pouco abaixo do ombro. Ela usava uma calça jeans rasgada e uma camisa cinza básica meio larga, estilosa e simples ao mesmo tempo. Seus olhos puxados e castanho-claros cintilavam de nervosismo ao encarar o Leo.

O Leo de verdade, não eu.

O barulho da feira me impedia de ouvir a conversa e de vez em quando pessoas tapavam minha visão, mas, pelo movimento dos lábios do Leo, ele tinha desembestado a falar — provavelmente sobre a feira, que era o terreno mais seguro. Ayla olhava admirada para ele.

E eu olhava admirada para Ayla, me sentindo péssima, rejeitada e muito apaixonada.

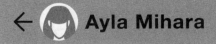 **Ayla Mihara**

12 DE JUNHO

oi ta dormindo? 02:14   *Essa mensagem foi apagada.*

feliz d1a do namorados!! 02:14   *Essa mensagem foi apagada.*

mesmo vc não sendo meu namorado kkkkk 02:14   *Essa mensagem foi apagada.*

mas qeria q fosse sabe 02:14   *Essa mensagem foi apagada.*

ahco q eu to me apaixonando por vc 02:14   *Essa mensagem foi apagada.*

n é louco? 02:14   *Essa mensagem foi apagada.*

Pqp kkkkkk 04:14

Espero que vc não tenha visto essas mensagens 04:14

Hahaha to rindo de nervoso talvez 04:14

Acho que acabei de ficar bêbada pela primeira vez na minha vida? 04:14

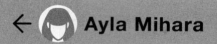 **Ayla Mihara**

MANDEI MENSAGEM BÊBADA PROS MEUS PAIS ELES VÃO ME MATAR 04:14

Eu não acredito que vc me mandou mensagem bêbada e apagou todas!!! 06:15

Que fdp, o que você falouuu 06:15

Segredo de Estado 07:02

Leo? 09:41

Tá chateado comigo? 09:41

Vamos jogar um pouquinho? 14:28

Só se vc me contar o que falou bêbada 14:40

Ai, falei que vc era lindo e que era meu melhor amigo 14:42

Tá bom? Satisfeito? 14:42

Tinham VÁRIAS mensagens, Ayla 14:43

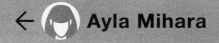 **Ayla Mihara**

Não vou cair nessa 14:43

Eu provavelmente falei com outras palavras né (palavras bem emboladas e erradas), mas não lembro direito como era e nunca vou poder provar pra vc, então vamos só esquecer esse momento constrangedor da minha vida e aceitar que eu NUNCA mais vou beber? 14:46

HAHAHA nunca mais até mês que vem 14:47

Tenha mais fé em mim por favor 14:50

Não foi dos meus melhores momentos 14:50

Tudo bem. Vou aceitar sua palavra 14:55

Mas só pq você também é linda e também é minha melhor amiga 14:55

Agora vamos jogar! 14:55

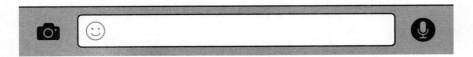

16

AYLA

— Leo? — perguntei, assim que ele levantou da mesa e nossos olhares se encontraram.

— Ayla, oi! — falou com a voz trêmula, como se estivesse nervoso.

Avançamos para nos abraçar ao mesmo tempo e nos atrapalhamos, batendo os braços, com a cabeça para o mesmo lado, antes de a gente se ajeitar e se abraçar.

Quando encostei meu tronco no dele, me permiti respirar fundo. Aquele tinha sido o momento mais aguardado da minha vida. Meu coração batia acelerado e minhas mãos suavam, tamanho o nervosismo.

Assim que nos afastamos, nos encaramos, meio sem saber o que dizer, sorrindo sem graça.

— Que horas você chegou? — ele perguntou, interrompendo o momento constrangedor. — Não vi nenhuma mensagem avisando.

— Ah, é que... Não faz muito tempo. Eu tava passeando por aqui... Acho que tava um pouquinho nervosa, sabe? — admiti enquanto torcia os dedos.

O Leo arqueou a sobrancelha.

— Você? Nervosa? Sei... — falou com um tom brincalhão. — Aposto que tava fugindo de mim.

Deixei escapar uma gargalhada, com ronquinho alto e tudo.

— É verdade, poxa! Sabe quantas vezes eu imaginei esse momento? Da gente se conhecendo? Mas nunca acreditei que fosse acontecer *de verdade*. E tão rápido! — Abri um sorriso enorme. Queria pular no pescoço do Leo e ficar agarrada até domingo acabar, mas me contive. Mesmo que a conversa estivesse se encaminhando para um tópico seguro e o nervosismo estivesse passando, ainda era quase como se estivéssemos nos conhecendo pela primeira vez. Exceto que já sabíamos tudo um sobre o outro.

O Leo coçou a cabeça, o sorriso envergonhado ainda estampado no rosto.

— Pois é! Nem acreditei quando você disse que tinha conseguido o ingresso. Como foi que conseguiu, aliás? Você disse que ia explicar depois...

— Ah, então. Sabe a Sayuri?

O Leo franziu o cenho, como se estivesse tentando lembrar, mas fez que sim com a cabeça. Não sei se ele estava sem graça de dizer que tinha esquecido o nome da minha tia, mas não demonstrou nenhum sinal de que iria admitir, então apenas continuei:

— Ela tem um amigo que trabalha numa rádio e descolou um ingresso cortesia pra mim.

— Ah, entendi! Que massa! E onde você tá ficando?

— Na casa daquela minha prima que te falei, sabe? A minha tia chegou hoje desesperada com o ingresso, mas eu não tinha confirmado nada para a Naomi, então fiquei morrendo de medo de o convite não estar mais de pé. Mas no final deu tudo certo, ainda bem.

— Nossa, ainda bem mesmo! Alguém lá em cima devia tá olhando pra gente.

Ele colocou a mão nos bolsos da calça jeans, enquanto eu inclinava a cabeça, analisando-o.

Pessoalmente, o Leo era... diferente do que eu tinha esperado.

Quer dizer, ele era idêntico ao que eu via nos vídeos: a pele branca, o rosto levemente quadrangular, o queixo proeminente, o nariz meio grande e torto, com uma elevação na ponte. Era um pouco mais baixo do que eu esperava e mais desengonçado também. Mas havia alguma coisa no jeito dele de falar, na forma como gesticulava, não sei... Algo não parecia *igual*.

Não que eu estivesse decepcionada. Quer dizer, talvez eu estivesse um pouco confusa e tentando me acostumar com esse novo Leo, mas era um tanto fascinante poder notar todas essas diferenças *em pessoa*. Eu ainda não conseguia acreditar que ele estava ali, na minha frente. Que estávamos juntos pela primeira vez. Leo e eu...

— Sua voz é diferente pessoalmente — comentei quando o silêncio se arrastou por tempo demais e comecei a ficar meio desconfortável. — É um pouco mais grossa.

— É, a sua também. Diferente, quero dizer. Não mais grossa.

Leo deu uma risada. Dava para ver que ele estava morrendo de vergonha, mas não afinou o tom nem acelerou o discurso como costumava acontecer. Sua risada também soava diferente. Não era leve e tranquila. Parecia mais com a que eu ouvia nas nossas chamadas em vídeo.

Podia notar o nervosismo em seu olhar, que ficava indo de mim para o corredor, passeando pelas pessoas, e voltando a encontrar o meu.

— E você é mais alta do que eu imaginava — ele continuou.

Soltei uma risadinha.

— Você também tá achando isso aqui *muito* estranho? — perguntei subitamente.

— O quê? — Ele parecia distraído enquanto tirava o celular do bolso e dava uma olhada em uma mensagem que tinha recebido.

— A gente, aqui, sabe? Se conhecendo pela primeira vez. Quer dizer, não é estranho de um jeito ruim. É só que...

— Parece que ter uma amizade virtual não é o mesmo que conhecer alguém pessoalmente, né? — ele completou, assentindo com a cabeça e finalmente me encarando com um sorriso sem graça.

Tentei não ficar decepcionada com a palavra "amizade", mas foi em vão.

— Pois é. Achei que seria mais de boa... — falei, nervosa com o fim do assunto, com medo de que não tivéssemos mais o que conversar.

— Você já passeou pela feira? — ele indagou, quase me fazendo suspirar de alívio.

— Já, mas olhei tudo meio por alto. Acho que tava mais tentando me acalmar do que ver o que tinha aqui.

— Ah, então vamos, que tem um monte de coisa pra ver! — Ele pareceu mais animado com a ideia. Com um gesto, me convidou a acompanhá-lo e começou a caminhar pelo corredor, não sem antes dar uma olhada para trás.

Eu apressei o passo para segui-lo.

— Olha, não quero que você se sinta na obrigação de ficar me acompanhando pra cima e pra baixo, tá? — tive coragem de dizer. — Eu queria muito te ver e te conhecer, mas também tô aqui pela feira. Não quero parecer uma doida obcecada nem nada. Só achei que, sei lá, a gente tava alinhado, mas não quero forçar nada.

— Não, não. A gente tá alinhado — ele insistiu. — Acho que é só muita coisa ao mesmo tempo. Eu tô realmente bem empolgado de estar aqui e feliz de te conhecer, então tô meio que tentando conciliar esse turbilhão de emoções.

Eu abri um meio sorriso e inclinei a cabeça.

— Que foi? — ele perguntou, arqueando a sobrancelha quando me olhou de esguelha e percebeu a expressão em meu rosto.

— É que é engraçado te ver nervoso. Não sei, você parecia tão confiante na internet, mas acho que a vida on-line meio que faz isso com as pessoas, né?

Ele coçou a cabeça, sem graça.

— Pois é. Você é diferente da internet também.

— É? Diferente como?

— Ah, diferente... — Ele apontou para mim, e eu olhei para baixo, procurando uma resposta. — Sei lá, diferente. Não sei explicar. Mais bonita.

Eu corei.

— Eu não parecia bonita na internet?

— Não, é que... — Ele hesitou, pensando no que dizer. Então seu olhar foi para algo mais à nossa frente. — Olha ali as estátuas em tamanho real — falou rápido, apontando para a barraca, quase como se estivesse aliviado.

Era muito estranho ver o Leo sem palavras. Meio engraçado até.

Mas eu esperava, pelo menos, que seu nervosismo significasse algo positivo. Talvez *eu* o tivesse deixado sem palavras.

— Ei, você não tinha vindo com a sua irmã? — indaguei de súbito, enquanto seguíamos até as estátuas. Estava tão ansiosa para conhecer o Leo que não tinha me dado conta de que a irmã dele estaria lá também.

— Oi? — Ele pareceu assustado por um momento, e então relaxou. — Ah, é. Ela tá por aí. A gente se desgarrou logo que chegou porque queríamos ver coisas diferentes.

— Ah... Poxa, pensei que iria conhecê-la.

Os olhos dele se arregalaram, como se tivesse acabado de ter uma ideia.

— A gente pode ir atrás dela! Tenho certeza de que a Raíssa vai *a-mar* te conhecer.

— Claro, é uma ótima ideia — respondi, achando sua reação um tanto curiosa. Será que ele estava pensando que a presença da irmã ajudaria a amenizar o clima entre nós?

— Vou mandar mensagem pra ela — disse, sacando o celular.

Comecei a ficar nervosa de repente com a perspectiva de conhecer a irmã do Leo. Mas antes que eu pudesse dar mais atenção a isso, meu olhar encontrou uma estátua incrivelmente detalhada de Branwee, a fada que tinha sido minha fantasia para o concurso, com seu icônico vestido de folhas de árvore, a parte da saia rasgada em tiras que deixavam à mostra suas pernas, a pele clara como porcelana, os olhos amendoados, os cabelos pretos e lisos descendo até a cintura, a lateral esquerda toda trançada e presa para trás com caules de plantas.

Quase deixei escapar um berro de empolgação quando a vi.

Ou talvez eu *tenha* gritado.

— Ai, meu Deus! Que coisa mais incrível! — Abri um sorriso enorme para o Leo e, com um pulinho de alegria, corri até a fila que se formava para admirar a estátua e, é claro, tirar foto com ela.

O Leo veio logo atrás, rindo da minha reação, e por um segundo eu senti que finalmente íamos começar a nos entender.

[14/06 16:25] **aylastorm**: Ai, droga, morri

[14/06 16:25] **aylastorm**: Foi mal, tava distraída

[14/06 16:26] **smbdouthere**: Tudo bem, tava quase morrendo também hahaha

[14/06 16:26] **smbdouthere**: Não estamos num dia bom hoje, acontece

[14/06 16:27] **aylastorm**: Queria te falar uma coisa, mas não sei bem como dizer

[14/06 16:27] **smbdouthere**: Ué, falando!

[14/06 16:28] **aylastorm**: É que...

[14/06 16:28] **aylastorm**: Ai, dá uma olhada no seu Facebook, na foto que vc postou agora

[14/06 16:28] **smbdouthere**: Ok, guenta aí

[14/06 16:34] **smbdouthere**: Ah, já apaguei e bloqueei o imbecil

[14/06 16:34] **smbdouthere**: Não precisa se preocupar

[14/06 16:36] **aylastorm**: Vc conhece esse cara?

[14/06 16:36] **aylastorm**: Pq ele faria um comentário horrível desse?

[14/06 16:37] **smbdouthere**: É só um babaca da escola, relaxa

[14/06 16:38] **aylastorm**: Ele tá te agredindo na escola, Leo?

[14/06 16:38] **aylastorm**: Vc já falou com alguém?

[14/06 16:39] **smbdouthere**: Eu já to acostumado

[14/06 16:39] **smbdouthere**: Por isso me juntei ao inspetor Samir

[14/06 16:39] **smbdouthere**: O objetivo de vida dele é conseguir expulsar o pessoal que faz bullying na escola kk

[14/06 16:40] **aylastorm**: Já amei esse inspetor

[14/06 16:40] **aylastorm**: Que homem!

[14/06 16:40] **aylastorm**: Mas sinto muito que vc tenha que passar por isso

[14/06 16:40] **aylastorm**: Queria poder fazer alguma coisa):

[14/06 16:42] **smbdouthere**: Vc já faz, todo dia!

17

RAÍSSA

Eu devia ter imaginado que o destino ia continuar me sacaneando, mesmo depois de eu ter afirmado para o Leo e para o universo que não queria conhecer a Ayla agora.

Apesar de não me sentir pronta para me aproximar, segui os dois por onde iam como uma maluca obcecada — virava de costas sempre que sentia que algum deles ia olhar na minha direção, espiava os dois pelo canto do olho enquanto fingia admirar algum estande. Deu para ver que o Leo não tinha desistido de me encontrar, porque de vez em quando olhava ao redor, e às vezes a Ayla fazia o mesmo.

Mas eu mantive distância, e a feira estava cheia, então seu olhar distraído não me achou. Aos poucos, pude vê-lo relaxar enquanto conversava e ria junto de Ayla, a tensão em seus ombros se tornando menos evidente a cada minuto que passava. Tudo parecia estar correndo bem.

Ainda assim, eu não conseguia relaxar.

Toda vez que olhava de esguelha para os dois e via as cabeças juntas e as risadas secretas, meu estômago embrulhava. Claro, eu queria que tudo desse certo, que Ayla não desconfiasse de nada, que Leo não a magoasse, mas... Será que eu era tão sem graça que ela não tinha percebido que aquela não era a mesma pessoa com quem vinha conversando nos últimos meses? Será que ela só se importava com a aparência do Leo? Ou pior: será que ela estava achando que, pessoalmente, ele era ainda mais interessante?

Só de analisar aqueles pensamentos de forma racional eu me sentia ainda pior. Além de invisível e sem personalidade, eu ainda era uma péssima amiga. Tinha botado o Leo numa enrascada, pedido para ele se aproximar de uma garota que nem conhecia direito fingindo ser outra pessoa, e ainda passar o evento com ela apesar de termos ido juntos... E só conseguia ficar com ciúmes!

Respirei fundo enquanto Thiago Gurgel continuava contando as dificuldades de criar um game tão complexo como Feéricos, e tentei me focar nisso. Eu estava numa palestra com os desenvolvedores do jogo, algumas fileiras atrás e à esquerda de onde o Leo e a Ayla sentavam. Eu devia me sentir mais empolgada por estar tão perto de uma das pessoas responsáveis pela criação do jogo que eu mais amava, mas a tensão não deixava.

Meu celular apitou com uma notificação, e olhei distraída para a mensagem. Era de Gabi.

Ei! Como ta a feira?

Vc não vai acreditar no que consegui

Depois da mensagem vinha a imagem de uma captura de tela. Arregalei os olhos quando vi uma foto em que estava vestida de outro personagem de Feéricos no Instagram da Nevasca. Mais do que isso: o perfil que Gabi tinha criado para mim, para as fotos de cosplay, estava marcado na imagem!

Eu só segui a página deles,
e eles repostaram a imagem!

Depois de decidirem criar o perfil, ela e o Leo tinham resolvido que também iam administrá-lo, já que eu não sabia fazer isso direito — segundo eles, pelo menos.

Assustada com a informação, abri o Instagram e quase caí para trás quando vi que tinha passado de duzentos seguidores — quando olhei de manhã, poucas horas antes, tinha um total de dez. E as notificações não paravam de chegar!

> Eita!!!

Não esquece os amigos quando começar a ganhar mimos

> Não só não esquecerei, como ainda vou dividir kkk

> E o evento tá legal, aliás

> O Leo parece uma criança

Hahaha manda ele se comportar!

E divirtam-se por mim

Fechei a conversa e olhei meu perfil mais uma vez. Já tinha ganhado mais dez seguidores!

Senti a solidão bater de repente.

Eu queria poder estar com Leo e com a Ayla para compartilhar a novidade, como se fôssemos três grandes amigos.

Mas, quando ergui o olhar e encontrei o Leo me observando pelas costas de Ayla, desisti da ideia. Ele me chamou com um aceno de cabeça, e eu neguei com veemência antes de desviar o rosto para o palco.

Assim que o evento acabou, levantei apressada. Como estava perto da entrada do auditório, saí correndo e me afastei do lugar. Tinha consciência de que, em algum momento, eu teria que conhecê-la — a Ayla sabia que a suposta irmã do Leo também estava na feira, seria estranho se eu não aparecesse. Mas eu não conseguia reunir coragem para tomar a iniciativa.

Por isso, me distanciei o suficiente da arena para ainda conseguir enxergar a saída e continuar a segui-los.

No entanto, as pessoas foram saindo aglomeradas, amontoadas umas nas outras, me impedindo de distinguir os dois em meio a tanta gente. Comecei a ficar nervosa, me colocando na ponta dos pés para tentar enxergar por cima das cabeças. Dei um pulo para ver melhor e foi nessa hora que trombei com uma pessoa que passava na minha frente.

Levando junto uma pilha de livros da barraca do lado, eu me estabaquei completamente no chão. O barulho alto da estante de madeira caindo, assim como os vários livros, se sobrepôs ao falatório do fim da palestra e fez todo mundo olhar para mim. Mas eu só conseguia enxergar a expressão assustada da Ayla, parada na minha frente com as duas mãos cobrindo a boca enquanto o Leo se acabava de rir atrás dela.

Senti o calor subir pelo meu pescoço, fazendo meu rosto corar.

— Ai, meu Deus, desculpa! Desculpa mesmo! — Ela estendeu a mão para me ajudar a levantar no momento em que o responsável pela barraca vinha ver o que tinha acontecido.

— Caramba, menina! Tá tudo bem? — perguntou, olhando de mim para a estante derrubada.

— Tá, sim. — Olhei para os livros espalhados pelo chão e para as pessoas que já começavam a se movimentar para ajudar a arrumar. — Ai, desculpa — falei, colocando a mão na cabeça antes de me abaixar para cooperar com elas. — Foi sem querer.

— A culpa foi minha, não tava olhando pra frente — se intrometeu Ayla, indo até a estante e a levantando para que eu e outras três pessoas que tinham se prontificado a ajudar colocassem os livros de volta.

— Tudo bem, acontece. — O homem estava com um olhar menos desesperado no rosto agora que a bagunça tinha sido controlada, ainda que todo mundo tivesse colocado os livros de qualquer jeito na estante. — Obrigado pela ajuda — agradeceu, dando as costas e começando a organizar tudo.

Morta de vergonha, me virei para a Ayla e para o Leo.

— É... Foi mal mesmo — falei, sentindo meu coração voltar a acelerar. — Eu tava distraída.

— Me procurando? — Leo perguntou, os lábios pressionados. Dava para ver que ele estava tentando conter a risada, ainda se divertindo com o meu mico.

— Pois é. Óbvio que esse desastre tinha que ser por sua causa. — A leve irritação em meu tom era mais pela raiva que estava sentindo de mim mesma por ter sido tão estabanada do que pelo Leo, mas achei que ajudaria a construir o papel de irmã implicante.

Ayla estava com a testa franzida, e seu olhar focou em mim, como se tentasse lembrar de onde me conhecia. Pude vê-la me analisando de cima a baixo, então voltando ao meu rosto.

O que será que estava pensando de mim?

Um segundo depois, porém, seu rosto foi tomado por um sorriso conforme a compreensão a atingia. Ela bateu uma palma e apontou para mim.

— Você é a Raíssa!

Ela soltou uma risada divertida, e meu coração deu uma cambalhota.

— Isso — concordei com um sorriso tímido. Assim que me dei conta da expressão boba que devia estar fazendo, tratei de fechar a cara. — Infelizmente, irmã desse garoto aí.

— Ah, que é isso! Ele não é tão ruim assim, vai...

O sorriso de Ayla se iluminou enquanto avançava um passo para me abraçar e dar um beijinho no rosto. O toque dela me deixou vermelha. Nos poucos segundos em que nos abraçamos, eu me permiti fechar os olhos e sentir o calor da sua pele, e seus cabelos lisos pinicaram meu rosto. Ela tinha cheiro de baunilha; levemente adocicado, mas não o suficiente para ser enjoativo. Em seu abraço, era como se nada pudesse me atingir, como se minhas inseguranças não existissem.

Tentei guardar aquela sensação para nunca esquecer.

— É um prazer te conhecer, Raíssa! O Leo fala muito de você.

Eu dei um sorriso amarelo, nervosa demais para agir normalmente. Que mentirosa ela, eu quase nunca falava da minha "irmã", a não ser quando minha mãe entrava no quarto sem dar aviso e interrompia minhas conversas com a Ayla.

— Mal, aposto — brinquei, tentando fazer graça.

— Que nada. Tenho certeza de que, no fundo de todas as coisas ótimas que ele fala de você, tem muito amor envolvido.

Eu ri, relaxando um pouco com a facilidade da nossa conversa.

— Então, vocês estão curtindo? — perguntei, enquanto ela voltava a olhar para o Leo. A expressão envergonhada em seu rosto me fazia querer morrer, mas tentei manter a tranquilidade.

— Nossa, sim! Que lugar incrível! Eu nem acredito que tô vendo ao vivo todas as coisas que só via na internet. Inclusive o Leo — ela brincou, pousando a mão no braço dele. Meu estômago se revirou. — Mas você deve estar sentindo o mesmo, né? Eu nem sabia que você curtia jogar, devia ter se juntado à gente.

— Ah, de todas as coisas ótimas que o Leo falou de mim ele não contou isso? — Inclinei a cabeça, dando uma risada descontraída. Ayla abriu um sorriso envergonhado, mas a interrompi com um aceno antes que dissesse alguma coisa. — Relaxa, tô acostumada a ser menosprezada por esse garoto ingrato. Ele só tá aqui por minha causa, o cosplay dele tava um horror.

— Ah, não tava tão ruim… — Ela olhou para ele com pena.

— Tava horrível mesmo, não vou negar. Sou péssimo com essas coisas. — Leo abriu um sorriso sem graça.

— Por que você não pediu ajuda pra sua irmã? O cosplay dela tava incrível.

Eu levei a mão ao coração, como se estivesse emocionada.

— Puxa, obrigada, Ayla. — Deixei a cena durar alguns segundos, fazendo-a rir e deixando escapar um ronco baixinho. Caramba, como a risada dela era gostosa de ouvir!

— Essa garota nunca teria aceitado me ajudar. — Leo parecia começar a entrar no personagem.

— Olha, sem ofensa, mas eu sabia que o Leo nunca teria me trazido se ele tivesse ganhado. E a gente tem que se colocar em primeiro lugar às vezes, não é?

— Justo — Ayla disse, com um sorriso. — O importante é que no fim das contas todos conseguimos vir, certo? Estamos todos aqui! E vai ser incrível!

— Já está sendo! — concordei com uma empolgação que não sentia enquanto o Leo me encarava com um sorriso de provocação.

Ayla mordeu o lábio e olhou de mim para o Leo.

— Gente, preciso dar um pulo no banheiro e depois acho que vou comer alguma coisa. A gente se encontra depois?

Nós dois nos entreolhamos.

A Ayla estava nos dispensando? Será que temia estar atrapalhando?

— Tá bom — disse o Leo, meio desconcertado.

— A gente devia parar pra comer também. — Quase me bati por estar sugerindo continuar acompanhando os dois. Mas agora que eu estava ali, não queria me afastar dela. Queria estar do seu lado e conhecer melhor seus trejeitos, seus traços, aproveitar sua companhia enquanto podia. — Já deve fazer umas três horas desde que a gente chegou e não comemos nada. Eu pelo menos não comi.

Exceto pelos dois sorvetes que pegara para mim e para o Leo quando a Ayla apareceu e me impediu de entregar a ele.

— É verdade — concordou o Leo, nem um pouco convincente.

— Vocês não precisam me acompanhar se não estiverem com fome. Eu como rapidinho depois encontro vocês. — Eu podia sentir a insegurança na voz da Ayla, tão forte que até o Leo percebeu.

— Deixa de besteira — ele se manifestou, tomando as rédeas da situação. — Vamos ficar juntos. A não ser que você esteja tentando se livrar da gente. — Ele deu uma risada, e pude ver o sorriso inocente no rosto de Ayla.

— Não, né! Imagina — murmurou, envergonhada. Que bobinha! Como ela podia pensar que estava incomodando? — Vou no banheiro, então, e encontro vocês aqui?

— Não, a gente te espera lá na porta. — O Leo encostou a mão no ombro dela, inseguro, puxando-a em direção ao banheiro, mas não tirou o braço dali durante todo o caminho.

Ayla comentava do meu cosplay. Ela parecia tão feliz... Mas assim que entrou no banheiro, eu me virei para o Leo.

— *O que você tá fazendo?* — perguntei, irritada, entredentes.

— O quê? — Ele fez cara de sonso.

— Botando a mãozinha no ombro dela e tudo mais — falei com deboche. — Você tá é me provocando. É uma punição? Por eu estar te obrigando a fazer isso?

O Leo começou a rir.

— É! Porque tudo gira ao seu redor.

— Leo!

— Ai, deixa de ser implicante. Tô fazendo o que você me pediu, agindo como se eu fosse o "cara" — ele desenhou aspas no ar — que tem conversado com ela nos últimos meses. Você não acha que seria estranho se eu agisse com indiferença depois de tanto tempo de amorzinho on-line?

— Não tem nada de amorzinho — murmurei, sem graça. Eu sabia que estava sendo ridícula, mas não conseguia evitar. — É que sei lá. Tenho medo de ela ficar ainda mais apaixonada e se decepcionar depois, quando eu me afastar, sabe?

Leo soltou um muxoxo.

— Raíssa, pelo amor de Deus! Dá pra você se decidir? Como você quer que eu aja com ela? Quer que eu mantenha a farsa? Quer que eu seja um babaca?

— Não sei!

Mordi o lábio, nervosa.

— Olha, posso ser sincero? — Assenti com a cabeça. — Não tenho coragem de dar um pé na bunda dessa garota por você, não, tá? Se você quiser terminar com ela, então é *você* quem vai ter que terminar.

Minha postura murchou.

— Raíssa, relaxa. — Ele me abraçou de lado e apertou meu ombro.

— Esse é o final de semana dos seus sonhos. Você tá na feira da Nevasca, com a garota que você ama. Só aproveita. O que mais tá faltando?

Tudo, eu quis responder.

Em vez disso, concordei com a cabeça e abri um sorriso.

Nos últimos tempos, parecia que todos os meus sorrisos eram falsos e toda a minha felicidade vinha pela metade.

Ayla Mihara • online

16 de junho

Leo Lopes, 15:02

Alerta de emergência

Ayla Mihara, 15:38

Que foi?? O que houve??

E desculpa a demora, tava tendo que aguentar o iceberg que colocaram no meio da sala

(Minha família veio almoçar aqui)

Leo Lopes, 15:45

Teve discussão?

Ayla Mihara, 15:47

A filosofia da minha família é mais a de ficar sentada em silêncio até o constrangimento ser tão grande que todo mundo resolve ir embora

Leo Lopes, 15:52

Que delícia kk

Torta de climão de sobremesa?

via Skype ▼

Ayla Mihara • online

Ayla Mihara, 15:55

Exatamente hahaha

Mas me fala o que houve!!

Leo Lopes, 15:56

Nada, só tá sendo um dia merda mesmo

Às vezes parece que vou explodir

Normalmente jogar ajuda, mas hj não to com muita cabeça pra isso

Quer ver um filme?

Ayla Mihara, 15:59

Só se for agora!

via Skype ▼

18

AYLA

Será que em algum momento próximo meu coração conseguiria se acalmar? Porque enquanto esperava minha vez na fila do banheiro, podia senti-lo batendo forte, ameaçando pular para fora do peito.

Aquele dia estava sendo surreal demais! Quando acordei e lembrei que a feira ia começar e que eu não estaria lá, o mundo tinha me parecido mais sombrio e triste do que nunca. Horas depois, ali estava eu, e ainda por cima ao lado do Leo!

Caramba, quantas vezes eu já não tinha imaginado esse momento?

Mas por mais empolgante que tudo fosse, também havia algo de estranho na situação. Tudo bem que o Leo e eu estávamos nos vendo pela primeira vez — estávamos tímidos e nos acostumando com a presença um do outro, e isso era normal... eu acho. Ainda assim, era como se o Leo ao vivo, o Leo off-line, fosse completamente diferente do Leo com quem eu conversava todos os dias na internet. Até a voz e a risada dele eram diferentes. A coisa simplesmente não estava *fluindo*.

Ou talvez só eu achasse isso.

Quer dizer, o Leo *estava* se esforçando para me entreter e me acompanhar, me fazendo rir e conversando, mas era como se tudo que a gente falasse girasse em torno da feira, de Feéricos e de assuntos mais genéricos. Eu sentia falta da conexão que tínhamos na internet.

Say havia me dito para não criar expectativas demais, e eu começava a achar que ela tinha razão. Mas se o Leo e eu não conseguíssemos nos entender pessoalmente, tudo que eu tinha esperado de nós dois, todas as esperanças de finalmente ter encontrado alguém especial, alguém que me entendia, iam pelo ralo. Do mesmo jeito que começou, *aquilo* que tínhamos — eu nem sabia direito do que chamar — ia acabar: com a Nevasca Studios.

Balancei a cabeça, sem querer pensar naquela possibilidade.

Eu esperava de verdade que o estranhamento passasse assim que deixássemos de lado o nervosismo do primeiro encontro. Tentei me concentrar naquele último momento, quando Leo colocou a mão no meu ombro e, meio abraçado, me acompanhou até o banheiro. Esse único toque fez meu coração acelerar, meus pensamentos se agitarem e um sorriso se fixar no meu rosto.

Lavei o rosto e respirei fundo de novo e de novo até me sentir tranquila o suficiente para deixar o banheiro. Eu estava permitindo que a insegurança me dominasse, mas não havia nada com que me preocupar. As coisas estavam indo bem. Eu tinha que me acalmar, não podia estragar tudo deixando meus medos falarem mais alto.

Mais confiante, desci a rampa do banheiro, seguindo em direção aos dois irmãos. Eles se viraram para mim. O Leo sorriu sem mostrar os dentes, mas Raíssa abriu um sorriso largo, que iluminou todo o seu rosto. Ela era bem fofa, de um jeito um tanto diferente do Leo. Na verdade, os dois tinham pouca coisa em comum. Eu tinha ficado tão focada no irmão que acabei não reparando muito nela. Agora, enquanto caminhava até eles, tive tempo para observá-la melhor.

Os dois tinham cabelo preto e cacheado. Nele, as laterais eram rentes ao couro cabeludo, deixando um topete cacheado meio desgrenhado na parte de cima. Já o de Raíssa era mais cheio e longo, e ia até o ombro. A garota era um pouco mais alta que o irmão, e eles pareciam ser da mesma idade. A diferença devia ser pequena. Pouco mais de nove meses, talvez? Nunca tinha pensado em perguntar.

Ela tinha olhos mais puxados, mas não como os meus. Talvez houvesse alguma origem indígena na família. Sua pele era mais escura, também. A cor dos olhos era a mesma e os dois tinham ombros largos e queixo proeminente, mas tirando isso não tinham muito mais traços em comum. Cada um devia ter puxado um lado da família. Ou talvez algum deles fosse adotado. Também era uma possibilidade que eu nunca tinha parado para cogitar.

Ela tinha uma beleza fácil, leve, daquelas que você admira de cara.

A beleza do Leo era marcante, imponente.

Juntos, formavam uma família e tanto.

— E aí, vamos? — perguntei assim que parei na frente deles.

— Vamos! — exclamou Raíssa, ainda sorrindo. Ela deu meia-volta. — Acho que a praça de alimentação é pra lá. — Sem esperar, foi andando na frente.

Comecei a me virar para onde ela seguia, mas o Leo se virou ao mesmo tempo, e quase trombamos um no outro. Nós rimos, meio desconfortáveis. Ele estendeu a mão, apontando na direção da praça, um sinal para que eu fosse primeiro.

Então voltou a colocar a mão no meu ombro.

Quase morri do coração.

— O que vocês estão a fim de comer? — perguntou Raíssa, virando de repente para trás. O olhar dela foi da mão em meu ombro para o irmão, e ela ficou vermelha.

O Leo tirou a mão na mesma hora, levando-a à nuca, como se estivesse sem graça de ser flagrado nesse gesto mais íntimo.

O que será que Raíssa sabia sobre mim? Será que o Leo contara nossa história completa, tudo por trás da nossa *amizade* desde que nos conhecemos? Ou será que ele só tinha falado para ela que eu era uma "companheira de jogatina", como ele mesmo dizia?

Eu estava me sentindo igualmente envergonhada, mas tentei não deixar transparecer. Toda aquela situação ali com o Leo era muito incomum para a minha personalidade — pelo menos, para a personalidade *atual*. Às vezes, eu mesma ficava confusa sobre quem eu genuinamente era. No Santa Helena, eu, a aluna mais rebelde do colégio, não costumava ficar sem graça, sem saber o que dizer. Drica e Vick ficariam horrorizadas. Eu teria que deixar essa parte de fora quando fosse contar a elas.

Mas ali, naquela feira, eu não sabia exatamente quem deveria ser. Será que aquela era eu mesma?

Raíssa pigarreou, quebrando o silêncio que se arrastou por mais tempo do que o esperado, e continuou:

— Dei uma olhada por alto, mas acho que a maior parte é hambúrguer — respondeu com um tom meio agudo, voltando a olhar para a frente e parando no limite da praça de alimentação. Ela ficou analisando as barracas por ali. — Mas não sei se tem opção vegetariana. Tem uma creperia também que pode ter alguma coisa, e um negócio de lanche natural. Ali deve ter, com certeza.

Encarei o Leo, com uma sobrancelha arqueada e um sorrisinho no rosto.

— Você comentou que eu sou vegetariana, é?

Raíssa voltou a se virar para trás rapidamente.

— Hã, falei? — ele disse, meio sem graça. — Eu... mencionei quando você tava no banheiro. A gente tava discutindo o que comer.

— Achei que você nem lembrasse — eu disse, olhando para o Leo enquanto procurávamos uma mesa para sentar.

— Como eu poderia esquecer?

— Sei lá, as pessoas vivem esquecendo. Toda vez alguém vem me oferecer, ou me chamar pra churrascaria, e eu tenho que ficar lembrando que não como carne.

— Bem, eu lembrei — disse simplesmente, como se não fosse nada de mais. — Quer ir lá dar uma olhada nas opções?

— Claro. — Levantei e olhei para os dois. — Você segura a mesa aí? A Raíssa e eu vamos lá escolher.

— Eu?

Raíssa olhou assustada de mim para o irmão, e abri um sorriso simpático. Eu estava tentando amenizar o clima, apesar de o constrangimento inicial já estar se dissipando. Tenho certeza de que tudo pareceria um pouco menos estranho se simplesmente agíssemos como três amigos, e não como uma garota conhecendo o garoto por quem está apaixonada, mas não sabe se a recíproca é verdadeira.

Além disso, eu *queria* conhecer Raíssa melhor. Ela era irmã dele, afinal. E me aproximar dela era me aproximar da vida dele, fazer parte do que o cercava.

— É, você! — respondi, fazendo um gesto para que ela levantasse.

— É, vai lá, Ray! — O Leo pareceu animado com a sugestão. — Aproveita e compra um hambúrguer e uma coca pra mim? — Ele abriu um sorriso travesso.

Soltei uma risada enquanto Raíssa revirava os olhos.

— Folgado. — Ela mostrou a língua para ele, mas levantou e me acompanhou até as barraquinhas de comida.

Passei o braço em volta do ombro dela, tentando parecer descontraída. Senti Raíssa ficar tensa ao meu lado, não sei se desconfortável com a proximidade ou só com vergonha.

Como já era tarde para voltar atrás, apenas continuei:

— E aí, tá curtindo a feira?

— Ainda tô um pouquinho zonza com tanta informação, mas tô, sim. É meio louco que eu esteja aqui mesmo — ela disse, não parecendo nem um pouco irritada ou constrangida.

O.k., então eu estava apenas sendo insegura.

Abri um sorriso.

— Né? Achei que era só eu! O Leo tá tão louco pra sair aproveitando tudo, e eu só consigo me sentir atordoada com tanta coisa incrível ao meu alcance.

Raíssa deu uma risada enquanto assentia veemente com a cabeça.

— *Isso!* É muito doido! Porque passei os últimos anos vivendo tudo isso aqui pelo computador, vendo os vídeos do pessoal da Nevasca e jogando, mas a experiência de estar aqui é tão diferente, é como se... — Ela soltou um grunhido baixo de frustração por não conseguir encontrar uma forma de descrever sua empolgação.

— Como se você tivesse atravessado o guarda-roupa e se visse dentro de um mundo quase irreal de tão incrível?

Ela olhou para mim, e senti como se seus olhos estivessem dançando de tanta alegria.

— É *exatamente* isso.

— Acho que entendo perfeitamente o que você tá sentindo.

Nós nos entreolhamos e sorrimos.

Eu tinha me preocupado à toa, no fim das contas. Conversar com a Raíssa era fácil, como se já fôssemos velhas amigas. A insegurança foi embora em poucos segundos, ficando apenas a sensação boa que aquela afinidade instantânea deixou em mim.

[17/06 17:30] **aylastorm**: Aff, Leo, vc tá muito ruim hojeee

[17/06 17:30] **aylastorm**: Ta me deixando morrer toda hora!!

[17/06 17:30] **aylastorm**: E eu preciso ir pra igreja em vinte minutos!

[17/06 17:32] **smbdouthere**: Dá licença?

[17/06 17:32] **smbdouthere**: Não dá pra ser perfeita todo dia

[17/06 17:32] **smbdouthere**: perfeito*

[17/06 17:32] **aylastorm**: Hahahah vc tá dizendo que não sou perfeita todo dia??

[17/06 17:33] **smbdouthere**: HAHAHAHAHA

[17/06 17:33] **smbdouthere**: Vc é uma exceção à regra

[17/06 17:34] **aylastorm**: Ai <3

[17/06 17:34] **smbdouthere**: Te deixei sem graça? hahaha

[17/06 17:35] **aylastorm**: BASTANTE

[17/06 17:36] **smbdouthere**: Só falei a verdade ;)

19

RAÍSSA

A Ayla tinha me *abraçado*.

Bem, estava mais para um meio abraço, mas ainda assim... Ela tinha passado o braço ao redor do meu ombro, me puxado para andar com ela e me perguntado o que *eu* estava achando da feira. Ela estava interessada em *me* conhecer melhor.

Eu sei que era só como amiga e que ela podia muito bem estar fazendo isso para ganhar pontos com o Leo, mas eu não estava me preocupando no momento. Pelo contrário: enquanto comíamos e conversávamos, meu estômago se revirava de alegria, o frio na barriga incapaz de abandonar meu corpo. Ainda podia sentir a mão dela tocando meu ombro e a lateral do seu tronco encostando no meu. Talvez aquilo fosse tudo que eu conseguiria, tudo que eu podia esperar da nossa relação, então *precisava* que a sensação durasse para sempre.

— Ai, comi demais — disse o Leo, massageando a barriga e escorregando na cadeira para ficar mais confortável. — Não como mais nada hoje.

Revirei os olhos e levei o último pedaço do meu próprio hambúrguer à boca.

— Você sempre diz isso. Daqui a uma hora já tá com fome.

A Ayla, que já tinha terminado seu wrap de rúcula e tomate seco e agora atacava um pote de batata frita, deu uma risada, deixando escapar um ronco baixinho, e olhou dele para mim.

— Isso é tipo um bordão dele? — Então se virou para o Leo e

deu um empurrão de leve em seu ombro. — Você nunca disse isso pra mim.

O Leo me encarou, quase como se dissesse: *vai, trouxa, fica falando mais do que devia*. Então eu logo acrescentei:

— Ah, com você ele deve ser um lorde, né? Aposto que nem fala besteira quando tá conversando com você. — E mostrei a língua para ele, para completar a imagem de irmã implicante.

— Pior que é mesmo — disse a Ayla, levando mais uma batata frita à boca.

Meu medo inicial de que ela descobrisse toda a verdade estava começando a se dissipar. Eu ainda podia sentir meu coração acelerar toda vez que eu ou o Leo falávamos algo errado, e meus pensamentos viravam um turbilhão, tentando encontrar uma desculpa, mas interpretar era meu forte. Eu tinha certeza de que, se ficasse calma, conseguiria manter a situação sob controle. Pelo menos enquanto eu estivesse por perto. Sabia que, em algum momento, a Ayla ia querer ficar sozinha com o Leo, ter privacidade — será que ia tentar beijá-lo? Senti o pânico voltar a me dominar só de pensar nisso —, mas eu iria fazer o que quer que estivesse ao meu alcance para facilitar a situação do Leo. Afinal, ele estava fazendo o impossível para me ajudar. Era minha obrigação tentar resolver todos os problemas que surgissem.

Além disso, por mais que eu temesse ser descoberta, era muito improvável que a Ayla pensasse na possibilidade de o Leo não ser o Leo que ela conhecia. Tudo o que ela sabia sobre a vida pessoal dele era verdade, exceto, talvez, que tinha uma irmã. Mas sempre que ela me perguntava algo íntimo como o nome dos meus pais, ou se eu morava em casa ou apartamento, ou o dia do meu aniversário, eram as informações dele que eu dava. E ainda bem que fiz isso, porque, quando a Ayla pediu "meu" Facebook e disse que tinha encontrado o perfil do Leo *real*, eu quase tive um piripaque. Felizmente, a página dele era bloqueada para desconhecidos.

Passei o dia inteiro revirando o perfil, tentando descobrir se havia qualquer coisa que nos denunciasse — alguma foto comigo me chamando de amiga? Algum comentário com seu usuário do Feéricos? Alguma captura de tela do avatar que ele usava no jogo? —, e mais uma hora inteira tentando convencê-lo a aceitar a Ayla e evitar postar qualquer coisa incriminadora no perfil. Por sorte, o Leo sempre tinha me chamado de irmã nas legendas das fotos, porque era assim que nos sentíamos de verdade. Ele só teve que deletar alguns comentários falando da nossa amizade e uma ou outra postagem que eram potencialmente suspeitas, e pronto: seu perfil estava livre para ser adicionado pela Ayla.

Senti meu ânimo afundar ao pensar nisso.

Meu Deus, como o Leo não me odiava? Aquele final de semana estava longe de ser a primeira vez que ele ficava de mãos atadas, sem poder aproveitar cem por cento algo de que gostava para me ajudar.

Mais do que nunca, me senti péssima por todas as mentiras. Não era só a Ayla que estava sendo prejudicada nessa história — o que já era ruim o bastante —, era o meu melhor amigo também.

Eu tinha *mesmo* que dar um fim àquela bagunça. Nunca tive tanta certeza na minha vida. Era a decisão certa a tomar, por mais dolorosa que fosse.

Leo pegou no bolso um folheto com a programação da feira, me tirando do meu devaneio. Virei o copo com o restinho de coca ao mesmo tempo que ele quebrava o breve silêncio.

— Olha, vai ter palestra com os desenvolvedores de Ataque das Máquinas agora! — Ele olhou de mim para Ayla, e eu arqueei a sobrancelha. Quis dar um soco nele.

— Ué, não sabia que você gostava de Ataque. — Ayla franziu a testa, desconfiada.

Pressionei os lábios, irritada, mas então olhei para o Leo e percebi que ele me encarava, implorando com os olhos pela oportunidade de ir.

Deixei escapar um suspiro e dei de ombros.

— É meu *guilty pleasure*, acho — explicou ao receber meu aval. — Se importam se eu abandonar vocês um pouquinho?

— O quê? Você vai mesmo abandonar a chance de curtir a nossa incrível companhia por causa de Ataque das Máquinas?! Esse não é o

Leo que eu conheço... — Havia um tom brincalhão na voz da Ayla, e ela soltou um muxoxo alto para completar a provocação, mas dava para ver que estava um pouco decepcionada. Com certeza esperava poder continuar curtindo a feira com ele.

— Sinto muito mesmo — disse ele, com um olhar de falsa tristeza, levando a mão ao peito. — Mas não vou aguentar. Eu prometo que não demoro.

Ele levantou e se afastou.

— Vai, traidor — brincou Ayla em voz alta, olhando por cima do ombro e fazendo um gesto com a mão como se o estivesse expulsando. Então olhou para mim. — E aí? Já que fomos abandonadas, largadas ao relento por esse ingrato, o que faremos agora?

Ela se recostou na cadeira, tentando não parecer tão triste. Podia ver que os olhos já não brilhavam mais como alguns minutos antes e que os ombros tinham despencado, demonstrando a falta de ânimo. Mas ela não comentou nada sobre isso, e eu conhecia a Ayla bem o suficiente para saber que era melhor não forçar nada. Daria mais certo tentar animá-la e aproveitar as próximas horas para estreitar nossos laços e deixá-la mais confortável com a minha presença — para só então, quem sabe, ela se abrir comigo, se estivesse pronta. Se isso já era uma premissa importante na nossa relação como Leo e Ayla, era primordial agora. Afinal, para ela, eu era uma completa desconhecida.

— O que você já viu por aqui? Tem um mundo de possibilidades. — Estiquei o braço acima da mesa e, com a palma virada para o teto, fiz um gesto apontando para tudo ao nosso redor. — Podemos fazer o que você quiser.

Ayla abriu um meio sorriso.

Meu coração acelerou loucamente. Percebi que, apesar de me sentir culpada pelo que estava fazendo com o Leo e triste pela decepção clara na postura de Ayla, também havia uma pequena felicidade que intensificava o frio na minha barriga.

Eu e a Ayla passaríamos a tarde juntas. *Sozinhas.*

Finalmente alguns dos meus sonhos se tornariam realidade. Como eu podia *não* ficar feliz?

— Eu dei uma passeada quando cheguei, mas confesso que tava nervosa demais com a expectativa de conhecer o Leo pra prestar atenção. — Ayla deu uma risadinha. — Mas depois que encontrei com ele, a gente viu umas estátuas de Feéricos em tamanho real, e ele me mostrou um jogo de tabuleiro em que tava viciado e que perdeu todas as vezes. Depois fomos pegar um lugar bom na palestra do roteirista de Feéricos. Mas foi só até agora.

Eu levei a mão ao queixo enquanto refletia sobre as atividades que o Leo e eu tínhamos feito mais cedo. Tudo ali era incrível, e a Ayla devia ver o máximo que pudesse, mas se passaríamos a tarde juntas, eu queria que ela tivesse a experiência mais incrível do mundo.

— Eu ouvi um pessoal falando de um simulador massa daquele outro jogo da Nevasca, o Endemoniado. Só não fui porque a fila tava enorme quando passei por lá. Quer arriscar?

— Só se for agora! — Ayla levantou em um pulo, parecendo feliz com a ideia de se distrair.

Levantei também e parei ao seu lado para apontar a direção.

— Acho que é pra lá, se não me engano.

— Perfeito!

A Ayla segurou minha mão enquanto tomava a dianteira, costurando entre as mesas para voltar ao centro do pavilhão. Meu coração quase saiu pela boca. Eu a segui, meio entorpecida, encarando nossas mãos unidas. As unhas dela eram alongadas e bem-feitas, apesar de não usar nenhum esmalte. Elas contrastavam com as minhas, curtas demais, quase atarracadas, um esmalte escuro já descascando. Se eu soubesse que ia encontrá-la, teria me lembrado de tirá-lo.

Assim que saímos da praça de alimentação, ela parou e me soltou. Aquele momento não tinha durado mais do que um minuto, e mesmo assim me deixou desorientada.

Tinha a impressão de que aquele final de semana ia ser o *melhor* e o *pior* da minha vida.

Mas, por enquanto, preferi focar na parte boa.

— Olha, sinto que devo te alertar: o simulador é daqueles abertos, sabe? Que *todo mundo* pode ver. Se você ficar com medo, gritar muito e pagar mico, podem te filmar pra postar na internet. — Mordi o lábio, tentando conter o sorriso, mas devo ter falhado porque a Ayla olhou para minha boca, depois para os meus olhos e arqueou a sobrancelha. — E aí, vai aguentar o tranco?

Ela levou a mão à cintura.

— Olha, não sei o que o Leo já te contou sobre mim, se é que já contou alguma coisa, mas... Eu sou bem durona. As freiras da minha escola devem ter uma foto minha na parede pra jogarem dardo.

Eu sabia que ela só estava falando aquilo por causa do desafio implícito que eu havia acabado de lançar. A Ayla não se gabava muito das rebeldias que fazia na escola. Quer dizer, ela me contava algumas delas — as fugas ocasionais com as amigas, pulando o muro do colégio; as respostas bem ousadas que já dera às freiras; as peças que já tinha pregado nos professores mais rígidos. Mas nunca com orgulho. Pelo contrário, às vezes eu sentia que ela mesma não sabia por que agia assim. A Ayla era uma garota incrível e inteligente e parecia gastar energia demais tentando ser alguém que não era. Eu suspeitava que fosse uma forma de atingir seus pais — ou de chamar a atenção deles. A mãe dela era uma mulher muito rígida, e o pai devia ser um tanto ausente, já que falava pouco dele. Mas esse era um dos poucos tópicos sobre o qual a Ayla ainda não tinha conseguido conversar comigo.

Mas agora ela estava usando essas coisas para provar sua bravura.

Eu a tinha provocado de propósito, claro. Sabia que a Ayla não conseguia se segurar quando sua coragem era posta em dúvida. Era mais forte do que ela. E eu sempre tinha achado isso muito engraçado durante nossas conversas, mas havia um limite para o que ela podia fazer, estando tão distante de mim. Estava curiosa para ver ao vivo.

Apertei os lábios, fazendo cara de descrença.

— Ah, para. Duvido! Você tem cara de santinha e tímida! — Revirei os olhos. — Deve ser daquelas puxa-saco de professor. Ou das *freiras*, no caso.

Ayla deu uma risada tão alta que ela até roncou. Sua mão foi à boca na mesma hora.

— Des...

— Não pede desculpa pela risada — interrompi antes que pudesse terminar a frase, apontando para ela em alerta. Me arrependi no mesmo instante, com medo de que tivesse falado mais do que devia, mas Ayla apenas ergueu as mãos à frente do corpo, com as palmas viradas para mim, como se estivesse em rendição.

— Você é mesmo irmã do Leo, né? — disse, balançado a cabeça, divertida.

Eu dei de ombros, aliviada.

— Às vezes o sangue fala mais alto — concordei e, num gesto ousado, segurei sua mão e comecei a puxá-la em direção ao simulador. Então, olhei por cima do ombro e falei: — Mas eu herdei a maior parte da beleza da família.

Com uma piscadela, voltei a olhar para a frente e senti meu rosto queimar de vergonha ao mesmo tempo em que abria um sorriso involuntário.

Foi ainda mais difícil me agarrar aos medos e às preocupações que eu devia ter com aquele fim de semana quando a mão de Ayla se fechou em torno da minha.

← 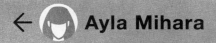 **Ayla Mihara**

23 DE JUNHO

Você enviou uma foto

Ai! Que maldade! Tô morrendo de fome e amo festa junina 🙁 19:13

Você enviou uma foto

Você é muito implicanteeee 19:18

HAHAHA PAREI JURO 19:24

(Mas tá tudo bem gostoso mesmo, não consigo parar de comer) 19:24

A noite em família de hoje foi em festa junina, é? 19:29

GRAÇAS A DEUS 19:36

Festival do milho no Parque das Águas de Sorocaba 19:36

O paraíso na Terra 19:36

Morrendo de inveja 19:37

Um dia você vai tá aqui comigo ♡ 19:41

20

AYLA

Eu tinha que admitir: estava um pouco decepcionada.

E ligeiramente irritada, talvez.

Quer dizer, depois de todo o esforço que fiz para estar ali e conhecer o Leo, depois de me matar para tentar ganhar aquele bendito concurso, das lágrimas que derramei quando achei que tudo estava perdido, ele estava me abandonando para assistir a uma palestra de Ataque das Máquinas? Eu nunca, nesses quase cinco meses que nos conhecemos, ouvi o Leo falar desse jogo. Será que era uma desculpa para se afastar?

Racionalmente, eu sabia que não tinha direito nenhum de me sentir assim e que o Leo não me devia nada. E talvez eu até tenha forçado a barra sobre o concurso, praticamente obrigando-o a participar para que fôssemos juntos. Talvez ele nem quisesse estar lá comigo. Talvez achasse que nossa relação devia permanecer virtual. Talvez tivesse se decepcionado com o meu eu real.

Eu podia cogitar muitas possibilidades horríveis. Ainda assim, era tão frustrante! O Leo tinha sido o meu maior apoio dos últimos meses. Se eu não tinha sucumbido à guerra fria que permeava cada canto da minha casa nem às constantes ameaças de ser expulsa do Santa Helena, foi tudo graças a ele.

Ele foi meu motivo para seguir em frente desde que nos conhecemos.

Não tinha como não ficar decepcionada com a possibilidade de eu ter me iludido esse tempo todo.

Éramos amigos, claro. Disso eu não tinha dúvida. Ele não pareceu nem um pouco contrariado por ter que me fazer companhia desde que cheguei. Eu tinha interpretado erroneamente o braço ao redor do ombro como uma atitude romântica. Mas era só amizade. Agora ele tinha me deixado sozinha. Uma idiota apaixonada que acabara de perceber que seu sentimento não era recíproco.

Pelo menos a irmã dele foi educada o suficiente para não fazer nenhum comentário, mesmo que de apoio. Eu não precisava de pena agora. Eu precisava esquecer.

Por sorte ela acabou mostrando um talento nato para me ajudar nisso.

Na verdade, por mais que me doesse admitir, eu estava me sentindo mais à vontade com Raíssa nos poucos minutos que estávamos sozinhas do que tinha me sentido nas últimas horas com o Leo.

Talvez também tivesse um pouco a ver com as expectativas que eu tinha de cada um deles.

No caso da Raíssa, elas eram quase zero.

Já no caso do Leo...

— Tá pronta? Tá chegando nossa vez — Raíssa avisou, me puxando de volta do poço de tristeza em que tinha começado a me afundar naqueles poucos segundos de silêncio entre uma conversa e outra. Ela era muito boa em me resgatar da espiral de autocomiseração em que me enfiava toda vez que ficávamos um instante sequer em silêncio.

Será que essa habilidade também estava no sangue?

— Se quiser amarelar pode dizer, não vou julgar, prometo — brincou, dando uns pulinhos animados. Ela parecia não conseguir ficar quieta, como se estivesse empolgada demais para se manter parada no mesmo lugar.

Revirei os olhos de brincadeira e dei um passo à frente, estufando o peito e empinando o queixo enquanto observava um jogador que segurava um controle na mão direita e usava óculos enormes no rosto. Tudo que era exibido para ele ali aparecia num telão para o público. No momento ele balançava o controle, agitando uma espada imaginária para se defender de um monstro demoníaco sedento que avançava em sua direção.

Aquele era um dos jogos da Nevasca de que eu não era muito fã — era violento demais para mim. E talvez, só talvez, eu ficasse impressionada *demais* com os monstros. Mas eu não era boba de negar a experiência de um simulador, ainda mais depois da Raíssa me desafiar. Era quase como se ela soubesse o que dizer para me provocar. Como se a gente estivesse em sintonia.

Pelo menos com um dos irmãos eu tinha isso.

— É claro que não vou amarelar! Você tá me subestimando, garota?

Ela deu um sorriso travesso, fazendo seus olhos reluzirem de alegria, e eu não pude evitar rir junto. Havia alguma coisa nela que era incrivelmente cativante. Como se fosse uma das fadas da noite de Feéricos, com seus olhares puros e envolventes.

Estar com ela era fácil.

— Vamos ver, então. Vai lá. — Ela me empurrou, rindo, e sacou o celular para filmar enquanto eu pegava o controle e encaixava o elástico dos óculos na cabeça. Lançando um último olhar para ela, acabei de colocá-lo e esperei o primeiro demônio aparecer.

— "É claro que não vou amarelar" — imitou Raíssa, com uma voz muito parecida com a minha. Era um pouco assustador, mas fascinante ao mesmo tempo.

Eu tinha visto seu vídeo vencedor do concurso de cosplay e precisava admitir que foi mais do que merecido. Ela era incrível. E atuava absurdamente bem. Mesmo interpretando o papel de Arlamian, um elfo de voz grossa e porte elegante de rei, ela conseguiu captar a verdadeira essência do personagem.

Não era para qualquer um.

— Para de sacanear — reclamei, soando mais irritada do que realmente estava. — Nem foi tão engraçado assim.

Raíssa ergueu o celular novamente e voltou a dar play no vídeo que havia gravado de mim, algumas horas antes, no simulador a que me levara depois do almoço.

A gente já tinha ido a vários lugares, jogado diversos jogos e assistido a alguns vídeos rápidos, mas ela continuava voltando àquele assunto só para implicar comigo.

Eu ouvi os xingamentos assustados que ecoavam pela saída de som do celular mais do que vi. Olhava para o chão, envergonhada, para não ter que assistir à parte em que dei um pulo de susto tão grande para trás que quase derrubei a divisória que separava o jogador da fila.

Raíssa voltou a rir, levando a mão livre à boca para abafar o som. Sua risada era muito parecida com a risada do Leo que eu ouvia nas chamadas de áudio.

Aproveitei sua distração para tentar tirar o celular dela e apagar o vídeo, mas acabei quase derrubando nós duas no chão enquanto ela devolvia o aparelho ao bolso de trás da calça.

— Nem pensar! Vou guardar isso para a eternidade — ela exclamou, sorridente.

— Aff, você é muito malvada. — Cruzei os braços, tentando parecer irritada, mas Raíssa apertou minha cintura, me obrigando a desfazer o olhar fulminante que lançava a ela e começar a rir de cócegas. — Para, garota. Preciso respirar — pedi, ofegante, enquanto tentava me desvencilhar.

Segurei suas mãos para me livrar do aperto e, quando consegui, me virei de frente para ela, sem soltá-la, como se estivéssemos em uma dança. Raíssa sorria de orelha a orelha, e seus olhos brilhavam de felicidade. Por um segundo, me deixei contagiar por sua alegria, retribuindo o sorriso, e nos encaramos. Ela tinha uma energia tão boa, tão sincera, que foi impossível desviar o olhar. Como se um magnetismo me atraísse para ela.

Depois do que pareceram horas, ela olhou para baixo, e fiquei vermelha ao perceber que ainda a segurava. Soltei-a no mesmo instante. Minhas mãos formigaram com a ausência das dela, e me virei para esconder a vergonha. Foi quando percebi que tínhamos chegado a uma área livre em uma das extremidades do pavilhão, onde várias pessoas estavam sentadas ou deitadas no chão, descansando. Nós fizemos o mesmo.

— Ai, tô morta — reclamei para ocultar meu constrangimento, esticando as pernas. Estava mesmo feliz pela pausa. Já devia fazer umas duas ou três horas desde que tínhamos parado para almoçar.

E ainda não havia sinal do Leo.

— Te cansei? — ela comentou, deitando esparramada no chão.

O blusão estampado dela estava marcando seu busto agora, mostrando a respiração irregular provocada pelo nosso passeio cansativo das últimas horas. Raíssa tentava recuperar o fôlego, o cabelo cacheado espalhado pelo chão, os olhos se fechando para aproveitar a recente calmaria. Eu soltei uma risada.

— É, fiquei até sem ar. — Apoiei a mão no chão, me inclinando levemente em sua direção. — Mas num ótimo sentido — não pude deixar de acrescentar.

Raíssa abriu os olhos e arqueou a sobrancelha, desconfiada, mas não fez nenhum comentário sobre as minhas palavras.

Eu a encarei, observando-a com curiosidade. Havia alguma coisa em sua expressão que eu não conseguia decifrar. Era quase como se ela conseguisse enxergar em mim algo que ninguém mais conseguia.

Por fim, ela desviou o olhar, as bochechas avermelhadas. Em seguida, abriu a boca para responder, mas foi interrompida por alguém que veio voando até nós.

— Montinho! — gritou Leo, caindo em cima da irmã, o peso do seu corpo esmagando a coitada, apesar de ele ter se apoiado no chão para evitar machucá-la.

— Ai, filho da mãe! — Raíssa reclamou, empurrando-o de cima dela. — Vai esmagar a tua vó!

— Tadinha da *nossa* vó, maninha. — O tom de voz dele estava carregado de deboche. Depois desse tempo afastado, o Leo parecia bem mais animado e confiante do que antes. — Você tá muito agressiva.

Ele rolou para o lado e, dando um sorriso, olhou para mim e perguntou:

— E aí, o que foi que eu perdi?

[24/06 15:18] **smbdouthere**: Porra, Ayla, me dá cobertura

[24/06 15:18] **smbdouthere**: Tão me atacando aqui

[24/06 15:18] **aylastorm**: Bem feito

[24/06 15:19] **smbdouthere**: Pqp, pra que aceitou me ajudar se vai me deixar morrer?

[24/06 15:19] **aylastorm**: Vc sabe como conseguir o que quer...

[24/06 15:20] **smbdouthere**: Ahhh, de novo não

[24/06 15:20] **smbdouthere**: Hoje não tô muito a fim de aparecer em vídeo, desculpa

[24/06 15:20] **smbdouthere**: Droga, morri

[24/06 15:21] **aylastorm**: Então não ajudo!

[24/06 15:22] **smbdouthere**: Por favor, linda, maravilhosa, eu juro que apareço quando tiver melhor

[24/06 15:22] **aylastorm**: Nope

[24/06 15:23] **smbdouthere**: AH, DANE-SE ENTÃO

[24/06 15:23] **smbdouthere**: Não preciso de vc, vou chamar outro healer aqui

[24/06 15:23] **aylastorm**: Quê??

[24/06 15:23] **aylastorm**: Não, para com isso! Só eu posso te salvar

[24/06 15:25] **smbdouthere**: Mas vc não quer me salvar e ainda quer usar o jogo como chantagem

[24/06 15:25] **smbdouthere**: Uma atitude que os Mensageiros dos Céus nunca aprovariam

[24/06 15:25] **smbdouthere**: Tô decepcionado

[24/06 15:25] **smbdouthere**: Vou achar alguém melhor que vc

[24/06 15:26] **aylastorm**: Aff

[24/06 15:26] **aylastorm**: NÃO TEM NINGUÉM MELHOR QUE EU

[24/06 15:27] **smbdouthere**: Ah é? Vamos ver

[24/06 15:27] **smbdouthere**: Vou achar essa pessoa

[24/06 15:27] **aylastorm**: Vai nada, to te invitando pro grupo de novo

[24/06 15:27] **aylastorm**: ACEITA LOGO

[24/06 15:27] **smbdouthere**: <3

21

RAÍSSA

— Ai, gente, a cara de vocês já me diz tudo! Deve tá sendo incrível, né? — disse Gabi, com uma voz sonhadora, olhando para o Leo e para mim da tela do celular.

Nós estávamos deitados numa das camas de solteiro do quarto do hotel, de bruços, o celular apoiado nos travesseiros enquanto falávamos com ela. Nos últimos dez minutos, resumimos o primeiro dia do evento para Gabi, contando por alto tudo o que vimos e ouvimos. Como ela não jogava, havia muitas coisas que não entendia, então não fazia sentido ficar detalhando tudo.

Tínhamos chegado fazia pouco mais de meia hora, mas antes de ligar para a Gabi eu precisava falar com meus pais. Meu pai estava na convenção do trabalho, em Salvador, e me infernizava para saber as novidades exclusivas que a Nevasca tinha lançado na feira. Assim que ele e minha mãe atenderam a ligação em grupo, meu pai exigiu que eu contasse tudo nos mínimos detalhes. Minha mãe toda hora o interrompia para perguntar o que eu tinha comido no almoço, se estava me cuidando e se tinha levado para a feira os petiscos que ela mandou para que eu comesse entre as refeições — que eu obviamente tinha esquecido no hotel, o que fez com que ela ficasse quase cinco minutos me passando sermão. Quando os dois finalmente acabaram, fiz minha mãe seguir o gato pela casa para matar a saudade. Gandalf nem deu bola para mim, mas mesmo assim foi ótimo vê-lo.

Enquanto isso, o Leo falava com os pais dele do outro canto do quarto.

Só quando nós dois acabamos e deitamos juntos na cama do Leo é que ligamos para a Gabi.

— Queria curtir jogar com vocês, confesso que às vezes me sinto meio excluída. — Gabi deu um sorrisinho, que ficou levemente travado na tela do celular quando a internet do hotel falhou. — E o final de semana tá meio chato sem vocês. Muito silencioso...

— Ah, que fofa, Gabi. Mas a gente não queria que você se sentisse assim...

— A gente tenta te explicar o máximo que dá pra você não ficar de fora do assunto — concordou o Leo, assentindo com a cabeça.

— Eu sei, vocês são ótimos. Acho que só tô meio carente hoje e com saudade. — Ela deu uma risadinha, mas o Leo e eu nos entreolhamos. A Gabi não era muito de falar essas coisas e havia algo no tom de voz dela...

— E cadê seu namorado? Por que não vai encontrar com ele? — sugeri, arqueando a sobrancelha.

O sorriso fechou na hora.

— Não quero. — Ela cruzou os braços, com a cara emburrada. Estava sentada à mesa do computador, seu quarto bagunçado parcialmente à mostra no fundo.

— Ih... brigaram, é? — O Leo não parecia surpreso. Não era comum a Gabi e o Juliano brigarem, mas só porque ela normalmente não dizia o que a incomodava e preferia ficar calada e desabafar com a gente. Mesmo assim, o Leo sempre considerava essas "não brigas" como brigas.

Além disso, sempre que podia, ele alfinetava o Juliano. Era sua forma de protestar contra o namoro da amiga, o que Gabi preferia ignorar.

— Não teve briga nenhuma.

— Até porque, né, você detesta brigar. — Revirei os olhos. A Gabi era uma pessoa boazinha demais. Nem discussões saudáveis ela gostava de ter com o namorado, o que significava que ela constantemente se afastava dele sem motivo para digerir o problema em vez de botar para fora.

— Ai, Gabs, isso que você faz não é nada saudável — comentou o Leo, soltando um muxoxo alto. — Uma hora você vai explodir e vai ser pior.

— E desde quando brigar é saudável?

— Desde sempre, ué.

— E não é brigar, sabe — tentei amenizar o clima, baixando o tom de voz. — É dizer o que você quer. Priorizar você mesma às vezes. Conversar para chegar a um acordo.

— Pois é, nenhum namoro vai pra frente assim.

— Ah, sei lá — ela murmurou, olhando para as unhas bem-feitas e pintadas de esmalte escuro, os braços ainda cruzados. — Não sei se vale a pena também.

Demorei um segundo para entender o que ela estava dizendo.

— Ué, como assim? Você não quer que dure?

— Não sei... Não sei se o Juliano e eu realmente combinamos. — Vendo nossa testa franzida, ela fez um gesto de desdém. — Deixa pra lá. Não quero falar sobre isso. Mas me falem de vocês. Tinha gente interessante na feira?

Eu suspirei. Não queria deixar para lá, mas também não queria ficar pressionando. Eu sabia melhor do que ninguém que algumas coisas exigem tempo para serem resolvidas.

O Leo parecia concordar comigo, porque logo aceitou a deixa para mudar de assunto.

— Se tinha, não reparei, porque a Raíssa me fez ficar de namoradinho da garota dela.

— O quê? — Gabi perguntou, assustada, a voz falhando com o tom mais alto. — Como assim? Que garota?

Lancei um olhar atravessado para o Leo, mas ele apenas deu de ombros.

— A Ayla. Ela conseguiu vir — expliquei, olhando para a parede atrás da cama.

— Mentira! Mas como assim o Leo ficou de acompanhante dela? — Gabi levou a unha à boca, parecendo nervosa de repente. — Você não tá empurrando a menina pra ficar com ele e se livrar dela, tá?

— Então...

Mordi o lábio, relutante em ter que explicar. Sabia que o Leo só tinha aberto a boca porque queria me incentivar a ser sincera com ela e contar tudo. Afinal, a Gabi era nossa amiga, não ia me julgar. E eu sabia disso. Ela era uma pessoa incrível, não tinha dúvidas de que me apoiaria. Mas não contar tinha mais a ver comigo mesma. Eu não estava pronta para dizer a verdade para Gabi. Mesmo que soubesse que minha sexualidade não define quem sou, eu tinha a impressão de que mudaria a visão que os outros tinham de mim, então era mais fácil deixar as coisas como estavam.

Por fim, decidi contar a versão encurtada dos fatos. Aquela em que eu não estava apaixonada por Ayla.

— Prometo que quando esse evento acabar vou terminar tudo com ela e pronto — acrescentei, tentando amenizar o olhar de reprovação da Gabi. — Mas não tenho coragem de fazer isso aqui, pessoalmente, depois de todo o trabalho que ela teve pra vir.

Ela levou a mão à testa e deslizou os dedos pelo cabelo loiro-escuro curtinho.

— Ai, Ray, eu entendo. Juro que entendo. Mas você não acha que seria menos doloroso pra ela se você contasse a verdade? Quer dizer, se você terminar, vai deixar a menina de coração partido. Mas se você contar a verdade...

— Ela só vai me odiar pra sempre — cortei, meio irritada. — Realmente, muito melhor essa opção.

Não queria descontar minha frustração na Gabi, mas eu tinha acabado de respeitar seu tempo. Por que ela não podia fazer o mesmo comigo?

— É a suja falando da mal lavada, né, Sra. Quero Terminar Mas Não Sei Como. — Leo veio em meu socorro.

Gabi estava certa, mas... Um passo de cada vez. Lidar com a situação da Ayla agora era minha prioridade.

— Ei! Eu não falei que queria terminar.

Mas o olhar culpado que nos lançou já dizia muito.

— Não precisa falar, tá na sua cara. — Leo suspirou e sentou na cama. — O que houve? Não gosta mais do menino?

Gabi soltou um muxoxo alto e fixou o olhar no teclado do computador.

— Ai, sei lá. Eu gosto quando tô com ele, sabe? A gente se dá bem, gosta de coisas parecidas, o beijo é bom... — Sua voz foi diminuindo até sumir.

— Mas? — perguntei, incentivando-a a continuar quando o silêncio se estendeu entre nós.

— Não sei, alguma coisa parece não encaixar. Acho que a gente tem personalidades muito diferentes. — Ela colocou as mãos sobre a escrivaninha e começou a batucar na mesa. Gabi não parava quieta quando estava nervosa, e ela estava se superando hoje. — O Juliano é muito aventureiro, quer sair toda vez que a gente se vê, é todo ativo, saudável, superpreocupado com tudo o que come e tal.

Deixei escapar uma risadinha.

— E isso é ruim?

— Ai, não é que seja ruim. Mas, sabe? — Ela deu de ombros. — Ele sempre quer fazer umas atividades tipo correr no parque, fazer trilha e comer coisas saudáveis. É meio chato às vezes.

— Eu pensei que você gostasse dessas coisas! — exclamou o Leo, surpreso, dando voz aos meus próprios pensamentos. Quando a Gabi e o Juliano começaram a namorar, essa foi uma das coisas das quais ela mais tinha falado, sobre o quão legal era que ele fosse preocupado com o próprio corpo e tivesse toda essa consciência com a saúde.

— Então, eu até gosto, mas não o tempo todo... E acho que o jeito pessimista dele estraga tudo. — Gabi suspirou e entrelaçou os dedos. — A gente não pode fazer uma trilha sem que ele fique pelo menos duas semanas pesquisando tudo pra não correr o risco de acabar se perdendo ou de ter cobras no caminho. Sempre prepara uma mochila superpesada cheia de coisas totalmente desnecessárias pro caso de a gente ficar perdido na floresta. Mesmo que a gente vá com um grupo de trinta pessoas, incluindo os pais dele. E se eu estiver a fim de comer alguma besteira? Deus me livre! Vou ter que aguentar três horas de "isso não é saudável, não faz bem pro seu corpo". As coisas acabam parecendo tão... *artificiais*, sabe? Perde um pouco a graça.

— Gabi, você não tá fazendo nenhum sentido. — O Leo riu, tentando descontrair o clima. — Até ontem você tava fazendo altos elogios sobre essas coisas!

— Bom... Tem também o fato de que vocês não gostam dele... — disse, meio sem graça. — E vamos ser sinceros, né? O Juliano vive pegando no pé de vocês.

Mais no do Leo do que no meu, pensei, mas preferi não dizer nada.

Gabi baixou o olhar, sem encarar a tela.

— Eu não quero ficar com alguém que não se dá bem com meus amigos.

O Leo arqueou a sobrancelha.

— Mas, Gabs, isso rola desde o começo do seu namoro. Não é nada de mais, sabe? Eu não ligo — acrescentou, olhando para a cama. Era óbvio que ele ligava. Era até compreensível; ninguém quer ficar de briguinha com o namorado de uma amiga e criar indisposição na relação. Eu mesma evitava ao máximo dizer qualquer coisa que fosse piorar tudo. Mas às vezes eu me perguntava se esse era o único motivo para o Leo se incomodar tanto com o Juliano... — Fala a verdade pra gente: tem mais alguma coisa? Tá a fim de outro cara? É isso?

Eu fiquei observando a reação da Gabi. Ela estava retorcendo as mãos, nervosa, e evitou olhar para a tela.

— Não, nada disso. De quem eu poderia gostar? — Mas a risadinha nervosa que ela deu só comprovou que *havia* realmente alguém. Ela só não queria dizer quem era.

Leo e eu nos entreolhamos. Senti que ele queria insistir, mas fui em socorro dela.

— Tudo bem, amiga. A gente acredita em você. Mas se você não quer mais ficar com ele, por que não termina e pronto?

Ela deu de ombros e voltou a olhar para a câmera.

— Acho que você me entende melhor do que ninguém, né, Ray? Dizer a verdade nem sempre é fácil, principalmente se você sabe que pode magoar alguém.

— Pega no pulo — brinquei, só para descontrair.

Depois disso, nós três ainda ficamos mais um tempinho conversando sobre a feira, sobre o que faríamos no dia seguinte e sobre o evento de cosplay em que eu estaria no domingo, antes de a Gabi desligar. Então pulei para deitar na minha cama, deixando o Leo de bruços, apoiado nos cotovelos.

— Foi mal ter citado a Ayla pra Gabi — ele disse, de súbito. — Não queria te forçar a nada, só achei que você podia querer contar, mas estava esperando uma oportunidade.

— Tudo bem, sei que você não fez por mal. — Suspirei e cobri os olhos com os braços. — Eu *quero* contar. Pra Gabi e pra Ayla também, só é... — Eu grunhi, irritada com aquela confusão de sentimentos.

— Difícil pra caramba, eu sei. Acho que se eu não tivesse admitido sem querer pra escola toda que eu era *ace*, provavelmente estaria na mesma. — Ele deu uma risadinha. — Não que eu ache que vá ser muito fácil explicar para possíveis futuros amores o que é ser assexual panromântico.

— Eu odeio essa sociedade heteronormativa! — reclamei alto, quase como se tentasse extravasar nossa angústia.

— Abaixo a heteronormatividade! — Leo endossou o coro, quase gritando.

Então nos entreolhamos e caímos na gargalhada.

— Você acha que a Ayla é esse tipo de pessoa? — perguntou de repente. — Preconceituosa?

— Não sei. Espero que não. — Abri um sorrisinho triste. — Não que vá fazer diferença, de qualquer forma, já que vou me afastar dela depois de domingo.

— Eu ainda acho que essa não é a melhor opção, Ray. Quer dizer, você não vai dar a ela nem a *chance* de saber a verdade?

— Desculpa se eu não tô muito inclinada a abrir margem pra rejeição.

— Você tá parecendo o Juliano agora.

— Credo, Deus me livre.

Mas o Leo não riu com a brincadeira. Pelo contrário, ele fechou a cara e se endireitou, voltando a sentar ereto na cama para que eu pudesse vê-lo completamente.

— Ela gostou de você. Como Raíssa.

Virei o rosto para a janela, desviando da seriedade no olhar dele.

— Eu sei, mas isso não muda nada. Ela gostou de mim como *amiga*. Como sua irmã. Quem ela quer mesmo é você.

— Ray, ela nem me conhece! — Leo disse, inconformado. — Ela só tá encantada porque acha que é comigo que anda conversando nos últimos meses!

— Não — insisti, balançando a cabeça. — Ela gostou de você mesmo. Pessoalmente. Deu pra ver.

— A gente nem se falou direito! Ela parecia totalmente desconfortável. Só conversamos sobre a feira, era a única coisa que eu sabia falar com a garota. Mas vocês duas? Quando cheguei e vi vocês lá, conversando, era como se fossem o casal perfeito. Parecia até que tava rolando um clima...

— Claro que não, Leo, eu não sou um garoto — sussurrei, triste.

— Eu só acho que você tá sendo muito pessimista. Você nunca nem perguntou pra ela. — Ele se inclinou na minha direção, apoiando as mãos na beirada da cama. — Ela pode ser bi, sabia? E ela pode gostar de você mesmo nunca tendo cogitado que você era menina. Eu acho que...

— Deixa pra lá — cortei sem a menor cerimônia, enquanto sentava. — Não importa. Mesmo que ela goste de meninas, eu nunca teria coragem de fazer nada. Eu sou uma imbecil.

— Ray... — tentou dizer, mas eu já estava levantando.

— Não, para. Deixa pra lá. Tô indo tomar banho.

Com um estardalhaço maior do que o necessário, abri a mala e separei meu pijama. No caminho para o banheiro, vi o celular que usava para conversar com a Ayla piscar. Dando uma olhada para o Leo, que tinha se jogado na cama, frustrado, peguei os dois celulares e me tranquei no banheiro.

← 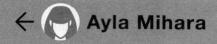 **Ayla Mihara**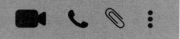

26 DE JUNHO

Alô, tá por aí? 14:25

Já cheguei da escola 14:25

E aí ♡ 14:29

Não to em casa agora, acabei vindo pra casa de uma amiga 14:29

Hmmm 14:30

É aquela Gabi? 14:30

É! Já falei dela? 14:30

O tempo todo 14:31

Posta foto e tudo 14:31

Hahaha ela é minha melhor amiga 14:32

É normal né 14:32

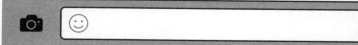

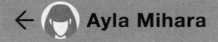 **Ayla Mihara**

> Que nem vc fala da Vitória e da Adriana 14:32

> (É esse o nome delas né?) 14:32

É sim 14:33

Mas a Vick e a Drica não ficam fazendo legendinha fofa pra mim 14:33

> Vc tá com ciúmes? kkk 14:33

> Queria dizer que é fofo, mas não vou alimentar esse comportamento nada saudável 14:33

> A Gabi é só minha amiga, e ainda tem namorado, fica tranquila 14:33

Se não tivesse vc ia ficar com ela? 14:34

> Óbvio que não kkk 14:34

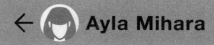 

Sei 14:35

Só quero saber de uma pessoa 14:36

Quem? 14:36

A Brianna Van Brummer na nova expansão! 14:37

Tá maravilhosaaa 14:37

Aliás, são duas pessoas* 14:37

A outra é vc ♡ 14:37

HAHAHAHAHA AFF 14:38

Ridículo 14:38

♡ 14:38

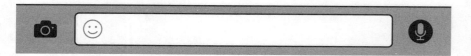

22

AYLA

> Ei, só queria dizer que amei te conhecer hoje!
> Muito obrigada pela companhia ♡

Mordi o lábio, relendo a mensagem antes de enviar. Já havia escrito umas dez versões diferentes para mandar para o Leo durante todo o trajeto de Uber para a casa da Naomi, mas ainda não tinha certeza se estava boa. Agora eu estava no sofá da sala, com a conversa dele aberta novamente, ainda sem ideia alguma do que fazer. Será que eu sequer *deveria* mandar mensagem? Será que eu ia parecer muito afobada? Desesperada?

Antes que eu pudesse refletir mais, uma mão entrou no meu campo de visão e apertou o botão de enviar. Meu queixo caiu enquanto eu olhava, horrorizada, para minha prima.

— Naomi! — exclamei, indignada.

Ela deu de ombros e abriu um sorrisinho inocente, que iluminou seu rosto redondo e bochechudo. Naomi tinha o cabelo tingido de loiro, que caía em ondas até o ombro, e uma franjinha reta, que se perdia por baixo dos óculos de grau. Tinha acabado de voltar da cozinha com duas canecas de chocolate quente. Agora, elas estavam apoiadas na mesinha de centro ao lado de um prato com um sanduíche de queijo e presunto, que trouxera havia poucos minutos. No meu colo estava meu próprio prato, com um queijo quente pela metade, e quase o derrubei no chão com o susto que levei.

Eu tinha chegado da feira fazia uma meia hora e já havia tomado banho e mandado mensagem para minha mãe, contando por alto como tinha sido o dia. Durante esse tempo, fiquei pensando na mensagem para o Leo, que não tinha se pronunciado desde que nos despedimos.

— Eu só dei uma ajudinha — Naomi disse, se jogando no sofá onde eu estava sentada. Então se esticou até a mesinha de centro e pegou uma caneca e o sanduíche. — Você parecia muito indecisa.

— E eu tava mesmo!

— As pesquisas dizem que quanto mais tempo você passa decidindo uma coisa, maior a probabilidade de se arrepender.

— Que pesquisas? — Arqueei a sobrancelha.

Ela levou a caneca à boca e tomou um gole do chocolate quente, sem conseguir evitar um sorrisinho.

— A que eu fiz com minhas amigas. Todas concordamos com essa teoria.

O sorriso virou uma risada, e eu revirei os olhos antes de voltar a encarar o celular. Mas não havia resposta.

— Não sei se devia ter mandado — murmurei com um suspiro, enquanto colocava o celular no braço do sofá e mordia o último pedaço do meu sanduíche. — Hoje foi tão estranho...

— Estranho em que sentido? — perguntou, mais séria agora.

— Não sei, não parecia que a gente tava confortável, sabe? Foi tudo meio engessado e pouco natural.

— Isso não é só sua insegurança falando mais alto?

— Desde quando eu sou insegura? — Empinei o queixo, arrebitando o nariz em direção a ela, mas Naomi bufou.

— Você pode se esconder o quanto quiser atrás dessa fachada de durona, mas todo mundo sabe que você é a maior manteiga derretida da família.

— Sou nada — reclamei, cruzando os braços por cima do prato vazio e olhando para a televisão ligada em um programa de culinária.

— Além do mais, eu entendo esse negócio de primeiro amor. Já passei por isso e, minha filha, não é nada fácil.

Deixei escapar um suspiro e voltei a encará-la.

— É só que não rolou aquela conexão, sabe? A que a gente tinha sempre que conversava na internet. Quer dizer, o Leo é muito massa, e foi superlegal comigo, não me destratou nem tentou se livrar de mim, mas não foi o que eu esperava.

— O que você esperava? Beijos e agarração em público?

Algo do tipo, pensei, mas não disse isso em voz alta. Ninguém precisava saber minhas fantasias com um garoto que, aparentemente, não estava nem aí para mim.

— Não, né? — respondi. — Mas não vou negar, ele me tratava como namorada quando a gente conversava na internet. Então criei mesmo algumas expectativas românticas para esse feriado. E fiquei frustrada por não ter acontecido nada.

Naomi se voltou para a televisão.

— Assim, não quero jogar um balde de água fria, mas... Você já pensou na possibilidade de, sei lá, ele estar com alguém e não saber como te contar? — Ela olhou para mim de esguelha, como se quisesse ver minha reação. Senti meu estômago se revirar. — Sabe, vocês dois tinham poucas chances de se conhecer. Ele tinha a vida dele lá, que não parou por sua causa, assim como a sua não parou por causa dele. Pode ser que no meio do caminho ele tenha conhecido alguém e começado a sair com a pessoa, e agora que vocês dois se encontraram ele não sabe como te contar...

Eu não queria acreditar nessa possibilidade, mas não era uma sugestão tão improvável assim. Afinal, quais eram as chances de a gente se conhecer um dia? Eu mesma me interessei por outras pessoas aqui e ali nesse meio-tempo — tudo platônico, é claro. Não que eu realmente quisesse ficar com alguém que não fosse o Leo. Mas ele podia ter ido além da atração com outra garota...

Senti um gosto amargo na boca.

— Mas, ei, pode não ser nada disso também — Naomi se apressou em dizer, vendo a expressão de desgosto que tinha tomado conta do meu rosto. — Você pode só estar nervosa e vendo coisa onde não tem. Talvez ele também esteja nervoso em te conhecer.

— É, tomara que seja isso...

Mas eu não tinha tanta certeza. E não era só pela forma *amigável* como ele me tratou. Havia ainda o problema maior: depois de todos aqueles meses conversando, a gente tinha desenvolvido uma sintonia, a gente se entendia quase como se nos conhecêssemos havia anos.

Eu não senti essa sintonia em nenhum momento daquele dia.

Bem, isso não era exatamente verdade. Eu *tinha* sentido essa sintonia. Mas não com o Leo, só com a irmã dele.

Me empertiguei quando um pensamento me passou pela cabeça.

— O que foi? — Naomi perguntou, notando minha expressão enquanto eu desbloqueava o celular novamente.

— Nada, só me lembrei de uma coisa.

Abrindo a agenda, procurei o número da Raíssa. Trocamos contatos durante a tarde para que ela me mandasse as fotos que tinha tirado. Eu prometi que iria mandar as que estavam no meu celular assim que estivesse com wi-fi. Não que a minha ideia fosse *só* enviar fotos. Eu queria uma abertura para descobrir mais sobre o Leo. Quem sabe até conseguir informações que confirmassem a teoria de Naomi...

> Oi! Tão aí as fotos que tirei!

> Ayla selecionou uma foto.

> Essa aqui ficou ótima, aliás. Não se esqueça de dar os créditos pra fotógrafa sensacional, caso decida postar hahaha

A foto em questão mostrava Raíssa sentada a uma mesa, olhando pensativa para as cartas em sua mão durante uma partida de jogo de tabuleiro. Ela estava bem bonita com os cachos grandes pendendo sobre os ombros e a expressão concentrada. Parecia uma profissional.

A resposta veio em poucos minutos.

> Mano! Não é que ficou boa mesmo?

> Desse jeito vou querer te dar o cargo oficial de fotógrafa pessoal kkk

> Às suas ordens, madame!

> Pode contar comigo

> Desculpa a demora, tava tomando banho

> Amanhã você pretende chegar que horas?

> Estamos querendo ir cedo pra pegar a senha da sessão de autógrafos da Danielle Gomes

> Umas 10h, se quiser encontrar a gente

Abri um sorriso. Estava insegura se deveria propor encontrá-los novamente no dia seguinte, já que o Leo não tinha falado nada quando nos despedimos (nem respondido minha mensagem), mas o convite provocou uma onda de alívio.

Ainda assim, tentei não parecer desesperada.

> Topo, óbvio! Sou doida pelos livros daquela mulher

> A melhor autora de todas da Nevasca, com certeza

> Mas espero conseguir acordar a tempo hahah

> Tô mortinha, mas sem coragem de levantar do sofá

> Estamos no mesmo barco

> O Leo já capotou aqui, mas eu saí do banho e me larguei na poltrona

> Não devia ter feito isso, tô sem forças pra levantar agora kkk

O Leo já capotou aqui.

Ah! Isso explicava por que ele não estava me respondendo. Ter mandado mensagem para Raíssa tinha sido uma ótima decisão.

Assim que esse pensamento cruzou minha mente, me senti mal. Parecia que eu estava falando com ela por interesse. E eu não estava. Quer dizer, em parte, sim — mas não era só isso. Eu tinha amado a companhia dela e queria encontrá-la de novo no dia seguinte.

Então por que tudo que eu conseguia pensar era *Leo, Leo* e *Leo*?

Raíssa estava sendo incrível comigo, e eu tinha me sentido muito mais à vontade com ela do que com seu irmão. Mas era como se eu estivesse obcecada.

— Você *está* obcecada — foi o que Vick disse, alguns minutos mais tarde, quando me ligou para saber sobre o evento e expliquei exatamente isso para ela.

Eu tinha acabado de entrar no quarto rosa onde dormiria nessas duas noites quando atendi a ligação dela e de Drica. Elas estavam me perturbando no grupo de mensagens, querendo saber todos os detalhes, e ficaram impacientes com a minha demora para responder. Como eu havia me distraído conversando com a Raíssa, elas resolveram que ligar era mais eficiente.

— Óbvio que não tô. Eu só tinha *expectativas*.

Deitei na cama e fiquei olhando para o teto enquanto conversávamos.

— Não, você tá obcecada mesmo — concordou a Drica.

— Eu acho que você tá depositando mais esperança nessa relação do que devia, Ayla. — A voz da Vick tinha um tom meio condescendente. — Tipo, ele não é o único cara do mundo, sabe?

— Eu sei, mas ele é o único com quem eu tive uma afinidade tão grande, tá? Desculpa se isso me deu esperanças de que pelo menos *alguma coisa* na merda da minha vida fosse dar certo.

Levei a mão ao rosto e respirei fundo. Eu não queria ter soado tão grossa e definitivamente não queria ter sido tão sincera. Mas minha confissão pairou no ar como se estivesse comprimindo todo o oxigênio ao meu redor.

As duas ficaram em silêncio por alguns segundos, provavelmente pensando em como responder. Essa talvez fosse a primeira vez que eu deixava escapar algo mais pessoal que não envolvesse o Leo diretamente. E olha que eu nem tinha dito nada de mais! Não que não confiasse nas duas, só não queria que toda a confusão dos meus pais e minhas questões mal resolvidas se metessem no meio da nossa amizade e fizessem elas se sentirem obrigadas a ficar perguntando, tentando oferecer consolo e apoio.

— Tem alguma coisa que você quer contar pra gente, Ay? — A voz da Vick parecia cautelosa. — Sei que tem certas coisas que às vezes é difícil falar, mas você sabe que a gente tá aqui, né? Sem julgamentos, lembra?

— Eu sei, mas não tem nada. — As duas ficaram em silêncio. — É sério, não é nada de mais.

— Olha, por experiência própria... — começou Drica, falando bem devagar — E quando digo "experiência *própria*" é por todas as vezes que vi minha mãe fazer isso... Usar homem pra tapar buraco emocional nunca dá certo. Tudo que acontece é o que você tá vivendo: você cria expectativas demais, e a pessoa não consegue suprir essas expectativas, porque elas são completamente irreais para um ser humano normal. Então, assim, tenta relaxar. Se não for pra ser, não vai ser.

— Você tá num evento incrível, cheio de gente que curte as mesmas coisas que você — Vick complementou. Parecia que elas tinham bolado um discurso juntas e decorado o texto inteiro. — Pode ser uma oportunidade legal pra fazer novos amigos, sabe? Tem um monte de gente diferente por aí que talvez tenha mais a ver com você...

Eu suspirei, sem forças para discordar. Até porque elas *estavam* certas. Só era difícil admitir.

— Obrigada, meninas — foi tudo o que eu disse. — Eu mantenho vocês informadas.

— Por favor.

— A gente tá aqui, viu? — Drica disse. — Qualquer coisa só chamar.

— Obrigada. Amo vocês — acrescentei, quase que para mim mesma, antes de desligar.

Eu não sabia como isso tinha acontecido, mas Vick e Drica pareciam já ter derrubado a barreira que coloquei entre nós para evitar que criássemos um laço mais forte. Eu não queria esse laço, porque eu não queria estar naquele lugar, naquela escola, sendo usada como objeto de provocação entre meus pais naquela briga idiota. Foi por isso que decidi me aproximar das duas: porque senti que éramos diferentes demais para nos tornarmos tão próximas como eu tinha sido da Bia, por exemplo.

Mas Vitória e Adriana me provaram que eu estava errada. Elas foram chegando, devagar, e agora estavam lá, cutucando as feridas que eu não queria reabrir.

Talvez a minha obsessão pelo Leo fosse mesmo uma forma de tapar um buraco emocional. Talvez eu só quisesse fugir da vida sem sentido que andava vivendo. Ou talvez eu só quisesse ser amada e provar a mim mesma que minha fase de "curiosidade" havia passado. Que, na hora de me apaixonar, foi por um homem, e não por uma mulher.

Não era à toa que eu tinha me decepcionado tanto com ele. Eu criei uma fantasia louca de um amor ideal com um cara que conheci na internet e estava colocando as expectativas de toda uma vida em cima dele. Em compensação, logo Vick e Drica, as duas pessoas de quem menos esperava, estavam não apenas me ajudando a enxergar essa realidade, como também sendo exatamente o que eu precisava no momento: amigas de verdade.

Você tá num evento incrível...

Tem um monte de gente diferente por aí que talvez tenha mais a ver com você...

Elas tinham razão. Para que eu ia ficar insistindo em algo que não estava dando certo? Isso só me deixaria frustrada e decepcionada e me impediria de aproveitar aquele momento totalmente novo e maravilhoso que eu estava vivendo. Eu estava em São Paulo, na feira do jogo que eu mais amava, num lugar onde ninguém me conhecia e onde eu podia relaxar e me divertir.

Como tinha feito naquelas poucas horas com Raíssa.

Abri um sorriso ao pensar nela.

Deitei na cama e puxei a coberta, sentindo um frio na barriga enquanto me livrava do peso das expectativas que eu tinha criado.

Amanhã seria um dia diferente. Um dia melhor.

[28/06 20:17] **aylastorm**: Sua mãe não tinha hora melhor pra brigar com sua irmã, não?

[28/06 20:17] **aylastorm**: Alooou? Tô sendo atacada aqui

[28/06 20:17] **aylastorm**: LEO, PELO AMOR DE DEUS. CADÊ VOCÊ?

[28/06 20:17] **aylastorm**: Ai, morri

[28/06 20:41] **smbdouthere**: DESCULPA!!

[28/06 20:41] **smbdouthere**: Minha mãe veio aqui brigar pq, segundo ela, tá chamando a gente pra comer tem "três horas" e fui obrigado a ir correndo

[28/06 20:42] **aylastorm**: Tudo bem, né... Quando a desculpa é a mãe fica difícil argumentar

[28/06 20:42] **aylastorm**: Vou te perdoar só dessa vez

[28/06 20:43] **smbdouthere**: Podemos ver um filme depois que eu te compensar no jogo

[28/06 20:43] **smbdouthere**: Pra te compensar ainda mais

[28/06 20:43] **aylastorm**: Vai me compensar como, hein? ;)

[28/06 20:44] **smbdouthere**: Vc só pensa maldade hahahahaha

[28/06 20:44] **aylastorm**: Mas eu não falei nada!

[28/06 20:45] **smbdouthere**: Mas pensou

[28/06 20:46] **aylastorm**: Pensei mesmo hahaha amo te deixar com vergonha <3

23

RAÍSSA

Aquilo tudo era um *desastre*. Eu devia estar maluca quando sugeri que o Leo fingisse ser eu fingindo ser o Leo (era complicado até de explicar).

Caramba, eu devia estar maluca quando achei que fingir ser o Leo seria uma boa ideia. Era uma péssima ideia. Uma ideia horrível.

Encarei o teto, ouvindo o ronco do Leo e repassando minha conversa com a Ayla na noite anterior. Pensei no quanto eu estava *me* enganando. Agora, a Ayla e eu estávamos conversando por mensagem, e isso fazia eu me sentir querida, me sentir desejada, mas era tudo uma gigantesca ilusão. Não era a Raíssa que ela queria, era o Leo. Eu tinha que me obrigar a me lembrar disso a cada minuto, era exaustivo demais.

Mesmo assim, não conseguia tomar a decisão de contar a verdade. Era tão bom estar com ela, ali, cara a cara. Eu me odiaria para sempre se não me permitisse aproveitar.

Era uma confusão sem tamanho.

Ainda estava cheia de dúvidas quando levantei e comecei a me arrumar. Mas então, ao descermos para o saguão e encontrarmos a Ayla, as minhas incertezas se dissiparam. Ela estava linda, como sempre — o cabelo preso num coque, exceto pela franja lateral, que emoldurava o rosto, o macaquinho jeans deixando-a com uma aparência alegre e iluminada, ao contrário do clima nublado lá fora. Ela abriu um sorriso enorme assim que nos viu, e senti alguma coisa diferente nela, como se estivesse mais leve.

Eu podia aguentar mais dois dias antes de terminar tudo com ela, certo?

— Oi, gente — cumprimentou assim que nos viu, levantando da poltrona e vindo em nossa direção. Ela tinha mandado mensagem mais cedo, dizendo que estava adiantada. Por isso, pedi que nos encontrasse no hotel.

Para a minha surpresa, Ayla me abraçou primeiro, um abraço forte e apertado, que deixou em mim a essência do perfume doce que usava. Em seguida, foi até o Leo para cumprimentá-lo.

— E aí? Pronta pra mais um dia de pura diversão? — perguntou o Leo, forçando a voz como se fosse apresentador da sessão da tarde, fazendo Ayla e eu rirmos. Parecia que estávamos mais confortáveis um com o outro naquele segundo dia, principalmente a Ayla e o Leo, como se todo o estranhamento tivesse ficado para trás.

— Prontíssima! — Ela puxou do bolso o crachá que recebemos na entrada, o passe que garantia acesso aos três dias do evento. Leo e eu já estávamos com os nossos no pescoço.

Assim que Ayla colocou o dela, seguimos juntos em direção ao pavilhão.

Apesar de a fila de hoje parecer maior, o tempo passou rápido enquanto conversávamos. Logo estávamos seguindo para a área de autógrafos com alguns autores dos livros baseados nos games da empresa. Era Danielle Gomes quem mais nos interessava: a melhor escritora da Nevasca, de longe. Eu não só tinha lido todos os seus livros, como estava com uma mochila carregada deles, ansiosa para conseguir autógrafos.

Uma fila de espera já estava se formando quando chegamos ao local e corremos para garantir nosso lugar, ainda que as senhas só fossem começar a ser distribuídas dali a uma hora.

— Ai, eu tô muito empolgada — comentou Ayla, batendo palmas quando nos acomodamos no chão. Sentada à direita dela na rodinha que fizemos, eu estava nervosa com a proximidade, mas tentando agir normalmente.

— Sinceramente eu ainda não acredito que tô aqui mesmo — comentou o Leo, se inclinando para trás, o peso do corpo apoiado nas mãos. Hoje ele estava vestindo um daqueles shorts masculinos na altura da coxa e uma blusa larguinha, e parecia mais confortável consigo mesmo do que eu jamais o tinha visto antes. — Só de sair daquela cidade caipira eu já me sinto renovado.

— Ei, não fala assim de Sorocaba — reclamei, apesar de não discordar totalmente dele. Nossa cidade não era exatamente pequena, mas também não chegava a ser uma metrópole. Tinha metade da população da cidade de Ayla, que era doze vezes menor do que a de São Paulo. Era inevitável que o município acabasse preservando muitas características de cidade pequena. Inclusive a mentalidade.

— Campinas não é tão caipira assim, mas entendo o que você quer dizer. Eu acho que nunca vi pessoas tão diferentes juntas, e olha que isso aqui já é um evento bem segregado. Tô achando incrível estar no meio dessa mistura.

— Deve ser mesmo libertador morar num lugar assim... — concordei, sonhadora.

Será que se eu não morasse em Sorocaba, se meus pais tivessem crescido em um ambiente mais diverso como São Paulo, eu teria mais coragem de me assumir?

Acho que jamais saberia.

— Queria muito poder passear pela cidade também — continuou o Leo. — Tem tanto lugar incrível aqui que tá na minha lista pra conhecer...

— Ei! — exclamou Ayla de repente. — Por que a gente não vai?

Nós dois a encaramos, chocados.

— Como assim?! — perguntei por impulso, apesar de ter entendido exatamente o que ela estava dizendo. Senti meu coração acelerar só com a possibilidade.

— A gente pode sair depois da sessão de autógrafos. Ir em algum lugar legal de São Paulo, talvez? Tipo a Paulista ou a Liberdade.

Arregalei os olhos.

— De jeito nenhum — vetou o Leo. — Tá doida, Ayla? A gente nem conhece a cidade direito! E meus pais me matam se descobrirem.

— Mas eles não precisam descobrir... — ela murmurou, sem graça.

— Não. É sério, nem pensar.

A voz do Leo estava séria demais. Ele era muito certinho e morria de medo de contrariar os pais, apesar de ser tão corajoso para se defender do bullying na escola. Eu entendia, porque era igual — só que eu não tinha coragem nem dentro nem fora de casa.

Ainda assim, por um segundo, quase considerei a possibilidade...

Um silêncio tenso recaiu entre nós até o Leo levantar, meio irritado, murmurando que ia no banheiro.

— Eu falei alguma coisa errada? — Ayla perguntou baixinho, os ombros encolhidos, enquanto o observava se afastar. — Quer dizer, eu sei que ele nunca gostou muito das minhas atitudes *rebeldes* — ela deu um sorrisinho sem graça e coçou a nuca —, mas não achei que fosse ficar tão irritado com a sugestão.

— Ele não tá irritado, acho que só tá frustrado.

— Por quê?

A Ayla me encarou, cheia de curiosidade.

— Provavelmente porque no fundo ele queria, mas os pais... — eu pigarreei — os *nossos* pais sempre foram muito superprotetores. Falam muito de confiança, mas não confiam tanto na gente assim. Foi muito difícil convencer eles a deixarem a gente vir.

Eu não estava mentindo. Os pais do Leo eram mesmo assim. Muito religiosos e já bem mais velhos do que os meus, foi preciso uma conversa com os meus pais para que aceitassem a viagem, e só o fizeram porque nossas famílias sempre tinham sido muito próximas. Eles confiavam muito em mim e, mais ainda, na minha mãe, que sabia exatamente como lidar com eles.

Mesmo assim, o Leo tinha passado o dia inteiro recebendo mensagens deles.

— Ray, posso te perguntar uma coisa? — Ayla disse de repente, trazendo minha atenção de volta a ela. — Assim, de garota pra garota?

— Claro, manda ver.

Ela suspirou.

— Você acha que ontem eu pareci um pouco... hmm... desesperada?

Eu inclinei a cabeça, curiosa.

— Como assim?

Ayla tomou fôlego.

— É que tipo... Não sei se seu irmão te conta essas coisas, mas a gente começou a conversar tem uns meses por causa de Feéricos. E eu tava muito ansiosa pra conhecer o Leo pessoalmente. Mas passei o dia inteiro surtando, porque parecia que tinha alguma coisa errada, sabe? — O discurso dela foi ficando acelerado, como se ela tivesse medo de desistir no meio do caminho. — A gente não tava se dando tão bem quanto na internet. E acho que fiquei com medo de estar tão nervosa com isso que agi de um jeito que não agiria normalmente. — Ela deu uma risadinha e parou para respirar.

Fiquei chocada por um segundo. Aquele falatório era bem atípico da Ayla...

E aí, de repente, me bateu.

Enquanto eu tinha passado o dia anterior inteiro nervosa, com medo de que ela descobrisse a verdade e até com ciúmes dos dois, a Ayla estava ali, cheia de esperança, cheia de expectativas com relação a nós duas... quer dizer, a ela e o Leo... e o Leo simplesmente não era... eu.

E ela tinha percebido.

Não que eu me achasse a última bolacha do pacote, mas, bem, era comigo que a Ayla esteve conversando nos últimos tempos. Eu sabia seus medos, seus sonhos, seus segredos. Era eu quem ela esperava encontrar ali. Por mais incrível que o Leo fosse, ele nunca conseguiria suprir essa expectativa.

E o jeito como Ayla tinha falado comigo agora... meu coração se apertou.

Parecia cada vez mais improvável que aquele evento não terminasse com a verdade, mas eu não queria pensar nisso.

— O que eu queria dizer na verdade é que eu sei que pareci um pouco desesperada ontem, e eu queria pedir sua ajuda justamente pra não ser. Tipo, se você me vir fazendo alguma coisa muito constrangedora, pagando micão por causa de homem, sabe? Me dá um sinal, um cutucão, me empurra no chão. Qualquer coisa.

Me recuperei do choque a tempo de soltar uma risadinha que não combinava exatamente com o que estava sentindo.

— Caramba. Nunca vi ninguém falar tão rápido em toda a minha vida — foi o que consegui dizer.

Os ombros tensos de Ayla de repente relaxaram, e ela me deu um empurrão de leve na perna.

— Ai, desculpa. Desabafei que nem uma louca, né?

— Um pouquinho — concordei rindo. — Mas pode deixar, acho que entendo o que você quis dizer. Acho que você só tá precisando relaxar.

— Não posso dizer que discordo. Mas é só porque isso aqui é tudo muito novo ainda pra mim, sabe? — Ayla deslizou a mão pelos cabelos pretos, bagunçando os fios presos. Seu olhar parecia transmitir um turbilhão de sentimentos, que eu queria desesperadamente decifrar. Era como se eu precisasse entender tudo sobre ela, absorver o que podia para quem sabe descobrir uma forma de resolver a confusão em que eu tinha me metido sem que ela me odiasse. — Ver o Leo pessoalmente foi só uma das coisas. Mas tem a feira e, caramba, eu nunca tinha nem saído de Campinas na vida! E mesmo que isso aqui seja tudo que vou ver de São Paulo, já é mais do que tinha visto até ontem de manhã.

Ela suspirou e sorriu para mim.

E aquele sorriso...

Eu senti um calor no peito, um formigamento se espalhando pelo corpo. Aquilo que sentia quando estava com Ayla... eu nunca tinha sentido nada parecido. Se eu fosse perder isso em breve, precisava que todos aqueles segundos realmente valessem a pena.

— Por que a gente não vai? — perguntei de repente, sem conseguir me conter. — Só nós duas, sem o Leo.

— Tá falando sério? — Ela arregalou os olhos, mas não de um jeito ruim. Parecia empolgada com a sugestão.

Eu sabia que ia me meter numa enrascada se meus pais descobrissem, mas... valeria a pena.

— Claro! Eu queria muito dar um rolê na Liberdade. O que acha?

Ayla assentiu com veemência.

— Eu topo!

— Jura? — Senti a apreensão remoer meu estômago.

— A gente vai cedo e volta cedo — ela concordou. — Ninguém precisa saber.

Eu abri a boca para responder, mas nessa hora vi o Leo se aproximar, parecendo mais calmo, e fiz um gesto com a cabeça, apontando para ele.

Ayla olhou para trás e permaneceu calada enquanto o Leo voltava a sentar ao nosso lado.

— Foi mal, gente — disse ele, olhando para o chão. — Não quis ser grosso com vocês. Mas eu realmente não quero ir, acho que prefiro fazer as coisas dentro da lei.

— Relaxa. — A Ayla colocou a mão no ombro dele, de maneira consoladora. — A gente entende. Ninguém aqui tá te julgando.

Ela deu uma piscadela para mim, e engoli em seco.

Será que eu teria coragem de fazer uma loucura dessas?

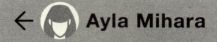 

29 DE JUNHO

Vc já fez alguma loucura? 11:01

Alguma coisa ilegal ou que seus pais te proibiram de fazer? 11:01

Já fiquei acordado até de madrugada jogando, serve? 11:03

Hahahaha não, né! 11:04

Hahahaha tá, já falei que ia pra casa de um amigo e fomos pra um barzinho 11:06

Minha mãe apareceu lá cinco minutos depois e me deixou de castigo por duas semanas kkk 11:06

HAHAHAHAHAH Tadinho! 11:10

Mas por que a pergunta? 11:12

É, então... Acabei de ser pega matando aula 11:15

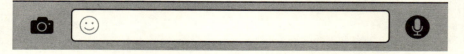

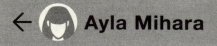 **Ayla Mihara**

Tô na sala da diretora esperando minha mãe chegar 🙁 11:15

Como assim?! Vai ser expulsa?? 11:17

Expulsa, não, só ouvi um sermão e levei uma advertência escrita 11:18

A gente só pode ter 1 advertência por trimestre, então precisarei ser mais cuidadosa 11:18

Felizmente ela não me pegou pulando o muro 11:18

Pq vc fez uma coisa dessa? 11:19

Não tem medo de ser expulsa? 11:19

Não sei, é uma tradição 11:22

É complexo 11:22

Vc é tão inteligente, Ay! Esse colégio caro aí deve ser uma puta oportunidade 11:23

Ayla Mihara

> Pq se sabotar desse jeito e correr o risco de perder essa chance maravilhosa? 11:23

Vc não entende 11:24

Eu nem queria estar aqui 11:24

> Mas tem alguma coisa que vc possa fazer em relação a isso? 11:25

Não... 11:25

> Então pq perder tempo com essa rebeldia toda? 11:28

> Tira proveito dessa situação ruim pra se dar bem na vida e poder ser dona do seu nariz o mais rápido possível 11:28

> Não acha melhor? 11:28

> Ay? 11:35

Minha mãe chegou, dps conversamos 11:40

24

AYLA

A primeira coisa que vimos quando o Uber parou na praça principal do bairro foi a famosa Feira da Liberdade. O lugar estava tomado de barraquinhas de toldo vermelho e uma multidão andava por entre os labirintos de artesanato, roupas e comida. Paramos no início da feira, abismadas com a efervescência da cidade.

Ela me encarou com um sorriso.

— O que você quer fazer primeiro? — perguntou, mas eu nem sabia exatamente por onde começar.

Aquela ideia toda era uma loucura e, ainda assim, ali estávamos nós. Tínhamos analisado a programação de sábado em busca dos eventos de Ataque das Máquinas — se Leo gostava tanto assim, se era seu *guilty pleasure*, não ia querer deixar de ir, certo?

Não estávamos erradas.

Eu mesma saquei a programação do bolso, logo após o almoço, com a desculpa de decidirmos o que faríamos a seguir. Leo arregalou os olhos ao ver que haveria a exibição exclusiva de uma série em cinematic do jogo. Eu ainda estava achando aquilo muito esquisito, mas quem era eu para falar de segredos?

— Você vai querer ir nesse troço de Ataque das Máquinas, não é? — indaguei, tentando soar chateada, enquanto agarrava o assento da cadeira da praça de alimentação para evitar gesticular demais. Eu era uma péssima atriz.

Mas o Leo não pareceu perceber. Ele olhou de mim para a irmã, que soltou um muxoxo e deu de ombros, numa interpretação muito melhor que a minha.

— Dá pra ver na sua cara que você quer ir — concordou, e o Leo abriu um sorriso empolgado. — Vai lá, tem um monte de palestra de Feéricos na outra arena. Não vamos nem sentir sua falta.

— Aff, Raíssa. Nem parece que me ama... — Ele a empurrou de lado, mas, pela expressão em seu rosto, era óbvio que estava eufórico com a permissão.

Assim que ele partiu para a exibição, corremos para a saída enquanto pedíamos um Uber. No caminho, pesquisamos o que fazer na Liberdade, mas as dicas turísticas eram mais voltadas a museus e coisas do tipo. Raíssa e eu tínhamos decidido só andar por lá e ver as ruas do bairro, talvez comprar uma coisa ou outra, mas não muitas para não levantar suspeitas dos nossos pais.

— Vamos ver as barraquinhas e a gente vai seguindo o fluxo — falei, por fim. — Não tô com fome agora, mas queria parar em algum lugar só pela experiência mesmo. — Então olhei para ela e acrescentei: — Quer dizer, se você quiser. O que acha?

— Por mim tá ótimo.

Raíssa deu de ombros, e começamos a seguir para o meio da feira. Paramos em diversas barraquinhas para olhar as peças de artesanato e as bijuterias. Algumas eram mais comuns, o tipo de coisa que eu encontraria em qualquer lugar de Campinas, mas outras tinham elementos específicos de culturas asiáticas.

Em seguida, entramos em uma galeria e começamos a passear pelas lojinhas. De repente, um bonequinho vermelho e redondo, cujos olhos não tinham pupila, me chamou a atenção, e fui direto até a vitrine.

— O que é isso? — perguntou Raíssa quando entrei na loja e o peguei para ver os detalhes.

— É um daruma, um dos amuletos japoneses mais conhecidos. Quer ouvir a história? — Olhei para ela e, quando Raíssa assentiu, continuei: — Ele representa um monge que meditou por nove anos sem mover nenhum músculo, e graças a isso descobriu a verdadeira essência da vida e fundou o zen-budismo. Só que quando a meditação acabou, os membros dele estavam atrofiados e tinha perdido a visão.

— Nossa, que horrível! — Raíssa arregalou os olhos.

Eu ri e comecei a puxar o dinheiro da bolsa. O valor estava numa etiqueta colada ao amuleto, mas a vendedora, uma senhora de cabelos pretos já começando a ficar grisalhos, estava atendendo outra cliente, então continuei a conversar com Raíssa.

— É só uma lenda. — Dei de ombros enquanto encostava o quadril no balcão. — Acho que as pessoas não pensam tanto na história por trás e mais no simbolismo. É comum comprar esse bonequinho para fazer um desejo. Você tem que fazer o seu pedido e pintar um olho. Só depois que o desejo se realiza, você pinta o outro, em forma de agradecimento.

Ela parecia muito curiosa.

— E dá certo? Você já fez?

— Oi, querida, posso ajudar? — interrompeu a vendedora. Eu me virei para ela e a cumprimentei antes de estender o daruma junto com o dinheiro para pagar.

— Olha, eu já fiz algumas vezes e deu certo, sim. Acho que provavelmente não é o boneco em si que realiza seu desejo, mas quando a gente deseja muito alguma coisa acaba colocando mais energia naquilo, sabe? Todo dia você olha pro bonequinho e se lembra de ter fé e torcer pra dar certo. Eu acredito que o universo ouve a gente quando desejamos alguma coisa com força. Não é à toa que tô aqui, né? — Dei de ombros e peguei o troco e a sacola com o boneco, agradecendo à vendedora antes de continuarmos nosso caminho. — Inclusive é por isso que queria comprar um novo. Pintei o segundo olho do meu na manhã de ontem, antes de sair de casa.

Abri um sorriso. O meu maior desejo era conseguir vir para a Nevasca EXPO, e eu tinha conseguido. O que eu iria pedir agora?

— Que legal! — Raíssa comentou, empolgada. — Você conhece bem a cultura japonesa? Digo, eu sei que sua família é de lá, mas isso é forte pra vocês que estão aqui no Brasil?

— Mais ou menos. — Parei para olhar outra loja, e ela me acompanhou. — O meu pai nasceu no Japão, mas veio pra São Paulo quando ainda era bebê. Então tudo que ele sabe foi o que aprendeu com meus avós. Mas ele já cresceu com a cultura brasileira bem enraizada. No meu caso ficou ainda mais misturado por causa da minha mãe, que é brasileira. A história do daruma, por exemplo, eu só conheci por causa do budismo mesmo. E meu pai não liga muito para religião, então nunca gostou muito de ouvir essas histórias que minha vó contava. Se ouviu um dia, não lembra mais de quase nenhuma.

— Poxa, é triste não conhecer tão bem a história de onde a gente veio, né?

Dei de ombros.

— O que eu quero conhecer eu procuro. A minha tia, a Sayuri, apesar de ter nascido no Brasil, é mais interessada nessas coisas, então muito do que sei é por causa dela. Mas enfim... E a sua família? — perguntei, aproveitando o momento para tentar tirar minha dúvida sobre as diferenças entre ela e o Leo. Me virei para ela, parando entre duas lojas. — Você parece ter traços indígenas...

— Uma das minhas bisavós por parte de pai era indígena, e o gene dela deve ser dominante, porque olha... a família toda puxou os traços — completou, rindo.

Eu ri junto e analisei seu rosto, quase inconscientemente, como se tentasse identificar as características da sua bisavó. Raíssa corou, e eu baixei o olhar, percebendo o que estava fazendo.

— E você chegou a conhecer ela? — perguntei, tentando desviar a atenção da minha própria vergonha.

— Bem pouco. Ela morreu quando eu ainda era bem pequena, então não tenho muitas lembranças. — Raíssa deu de ombros, soltando um muxoxo baixo. — Não sei nem de qual povo ela era, mas sei que ela veio de Minas. Ultimamente tenho pensado mais nisso, em tentar descobrir de qual etnia a gente descende e tudo mais. Às vezes me incomoda não saber a história da minha família, sabe? Tenho medo de isso se perder em algum momento.

— Esse é um dos meus medos por não me interessar muito pela

nossa história. — Passei a mão pela minha franja solta, e fiquei enrolando os fios com os dedos. — Quando tem reunião com a minha família paterna e eles contam as histórias dos meus avós, eu fico encantada, de verdade. Vivo me dizendo que vou procurar saber mais sobre eles, mas daí... A vida acontece, e eu deixo pra lá.

Minha tia vivia reforçando quão importante era que eu soubesse a nossa história, que muito do que a gente era e como agia vinha de hábitos antigos, perpetuados por nossos pais, e pelos pais dos nossos pais. Mas era muito difícil lembrar disso no meio de tantos problemas em casa e das minhas próprias inseguranças.

— Eles já morreram? — questionou, me tirando do meu devaneio.

Assenti com a cabeça.

— Já sim, também quando eu era criança. Ainda lembro de alguns detalhes das histórias, de quando eles se conheceram, e como fugiram do Japão depois da guerra. — Abri um sorriso, pensando nos dias em que sentava no colo da minha avó e a ouvia relembrar o passado, contando tudo que viveu com o sotaque forte que ela nunca perdeu. — Às vezes me arrependo de não ter registrado essas coisas, sabe?

— Mas não é tarde, né? — Ray deu de ombros, como se a questão fosse simples de resolver. — Você deve ter parentes de lá ainda vivos que saberiam te contar...

— É, acho que sim. — Foi quando percebi que o assunto tinha voltado novamente para mim que dei uma risada sem graça. — Desculpa, acho que tô monopolizando a conversa.

— Não tem problema, eu gosto de ouvir sobre você. — Então ela corou, percebendo o que tinha dito. A Raíssa ficava com vergonha com frequência. Era fofo até. Eu a invejava porque, mesmo tímida, ela conseguia levar a conversa muito bem.

— É que eu não tô acostumada a falar tanto sobre mim. Não sei o que você tem que faz essa mágica.

— Me sinto honrada — brincou, fazendo uma reverência.

— Eu fiquei curiosa pelo Leo não ter muitos traços indígenas como os seus — comentei devagar, tentando não ser indelicada.

— Hã... — Ela parecia surpresa com o comentário. — Ele puxou mais o lado da minha mãe, que tem ascendência espanhola.

Voltei a caminhar.

— Ah, sim... E vocês têm a idade bem próxima, né?

— É. O Leo é só um ano mais velho.

Raíssa não deu abertura para mais perguntas sobre os dois, então deixei pra lá. Nesse momento, avistei um bichinho de pelúcia numa das vitrines.

— Ai, olha isso! — exclamei de repente, vendo um bonequinho cinza e redondo, de olhos arregalados. — É o Totoro, do...

— *Meu amigo Totoro!* — completou a Raíssa, os olhos brilhando enquanto pegava um para ver. Ela o apertou num abraço, como se estivesse realizada. — Meu Deus, é muito fofo! Quanto é, moça? — perguntou, se virando para a atendente.

Quando a mulher respondeu, quase caí para trás. Já tinha gastado dinheiro com o daruma. Se ainda quisesse comer alguma besteira ali, não poderia pagar o Totoro. Raíssa também pareceu chocada com o preço.

— Tem algum menor? — perguntou, esperançosa.

Quando a atendente mostrou um Totoro do tamanho da minha mão, eu ainda achei o valor um absurdo, mas Raíssa disse:

— Faz dois por cinquenta? — como se tivesse nascido para barganhar. A vendedora fez uma expressão de desagrado, mas por fim concordou. Raíssa estendeu uma nota de cinquenta reais e a pelúcia que segurava antes que eu tivesse tempo de raciocinar o que estava acontecendo.

— Ray, não é pra mim, né? — perguntei, chocada, enquanto ela pegava a sacola.

— É, sim.

— Não! Não posso aceitar, imagina. É muito caro. — Comecei a protestar, mas Raíssa colocou a mão na minha frente e me impediu. Então me empurrou para fora da loja.

Quando estávamos longe o suficiente, ela me estendeu uma das sacolas.

— É um presente. Não se reclama de preço de presente.

— Quem disse? — coloquei as mãos na cintura, fechando a cara.

— Eu que tô dizendo — ela respondeu, rindo. — Prometo que não vou te dar mais nenhum presente. Nenhunzinho.

— Aff, também não precisa ser tão inflexível — brinquei antes de suspirar e aceitar a sacola. Tirei o Totoro de dentro e o abracei com força.

Raíssa riu.

— Aproveita seu presente e não reclama.

— Não tô reclamando. Pelo contrário. — Com a mão livre, envolvi seu ombro e a puxei para um abraço lateral. — Muito obrigada, eu amei.

A felicidade que eu estava sentindo ao lado dela era tão grande que eu tinha medo de piscar e descobrir que tudo não passava de uma ilusão. Que, assim como o Leo, a Raíssa não estava nem aí para mim e que eu continuava sozinha, como sempre.

Por isso, fiz questão de me manter bem desperta. Não queria perder um segundo da nossa tarde juntas. Ela era especial demais para ser esquecida.

← 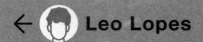 **Leo Lopes**

29 DE JUNHO

Desculpa se eu disse alguma coisa que te magoou hoje 14:57

Não foi minha intenção, eu só me preocupo com vc 14:57

Mas não vou falar mais nada se vc não quiser 14:57

Juro 14:57

Obrigada 15:21

Só é complicado 15:21

Se vc quiser tentar me explicar, sabe que eu to aqui, né? 15:29

Sei, sim ♡ 15:31

Vc é um anjo na minha vida 15:31

E vc na minha ♡ 15:32

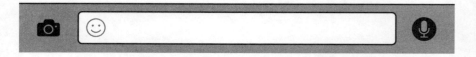

25

RAÍSSA

— E aí, qual sabor você preferiu? — perguntei, observando atentamente sua reação.

Ela estava com duas colheres pequenas na mão, cada uma com um sabor. Ayla provou um, depois o outro, com um olhar pensativo.

— Tô numa dúvida séria. Os dois são incríveis. Acho inclusive que os dois juntos devem ficar ainda melhor. — Ela sorriu. — Vou querer os dois!

— Essa com certeza é uma ótima solução. — Balancei a cabeça, rindo, enquanto levava à boca uma colherada do meu próprio sorvete.

Parecia que todo minuto que eu passava com Ayla era de sorrisos.

Tínhamos andado pelas ruas da Liberdade até toparmos com essa sorveteria. Ela era tão colorida e fofa que tivemos que entrar.

Quando Ayla pegou o potinho, sentamos em uma mesinha nos fundos do lugar.

— Sorvete é uma das coisas que eu mais amo na vida — comentou enquanto levava uma colherada à boca.

— E com muita razão. — Assenti. — Apesar de que, pra mim, compete muito seriamente com brownie.

— Com sorvete — acrescentou apontando a colher para mim.

— E chantilly.

— Exatamente. — Ayla sorriu e se recostou na cadeira.

— E de salgado, pizza, de longe.

Ela balançou a colher para mim, em negação.

— Gosto muito de pizza, de rúcula com tomate seco é minha preferida. Mas eu daria o mundo pelo hambúrguer de grão-de-bico que tem perto da igreja. É a coisa mais gostosa do mundo.

Disso eu já sabia, mas tive que fingir que não. A Ayla falava daquele hambúrguer toda semana.

— Por que você decidiu virar vegetariana? — perguntei, com curiosidade. Era uma das coisas que eu nunca tinha tido oportunidade de perguntar a ela.

— Nunca gostei muito de carne mesmo, só peixe. Então quando comecei a ter mais consciência do que realmente era carne, foi uma decisão fácil.

Ela deu de ombros.

— Mas por que você não é vegana, então?

— Aí já não é uma decisão tão fácil — respondeu, rindo. — Eu quero chegar nesse patamar um dia, só não consegui ainda. Mas sempre que eu posso peço as opções veganas.

Pousando o sorvete, coloquei o cotovelo na mesa e apoiei meu queixo na mão.

— Não sei se conseguiria. Amo muito pizza de pepperoni, portuguesa, calabresa. Hmmm. — Quase babava só de falar.

— O que importa é fazer o que te faz bem, certo? — Ela abriu um sorriso, mas sua expressão não se iluminou junto. Pelo contrário, pareceu desanimar com aquele pensamento.

Franzi o cenho e olhei-a com curiosidade. Dava tudo para saber o que estava pensando.

— O que foi? — ela perguntou, provavelmente estranhando a expressão em meu rosto.

— Não sei, tive a impressão de que seus pensamentos seguiram um caminho diferente da nossa conversa.

— Como você sabe? — perguntou, surpresa.

— Seu sorriso murchou.

Ayla deixou escapar uma risada meio amarga.

— Acho que não sei mentir muito bem, né?

Ou talvez eu só te conheça bem demais.

— Eu só estava pensando que a minha decisão de ser vegetariana talvez fosse uma das únicas que tomei pensando no que *eu* queria — explicou ela, com sinceridade.

— Como assim?

— Ah, sei lá. É complicado. E estragaria o momento legal que estamos tendo aqui.

Ela deu de ombros e voltou a tomar uma colherada do sorvete. Ayla fazia isso constantemente. Ficava se esquivando de falar sobre seus sentimentos.

— Momentos legais não são só momentos felizes — falei, tentando fazê-la me escutar. Eu odiava que ela se resguardasse tanto, que sentisse como se não pudesse compartilhar seus problemas. — Se tudo aí dentro tá um desastre, às vezes é melhor desabafar do que ficar distribuindo sorrisos falsos. Talvez você se surpreenda com o quanto pode te fazer bem.

— É só que... — Ela pousou o pote de sorvete já pela metade e entrelaçou os dedos. — Tem certas coisas que eu não falo com ninguém.

— Por que não?

— Acho que eu prefiro fingir que não existem.

Arqueei a sobrancelha.

— E isso funciona? Porque você não pode realmente fingir que algo não existe se aí dentro te devora por inteiro.

Ayla inclinou a cabeça, me observando com uma expressão indecifrável.

— É, acho que você tem razão, mas... é difícil.

— Tentar não custa, né?

Ela suspirou e voltou o olhar para mim. Tentei manter uma expressão receptiva e amigável. Queria que ela se sentisse confortável o suficiente para falar comigo, mas não queria pressioná-la. Se negasse novamente, iria respeitá-la.

Mas então, antes que eu tivesse tempo para me preparar, Ayla disse:

— Meu pai teve um caso. — Era como se tirasse um curativo de uma vez só. — Há muito tempo. Foi bem no começo do casamento, mas minha mãe não sabia. Só que desse caso nasceu uma criança. Que meu pai registrou e pagou pensão e fez tudo que devia fazer. E isso não teria problema algum, não fosse um simples detalhe: ele nunca contou pra gente. Apesar de ele não estar com a mulher, era quase como se tivesse uma segunda família.

Eu lembrava vagamente de a Ayla ter mencionado um irmão por parte de pai com quem ela não tinha muito contato, mas nunca poderia imaginar que seria por isso.

— Caramba, Ay... — Levei a mão ao peito, chocada com a revelação. Não era à toa que ela tinha tantos problemas com os pais.

Ayla suspirou e baixou o olhar, mas eu ainda conseguia ver a confusão em seu rosto. Ela engoliu em seco e seus olhos marejaram. Eu não queria insistir em falar de algo que claramente fazia tão mal a ela, então, em vez de dizer mais alguma coisa, apenas segurei sua mão, em cima da mesa, tentando lhe passar algum conforto. Esperei que se recompusesse sem dizer uma palavra enquanto acariciava sua mão em consolo, quase involuntariamente. Eu estava assustada com a notícia, mas uma parte de mim também estava feliz. Feliz que Ayla estivesse finalmente se abrindo comigo.

Comigo, *Raíssa*.

— Foi quando as finanças começaram a apertar lá em casa que a minha mãe desconfiou que tinha alguma coisa errada — continuou Ayla de repente, depois de se recompor. — Na verdade, acho que ela já desconfiava antes, porque meu pai sumia muitas vezes dizendo que estava viajando a trabalho, o que não é muito comum na área dele. Mas, se ela realmente suspeitava de alguma coisa, nunca fez nada sobre isso até a grana apertar. Meu pai vivia dando desculpas, dizendo que a imobiliária tava em crise e que ele tava ganhando pouca comissão, e por um tempo a gente acreditou. Ou fingiu que acreditou. Mas depois de um ano disso... Não sei, acho que não teve mais como minha mãe continuar se enganando, sabe? E aí ela foi investigar. Ela descobriu que tinha um dinheiro que saía mensalmente da conta dele e começou a fuçar as coisas do meu pai. E acabou encontrando o filho de onze anos que ele teve.

Uma expressão de surpresa tomou meu rosto, e levei minha mão livre à boca.

— Meu Deus, Ayla!

— Pois é.

Ayla baixou o olhar para as nossas mãos, e foi quando percebi que ainda segurava a sua e fazia carinho nela. Tirei a mão rapidamente, envergonhada. Mas senti um vazio quando me separei do seu toque.

— Quando minha mãe descobriu — ela continuou, sem demonstrar qualquer reação —, ela foi até a casa da mulher e, quando viu o menino, perguntou: "Esse é o filho do meu marido?". E foi isso. Ela nunca confrontou ele, e todos nós sabemos que o meu pai sabe que ela descobriu, mas ninguém fala sobre isso em casa. Pra piorar, minha mãe resolveu começar a descontar em mim, sabe? Ela sempre foi meio rígida, mas a coisa toda piorou muito depois disso.

— E como você soube disso tudo?

— Teve um dia... logo depois que minha mãe descobriu... que eu cheguei da escola e encontrei ela chorando em casa, sozinha. Nessa época, a gente ainda tinha uma boa relação, e acho que ela tava tão mal, que acabou desabafando comigo. Eu fiquei tão irada que ameacei confrontar meu pai, mas ela disse que se eu fizesse isso ia ficar de castigo pro resto da vida. — Ayla abriu um sorrisinho triste. — Pensei que fosse porque ela mesma queria fazer isso, mas ela nunca mais tocou no assunto, nem comigo, nem com meu pai, pelo que sei. — Ela deu de ombros. — Tudo que ela não me contou, acabei descobrindo depois pela minha tia.

— A sua tia sabia? — perguntei, chocada. Ayla era tão próxima da Sayuri! Como ela não tinha ficado magoada por ter escondido algo assim?

— Sabia — murmurou, encarando o pote vazio do sorvete. — Eu fiquei com muita raiva dela por um tempo, mas quando me permiti conversar com ela entendi que a Sayuri não tinha culpa. Ela mesma tinha descoberto tudo fazia pouco tempo e, desde então, tentou convencer meu pai a dizer a verdade. Ela chegou a pensar em conversar com a minha mãe, mas as duas nunca se deram bem, e ela provavelmente nunca levaria a sério algo que minha tia falasse. Antes da Say decidir o que fazer, a minha mãe descobriu por conta própria.

— E seu pai nunca falou nada?

— Nunquinha. Ele se faz de sonso, não ouve os conselhos da irmã. Mas eu acho que a gente tá chegando num ponto crítico lá em casa.

— E você nunca pensou em dizer nada?

Ayla suspirou e balançou a cabeça.

— Todos os dias. Mas eu fico pensando que não tinha que me meter nessa história, que é problema deles.

— Mas você também faz parte disso, Ayla — insisti, porque a lógica dela não fazia o menor sentido. — Se eles estão te colocando no meio dessa confusão, então você tem, sim, direito de se meter.

— Eu sei. Acho que percebi isso ontem, quando minha tia chegou lá em casa com os ingressos da feira e minha mãe não quis que eu viesse. Estourei com ela, e ela me deixou vir. Foi algo que eu nunca tinha feito antes, e me senti tão livre, sabe? Dizendo o que pensava pela primeira vez. E mais ainda por ver a reação dela. Foi quando pensei que talvez eu tivesse o poder e o direito de interferir mesmo. Porque tem a ver comigo também.

— É por isso que as freiras têm uma foto sua pra jogar dardos? — perguntei, tentando amenizar o clima.

Ela deixou escapar uma risadinha, e abri um sorriso de lado, feliz por ter conseguido animá-la.

— É, mas talvez não só por isso. Eu não sei por quê, mas desde antes dessa história toda eu sempre acabava presa num estereótipo. Quase como se fosse um personagem. Na minha escola antiga eu era a aluna perfeita que os professores amavam e, quanto mais tempo passava, mais eu tinha medo de decepcionar as pessoas. Acho que todo mundo esperava que eu fosse inteligente, por vir de família japonesa, sabe? — Ela soltou uma risadinha sem humor.

Eu revirei os olhos. As pessoas eram tão idiotas. Às vezes eu me perguntava se a humanidade ainda tinha salvação.

— Você acha que essa sua atitude pode ter a ver com a rigidez da sua mãe? — Eu quase podia ouvir minha própria mãe falando. Talvez eu tivesse aprendido mais com ela sobre como lidar com as pessoas do que percebia conscientemente.

— Acho bem possível — Ayla afirmou, pressionando os lábios, os olhos quase transbordando com as lágrimas que ela tentava conter. — Porque ela era a pessoa que eu mais tinha medo de decepcionar.

— E aí quando os dois decepcionaram você, você resolveu virar a aluna rebelde na escola nova?

Ela deu de ombros, mas abriu um sorrisinho sem graça.

— Não foi premeditado nem nada. Mas quando eu percebi já não sabia mais como ser diferente, sabe?

Eu entendia melhor do que ninguém.

— Mas isso não te faz feliz, faz?

— *Touché*. Não faz.

— Não importa se as pessoas vão se decepcionar. Se você não for verdadeira consigo mesma, a vida perde o sentido.

Ela me encarou com tanta intensidade que, por um momento, quase quis desviar o olhar. Era como se eu pudesse ver as palavras se infiltrando nela.

— É, acho que você tem razão.

Ayla franziu o cenho e abaixou o olhar. Pude ver uma lágrima escorrer pelo seu rosto. Apesar de estar concentrada na mesa, dava para notar que os pensamentos dela estavam muito distantes dali.

Foi exatamente nesse momento, enquanto ela estava ali, completamente aberta para mim, que algo me atingiu com força.

A culpa.

Eu precisava contar a verdade para a Ayla.

Enquanto conversava com ela ali, naquela sorveteria, dando conselhos sobre ser quem ela era e não se importar com o quanto isso podia decepcionar ou frustrar outras pessoas, percebi que eu mesma não estava seguindo meu próprio conselho. Foi como se, de repente, eu começasse a perceber quão tristes tinham sido os últimos anos da minha vida. Todos os meus medos, minha falta de amor-próprio, a pressão constante de ter que esconder quem eu era do mundo.

Mas por que eu deveria esconder?

Era, sim, assustador pensar que eu podia ser rejeitada pelos meus pais, pelos meus parentes, pelas pessoas na rua. Que eu podia ter que viver um medo constante de que alguma coisa acontecesse comigo e com as pessoas que eu amava. Mas não dava mais para continuar como eu estava, completamente infeliz. Sentindo que não me encaixava naquele mundo. Alimentando sentimentos sem nunca dar a chance de a outra pessoa saber.

Eu queria viver assim?

Eu queria me esconder?

Eu queria me omitir enquanto tantas outras pessoas estavam lá fora, lutando pelo direito de amarem e serem amadas sem medo?

Não.

Não, eu não queria.

Eu queria ter, pelo menos, a oportunidade de ser feliz.

Como eu estava sendo naqueles momentos com a Ayla, mesmo que ela não soubesse o quanto o sorriso que dava para mim agora estava me dando forças para fazer algo que parecia impensável até pouco tempo atrás.

— Desculpa o desabafo — ela disse, secando as lágrimas.

— Que desculpa o quê? Você pode desabafar o quanto quiser comigo!

— Você é ótima, Ray, de verdade. Eu acho que realmente tava precisando disso. — Ela me olhou, cheia de carinho. — Mas acho melhor a gente ir, né? Daqui a pouco o Leo começa a procurar pela gente, é bom estarmos no evento caso ele mande mensagem.

Assenti enquanto ela sacava o celular para pedir um carro.

— O motorista já tá chegando — disse ela, alguns segundos depois. Então sorriu para mim e estendeu a mão. — Vamos?

Enquanto olhava para a expressão agora leve e feliz dela, percebi que nosso dia juntas estava acabando. Estava na hora de contar a verdade para ela, eu sabia disso com tanta certeza que chegava a doer. Mas eu estava pronta. Aquele dia inteiro já estava guardado no meu coração. Se a Ayla nunca mais quisesse olhar na minha cara, pelo menos eu teria aquela tarde para lembrar para sempre.

Por isso, assenti para ela e aceitei sua mão. Meu coração palpitou com o toque e acelerou ainda mais quando, ao levantarmos, ela não a largou.

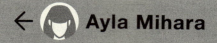 

1 DE JULHO

Vc já sentiu uma sensação muito forte de que não se encaixava? 10:46

Que pergunta filosófica para uma manhã de sábado... 11:35

Mas já? Mesmo quando vc tava entre amigos? Jogando, rindo e se divertindo? 11:37

Claro, acho que todo mundo já passou por isso 11:37

Onde vc tá? 11:37

No clube onde os pais da minha amiga são sócios 11:38

Jogando tênis 11:38

HAHAHAHAHA 11:39

Como sentir que se encaixa jogando tênis??? 11:39

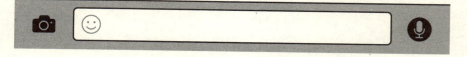

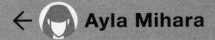 **Ayla Mihara**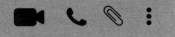

HAHAHAHA verdade 11:39

Mas eu sinto em outros momentos tb 11:39

Não só hoje 11:39

Será que um dia passa? 11:39

Eu acho que sim... 11:40

Pra mim passou quando conheci vc 11:40

26

AYLA

— Será que a exibição já acabou? — perguntei ao ver Raíssa mexendo no celular.

Estávamos no Uber, voltando da Liberdade para a feira, e o silêncio que recaiu entre nós começava a me deixar nervosa.

— Acabei de mandar mensagem pra ele. — Ela guardou o celular e olhou para mim, como se me analisasse.

Me peguei torcendo secretamente para que ele ainda estivesse ocupado.

O que era loucura. Até ontem eu estava completamente pilhada por causa do Leo. E agora estava torcendo para passar mais tempo sem ele?

Mas a verdade é que, ao longo da tarde, meus pensamentos foram se distanciando cada vez mais do Leo. E eu não estava triste com isso. Será que, depois da decepção, eu tinha finalmente conseguido desencanar?

Ou será que tinha mais a ver com a companhia da Raíssa?

Aquelas duas últimas horas tinham sido incríveis ao lado dela — quase como costumavam ser com o Leo na internet, só que melhor. Os dois eram muito parecidos em personalidade; eram doces, atenciosos e muito divertidos. Mas ali, ao vivo, foi a Ray quem não só supriu minhas expectativas, como também as superou.

Eu devia achar isso absurdo. A minha atração por garotas tinha sido só uma curiosidade, certo? Uma fase.

Mas com a Ray... Aquilo que sentia quando nossas mãos se tocavam e quando ela me encarava cheia de admiração estava longe de ser uma curiosidade. Era um pouco assustador, mas ao mesmo tempo fazia total sentido.

— Pode deixar a gente aqui mesmo, moço — ouvi Raíssa dizer ao motorista do Uber, me tirando da confusão de pensamentos.

Tínhamos parado em uma fileira de carros que seguiam para o pavilhão da feira, mas ainda estávamos distantes da entrada. Raíssa pagou a corrida, abriu a porta do carro, e eu a segui. Concordava totalmente em sair do trânsito e ir andando. Ficar ali dentro, parada, refletindo sobre aqueles sentimentos confusos, não levaria a nada.

— Acho que daqui a vinte minutos vai começar uma partida em grupo de Feéricos, lá na área dos jogadores. Tá a fim? — perguntou enquanto pegávamos uma entrada de pedestres que dava na lateral do hotel onde ela e o Leo estavam hospedados. Ali, o movimento era bem menor. Já conseguia ver o pavilhão onde acontecia a Nevasca EXPO, mas ainda tínhamos uns cinco minutos de caminhada.

— Ah, não sei — falei sem pensar. Eu não queria voltar para a feira tão rápido. O Leo ainda nem tinha respondido. Talvez ainda estivesse na exibição ou em outro evento... — Já jogo muito quando tô em casa. Acho que tô curtindo sair um pouco da muvuca lá da feira.

— Dois dias e já cansou? Que decepção! — falou com um tom de deboche.

— Para, Ray! — reclamei, rindo, empurrando-a de leve. — Não cansei, só preciso fazer uma pausa estratégica. Ainda mais depois de toda essa andança na Liberdade.

Olhei ao redor, procurando algum lugar para sentar. Estávamos numa área de estacionamento, onde não havia nada, exceto carros, então acabei sentando no meio-fio. Eu não tinha certeza de por que estava fazendo isso, mas acho que queria estender, um pouquinho que fosse, aquele momento a sós com a Raíssa.

— Ai. — Ela esticou as pernas e se espreguiçou. — Nossa, tô mortinha.

— Tô super te alugando, né? Não precisa ficar me fazendo companhia se não quiser, Ray!

Ela franziu a testa.

— Tá louca? Que me alugando o quê! — Ela parecia quase ultrajada com a sugestão.

— Mas você não tá aproveitando a feira como queria. A gente devia voltar logo pro pavilhão. — Ameacei levantar, mas a Raíssa segurou meu braço e me forçou de volta ao chão.

— Fica tranquila, Ay. Eu *tô* aproveitando. — A mão dela ainda demorou a soltar meu braço. — Só tá sendo diferente do que imaginei. Não é ruim. Pelo contrário, é ótimo. Ainda temos o dia inteiro amanhã. Se bem que vou ter que apresentar meu cosplay de manhã... — Ela fez uma careta fofa, demonstrando seu nervosismo.

Meu rosto se iluminou.

— Nossa, é verdade! Mal posso esperar pra ver ao vivo!

Mas a Ray não parecia nem um pouco contente.

— Ai, eu tô muito nervosa. — Ela levou uma mão à barriga, como se quisesse controlar a ansiedade. — E nosso passeio foi incrível por isso também. Você tá super me ajudando a não pensar no assunto. Fora que eu nem imaginava que conseguiria ver qualquer coisa além da feira! Espero que minha mãe nunca descubra. — Ela deu uma risadinha tensa. — Eu amei nosso passeio, e amei sua companhia.

Abaixei o olhar, envergonhada com a declaração. Envergonhada, porém feliz.

— Confesso que eu também não contava com isso. Foi uma loucurinha, né? Minha tia mandou eu não sair da feira de jeito nenhum. — Pensar nisso fez eu me sentir culpada. Já estava acostumada a fazer um monte de coisa para afrontar minha mãe, mas a minha tia não tinha sido nada além de incrível comigo. Ela me apoiou, me defendeu, me levou até São Paulo, ouviu meus medos. Eu não queria decepcioná-la. Mas mentir também parecia errado.

— Minha mãe também mandou, né? — Raíssa encolheu os ombros, meio sem graça. — E confesso que foi uma loucura gigante pra mim. Ao contrário da senhorita rebeldia aqui, eu costumo ser bem certinha.

— Ou seja, além de tudo, ainda sou má influência, né? — falei, mas abri um sorrisinho de lado para mostrar que estava brincando.

Raíssa acompanhou meu sorriso.

— Você é tipo os *bad boys* de filmes românticos que desvirtuam as mocinhas.

Eu assenti, rindo.

— Tipo o Johnny e a Baby.

— Quem? — Ela franziu a testa e arqueou a sobrancelha ao mesmo tempo, e eu quase gargalhei de sua expressão. Mas minha indignação foi mais forte.

— *Dirty Dancing*? Me diz que você assistiu.

— Vou perder pontos se disser que não?

— Muitos.

— E se eu disser que obviamente está na minha lista de filmes para assistir antes que a Ayla me mate?

Não consegui conter o sorriso.

— Perde um pouquinho menos de pontos.

— Acho que posso me contentar com isso. — Ela deu uma risadinha. — Não sou muito de ver filmes românticos, confesso. Curto mais fantasia, sobrenatural, ficção científica, essas coisas. E desenho. Se for desenho, nem importa o gênero. *Mas* tenho zero preconceitos com filmes de romance, é só falta de hábito mesmo.

Lancei um olhar sério para ela.

— Bom, então você *vai ter* que criar o hábito. É uma ordem.

— Sim, senhora. — Raíssa levou a mão à testa, batendo continência. — Você é quem manda.

Era impressionante como a gente se dava bem, quão fácil era conversar com ela. Era como se a gente se conhecesse havia anos.

Com o Leo, eu sempre deixava que escolhesse os filmes que iríamos assistir, mesmo que várias vezes ele insistisse que eu o fizesse. Por melhor que a gente se desse, por mais que eu soubesse que ele jamais iria reclamar por assistir a um filme romântico e que talvez até gostasse, não era tão fácil assim me livrar do hábito de tentar agradar a todos.

Eu morria de medo de matá-lo de tédio escolhendo os filmes que eu *realmente* amava, então tentava ficar em terreno neutro, com clássicos como *Curtindo a vida adoidado*, *E.T.* e *De volta para o futuro* — que eram ótimos filmes, claro, só não eram meus preferidos.

Talvez isso também tivesse um pouco a ver com o preconceito enraizado de que meninos não gostam de romance, porque, mesmo a Raíssa tendo um gosto muito parecido com o do irmão, era fácil ter aquela conversa com ela.

Pude vê-la corar ao perceber meu olhar analítico.

— Que foi? — perguntou, olhando para o chão.

— Nada. Só tava pensando aqui como é curioso que eu me sinta tão conectada a você mesmo a gente nunca tendo conversado antes — o canto da boca de Raíssa se ergueu num sorrisinho —, enquanto com o Leo, com quem passei os últimos meses falando praticamente todos os dias, a coisa simplesmente não flui, sabe? — O sorriso de Raíssa morreu nos lábios, e nesse momento me dei conta.

Será que ela tinha se incomodado com a minha menção ao seu irmão porque também se sentia atraída por mim? Ou será que aquilo era só uma loucura da minha cabeça?

— Ay, eu preciso te contar uma coisa... — Raíssa disse, o olhar cheio de receio quando encontrou o meu.

Senti meu estômago revirar.

Foi como se as palavras dela fossem a prova de que eu precisava.

Antes que eu tivesse tempo de desistir, fechei os olhos, me inclinei na direção dela e encostei os lábios nos seus. Um arrepio desceu pela minha coluna ao mesmo tempo em que um calor começou na barriga e se alastrou pelo meu corpo. Era como um feitiço sendo quebrado, como se eu estivesse despertando depois de anos adormecida. Acordada com um beijo.

Raíssa arfou, sobressaltada com minha atitude, e abriu a boca de leve. Ainda podia sentir o gostinho de sorvete de café nos lábios dela, mas havia algo mais. Era como se ela exalasse um aroma tão atraente, tão irresistível, que me impedia de me afastar, de cair em mim. Eu queria desesperadamente aprofundar o beijo e me perder no sabor dela, mas alguma coisa ainda me impedia. Talvez no fundo eu quisesse que ela desse o segundo passo. Que ela confirmasse que aquilo não era uma loucura tão grande assim.

Então ficamos ali, paradas, como se o tempo estivesse suspenso.

Abri os olhos de repente e encontrei o olhar chocado de Raíssa. Ela parecia paralisada. Mas quando comecei a me afastar, pensando que tinha entendido tudo errado, ela levou a mão à minha nuca para me impedir e, com um suspiro quase de alívio, retribuiu o beijo.

E imediatamente eu soube que não, não era loucura. Como poderia ser se eu nunca tinha sentido nada tão certo quanto aquele beijo? Como poderia ser se tudo que eu queria naquele momento era parar o tempo e fazer cada segundo durar uma eternidade?

Eu sabia que assim que o momento acabasse, assim que eu me afastasse, eu ia racionalizar aquilo, as inseguranças iam voltar com tudo e toda a leveza daquele sentimento ia se dissipar, mas eu me deixei curtir o beijo, sentindo seus lábios macios contra os meus, e o nó que se revirava na minha barriga, tamanho era meu nervosismo. Meu coração acelerou enlouquecidamente, e eu percebi que aquela era a primeira vez na minha vida que um beijo me provocava tantas sensações boas e desesperadoras ao mesmo tempo.

De repente, um murmurinho de vozes se aproximou de onde estávamos, nos trazendo de volta à realidade, e Raíssa se afastou subitamente.

E eu acabei caindo em mim.

Levei a mão à boca, assustada.

— Ai, meu Deus, me desculpa — pedi, sentindo o rosto vermelho como um pimentão. — Eu... eu...

Mas nenhuma palavra parecia apropriada para aquele momento.

A perplexidade no olhar da Raíssa não ajudava em nada. Por isso, em vez de ficar para conversar e entender o que tinha acontecido, eu apenas levantei e saí correndo.

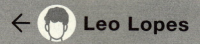 **Leo Lopes**

7 DE JULHO

Ahhh me salvaaaa 20:02

O que houve? 20:08

Minha prima aqui de Brasília ta tentando convencer minha mãe a me deixar ir num rolê dos amigos dela e minha mãe ta tipo "claaaro, vai ser ótimo, esse garoto só vive enfurnado no computador" 20:09

QUERO MORRER 20:09

AGUARDANDO ANSIOSA SEUS ÁUDIOS BÊBADO 20:13

Você é uma péssima amiga 20:15

Vou nem levar celular 20:15

E não vou beber, nem gosto 20:15

Isso nem ta incluso no acordo com a minha mãe 20:15

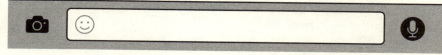

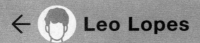 

> Sei hahahaha 20:18

> Vou ficar acordada hoje pra conferir 20:18

Então... 23:01

Minha prima quis me "introduzir" na arte do vinho 23:01

Introduziu goela abaixo 23:01

Mas é bon 23:01

> Pensei que não fosse beber HAHAHAHA 23:04

> Mas vc tá parecendo mt sóbrio ainda 23:04

> Cadê os micos que esperei vc passar? 23:04

KKKKKKKKK PECO DSCLPS 23:12

Segundd minha primaa eu só fico mais sltnj 23:12

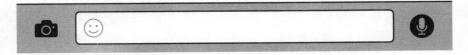

← 👤 **Leo Lopes**

Soltinho 23:12

E aparenentment desaprendo a esceever 23:12

> Parece que vamos ter que beber juntos um dia 23:13

Shhhhh 23:21

Mas não pode 23:21

Vou fazer 18 em breve, vouser preso por má influencia 23:21

> Acho que isso não existe, Leo hahahah 23:23

> E eu quero saber como é vc bêbado 23:23

Vc nao ia gostar 23:26

Eu ia querrr te bjr 23:26

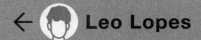 

Hahaha 23:27

Quem disse que eu não ia gostar? 23:27

Tenho certz que n ia 23:29

Vc não sabe ond esst se metend 23:29

Parece que vamos ter que esperar pra ver 😉 23:30

27

RAÍSSA

Meu coração ainda batia acelerado no peito.

Levei a mão aos lábios, chocada com o que tinha acabado de acontecer. Foi mesmo real? Eu não estava imaginando coisas? Não ia acordar de repente e perceber que tinha sido apenas um sonho?

A sensação da boca da Ayla na minha ainda estava ali, fazendo meu lábio formigar e todo o meu corpo ficar dormente. Se eu forçasse a vista, podia vê-la ao longe, correndo em direção ao pavilhão da feira.

Será que eu devia ir atrás dela?

Isso talvez fosse o sensato a fazer. Mas o que eu ia dizer? Ela tinha acabado de me beijar e *fugir*. Não tinha certeza do que isso significava. Eu também não achava que seria capaz de dizer algo coerente para ela naquele momento. Meu coração continuava martelando no peito, minhas mãos tremiam e, caramba, eu estava prestes a dizer a verdade quando ela me beijou!

Arregalei os olhos quando um pensamento assustador me atingiu.

A Ayla tinha *me* beijado. Eu, Raíssa. Não o Leo. Ela não sabia que eu era o "Leo" com quem conversava na internet, e ainda assim tinha me beijado. O que isso significava? Que ela gostava de mim? Que talvez, em seu inconsciente, ela soubesse que eu era o Leo?

Quão péssima era a enrascada que eu tinha me metido com tantas mentiras, considerando o que havia acontecido agora?

Comecei a arfar, de repente, as mãos suando frio enquanto meu estômago se revirava. Talvez eu estivesse tendo uma crise de ansiedade.

Talvez *muito provavelmente*. E eu estava ali, sozinha, sem ninguém para me ajudar.

Peguei meu celular em desespero e abri as últimas mensagens.

> Gabi, tá aí????

> Pelo amor de Deusss

> PRECISO DE VOCÊ AGORA

EU

O que houve????

Assim que ela me respondeu, apertei o botão da chamada de voz. Gabi atendeu no segundo seguinte.

— O que houve? Tá tudo bem?

A mão que segurava o celular tremia. Eu me forcei a respirar fundo, contando mentalmente de um a dez, e depois de dez a um, em ordem decrescente.

— Ray? Você tá aí?

— Tô — respondi com a voz trêmula.

— O que aconteceu? — Podia perceber o tom assustado na voz dela, e me forcei a me acalmar para não apavorar a Gabi ainda mais.

— Desculpa... Eu... Eu acho que tava tendo uma crise de ansiedade.

Isso não ajudou em nada a acalmá-la.

— Cadê o Leo, Ray? Você tá sozinha? Onde você tá?

Eu respirei fundo.

— Tá tudo bem, eu tô aqui na frente do hotel. — Fiquei aliviada ao perceber que minha voz começava a soar mais equilibrada.

— Ai, que susto, garota. Quase me mata do coração.

— Desculpa.

Senti meu coração desacelerar aos poucos, a ansiedade recuando conforme eu focava na conversa com minha amiga.

— Gabi... — falei, devagar, tentando não voltar a ficar nervosa com o que estava prestes a contar para ela. — Eu preciso da sua ajuda. De um conselho, na verdade.

— Pode falar. — Ela parecia cautelosa. Não pude culpá-la. Eu devia estar parecendo louca.

— Eu... Hoje... — Respirei fundo de novo, levando a mão ao peito. — A Ayla me beijou.

— Quê? — A voz dela quase explodiu do outro lado da linha. — Como assim? Mas ela não tava andando com o Leo, achando que era você, mas porque achava que você era ele? — A explicação dela deu um nó na minha cabeça. Mas o que mais me doeu foi perceber que era a explicação perfeita para aquela situação maluca.

Burra. Era o que eu tinha sido por não ter dado um fim naquela mentira mais cedo.

— Sim... Então. — Engoli em seco. Parecia que eu tinha acabado de comer areia. Minha garganta estava seca e arranhava, mas pelo menos minha respiração tinha se acalmado, e eu estava soando um pouco mais coerente. — Eu acho que a Ayla percebeu que o Leo não era bem quem ela esperava, sabe? E aí, não sei... Eu e ela nos demos bem ontem quando o Leo foi assistir a uma exibição do jogo que ele gosta, e hoje a gente meio que fugiu da feira depois que nos separamos dele, e aí a gente voltou, e ela... ela me beijou.

Gabi ficou em silêncio por alguns segundos, como se estivesse assimilando as informações.

— E o que você fez?

Talvez a Gabi estivesse com medo de estar interpretando mal o que eu queria dizer, mas eu podia ouvir a pergunta por trás. A pergunta que ela realmente queria fazer.

Você gostou?

Respirei fundo. Podia sentir o nó na garganta, embargando minha voz, mas as palavras seguintes saíram claras, ainda que as dissesse quase num sussurro.

— Eu gosto de meninas, Gabi. Eu sou lésbica.

Pronto.

Eu disse.

Tinha contado para ela.

Meu coração voltou a acelerar, conforme as palavras pairavam ali, no silêncio que se seguiu.

Mas quando Gabi falou novamente, não foi o que eu esperava ouvir.

— Tudo bem. Mas a Ayla também é? Você acha que ela percebeu que você era o Leo e por isso te beijou? Quer dizer, óbvio que ela deve gostar de meninas também se te beijou, mas...

— Você não se incomoda? — disse, de súbito, interrompendo-a.

Foi uma pergunta idiota, e eu sabia que era até ofensivo falar isso para a Gabi, mas tinha saído antes que eu pudesse pensar duas vezes.

A Gabi suspirou alto do outro lado da linha.

— *Claro* que não, Ray. Eu te amo, você é minha melhor amiga.

Senti a lágrima pingar na minha perna antes de perceber que estava chorando. Eu me curvei, apoiando a cabeça em meus joelhos, e me permiti desabar.

— Desculpa não ter te contado antes — falei para a Gabi, aos soluços, sentindo tudo aquilo que eu tinha reprimido por tantos anos extravasar.

— Não tem problema, Ray. Cada um tem seu momento pra se entender e se abrir pro mundo. Eu nunca ia querer que você me contasse por obrigação. Fico feliz que você tenha me procurado pra pedir ajuda e sentido que podia me contar agora. Eu me sinto honrada, de verdade. — Podia ouvi-la fungando do outro lado da linha, e por alguns segundos fiquei ali, com o celular no ouvido, aos prantos, sem saber direito por que chorava, mas sentindo que precisava disso.

Quando o choro começou a cessar, respirei fundo várias vezes, tentando controlar os soluços involuntários.

— Eu não sei o que fazer, amiga. Eu pretendia contar a verdade pra

Ayla hoje. A verdade toda. Que eu era o Leo, que eu gostava dela. Eu demorei muito pra finalmente decidir isso, mas aí... aí ela me beijou. — Fiz uma pausa, voltando a lembrar o gosto da boca dela na minha. — Eu já me sentia péssima por ter mentido pra ela, mas agora ficou tudo mil vezes pior. Eu tava com *tanto* medo de contar a verdade. Principalmente porque eu não queria perder o que a gente tinha, mas também porque morria de medo de dizer que eu era lésbica, de admitir que eu gostava dela e ser rejeitada. Mas ela me beijou antes de eu ter a oportunidade de contar tudo. E agora tô sentindo que realmente acabou qualquer chance que a gente pudesse ter, porque ela nunca vai me perdoar por ter mentido.

— Ray, se acalma. Respira fundo — ordenou Gabi, a voz firme. Eu obedeci. — Eu sei que você tá assustada, mas você *precisa* contar pra ela. Se a Ayla tá confusa com relação a você... você, *Raíssa*... então ela vai entender o seu medo. Quer dizer, talvez ela realmente fique mal pela mentira, e você precisa entender isso e dar um tempo pra ela digerir essa informação. Mas quanto mais tempo você levar pra contar a verdade, ainda mais depois de terem se beijado, mais problemático vai ser quando ela descobrir.

— Eu sei. Eu só tô muito assustada.

Gabi ficou em silêncio por um instante, mas podia ouvir sua respiração do outro lado da linha, como se estivesse refletindo.

— Quer um conselho? — perguntou por fim.

— Por favor. — Era tudo que eu queria.

— Vai descansar — disse simplesmente. — Eu aposto que você não anda dormindo direito há dias, querendo aproveitar tudo aí, mas a sua saúde emocional é mais importante. Vai comer, dormir, ou até curtir mais um pouquinho da feira sozinha ou com o Leo, mas se dá um tempo. E amanhã você conversa com a Ayla. Se for falar com ela nervosa desse jeito, vai ser pior.

Assenti, mesmo que não pudesse ver. Na verdade, estava concordando mais para mim mesma do que para ela. Havia um motivo pelo qual tinha decidido ligar para Gabi: sabia que ela seria a pessoa sensata que me ajudaria a me acalmar.

— O.k.? — insistiu ela, provavelmente querendo se certificar de que eu a estava escutando, apesar do meu silêncio.

— O.k.

Quase pude ouvi-la suspirar de alívio do outro lado da linha.

— Tudo bem, então — disse, parecendo mais tranquila. Mas então sua voz voltou a ganhar um tom de seriedade. — Ray... Por que você não procurou o Leo? Quer dizer... Ele sabe, não sabe?

— Sabe. — Não tinha por que mentir para a Gabi. Também não achava que sentiria ciúmes. Ela sempre tinha entendido que o Leo e eu éramos amigos havia tempo demais para que ele não fosse a minha primeira escolha de confidente.

Mas, para falar a verdade, eu não sabia bem o que responder a ela.

— Quer dizer... Eu entendo que ele saiba, vocês dois são melhores amigos há anos, e acho que o Leo deve te entender melhor do que ninguém, considerando que ele é gay e tal, mas...

— Gabi, o Leo não é gay.

A linha ficou muda por um tempo.

— Como assim?

— O Leo não é gay — repeti, agora mais séria. O Leo nunca tinha escondido que era assexual de ninguém, mas acho que talvez ele também nunca tenha realmente dito isso com todas as letras para a Gabi, então a confusão era justificável. Eu tinha certeza de que ela só achava isso porque era o que a escola inteira dizia, e, para mim, ela merecia uma explicação. Mas não minha. — Você devia conversar com ele. Eu não tenho o direito de contar isso pra você no lugar dele.

— Tudo bem... — Ela ainda parecia confusa, mas não insistiu. O que só me provava ainda mais o quanto Gabi merecia nossa sinceridade.

— Mas, mesmo assim, por que você não pediu ajuda dele?

Baixei o olhar.

— Não sei...

Gabi ficou em silêncio por alguns segundos.

— Você não tava com ciúmes dele, tava?

Fiquei encarando o chão, refletindo sobre a pergunta dela. Foi quando eu percebi que, sim, eu estava com ciúmes do Leo. Foi por isso que eu tinha aceitado sair com Ayla hoje sem ele. Porque eu queria estar com ela, é claro, mas também porque eu queria que ela notasse só a mim.

Meu Deus, como eu era idiota.

Eu sabia que era uma coisa imbecil de se pensar. Afinal, mesmo sem saber a verdade, a Ayla se sentiu atraída por mim. Ela tinha se decepcionado com o Leo, mas não comigo — ainda. Mas, mesmo assim... Pude ver em seus olhos quão confusa estava por ter sentido vontade de me beijar. E eu não queria que as pessoas ficassem confusas quando me beijassem. Não queria que um beijo gerasse tanta racionalização, tantas dúvidas, tantas perguntas. Um beijo devia ser só um beijo. Incrível, avassalador, apaixonante. Mas também *certo*. Um beijo devia trazer certezas.

Na verdade, não era ciúmes que eu estava sentindo do Leo. Era inveja. Porque o sentimento da Ayla por ele veio fácil, sem dúvidas, sem medo. Se eu fosse o Leo, eu não teria tido que mentir.

Mas era injusto que eu pensasse assim. As coisas para o Leo também não eram nada fáceis.

Se eu não tivesse que me assumir, sair do armário, lutar para ser respeitada... Se a cada pessoa que eu gostasse eu não tivesse que passar de novo pelo processo da descoberta, de identificar a sexualidade dela, para só então tentar alguma coisa...

Se eu não precisasse passar por nada disso, talvez a vida fosse mais fácil.

Mas não seria eu.

Gabi não precisou da minha confirmação para entender o que eu estava pensando, mas tudo o que ela disse foi:

— Ray, você precisa falar com a Ayla. Foi *você* que ela beijou.

Deixei escapar um suspiro.

— Eu sei, eu vou falar. Prometo. E muito obrigada por me escutar, amiga — agradeci com toda a sinceridade. Não havia palavras para explicar o quão importante tinha sido poder finalmente contar a verdade para ela.

— Você pode sempre contar comigo. Fico feliz que tenha me ligado.

— Te amo.

— Eu também. E me dá notícias.

— Pode deixar.

Assim que desliguei, abri o chat de mensagens do Leo e pedi que me encontrasse no quarto. Agora que a Gabi tinha me aconselhado e me ajudado a enxergar certas coisas, eu me sentia mais confortável para compartilhar com ele o que havia acontecido. E para me desculpar por ter ficado com ciúmes quando ele só estava fazendo o que eu tinha pedido.

Foi só mais tarde, depois que contei tudo para o Leo e aceitei o conselho de Gabi de comer e descansar que tomei coragem de mandar mensagem para a Ayla.

> Ay, a gente precisa conversar

> Me encontra amanhã na feira, por favor?

> Estarei lá assim que abrir

Quando fui dormir, a Ayla ainda não tinha me respondido.

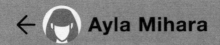 

9 DE JULHO

Vc já sentiu que sua vida inteira é uma farsa? 12:16

O tempo todo 😕 12:29

E o que vc faz pra parar de se sentir assim? 12:33

Eu só finjo que o problema não existe 12:34

Um mal de família, acho 12:34

E funciona? 12:36

Hahahaha não 12:37

Mas se ajudar: vc pode sempre ser sincero comigo 12:37

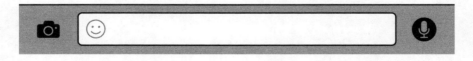

28

AYLA

Minhas mãos ainda tremiam, mesmo alguns minutos depois de me separar da Raíssa. Eu já estava de volta à feira, apertando os botões da máquina de fliperama em que tinha esbarrado e que tinha sido minha salvação.

Eu estava com raiva.

De mim principalmente.

Do Leo também.

Da Raíssa não. Ela não tinha sido nada além de incrível comigo. E como retribuí? Assediando a menina!

Tudo bem que ela correspondeu e não fez menção nenhuma de me afastar e deu todos os sinais de que queria também, mas... *Droga! Esse não é o problema.* O problema era que eu tinha ido para aquela feira por causa do Leo — foi o maior de todos os motivos, pelo menos. Porque eu gostava do Leo. Mas o Leo off-line tinha me frustrado, então eu fui lá e fiquei com a irmã dele? Que tipo de pessoa desestruturada fazia isso? Ela devia me achar uma desequilibrada, uma pervertida, uma...

O meu celular vibrou na mesma hora em que fui morta no jogo do fliperama. Bufando de frustração, abri a mensagem. Era da minha tia.

> Uns amigos me chamaram pra um evento
> aqui em São Paulo e eu resolvi vir hoje

> Ainda tem coisa aí pra você ver na feira?

> Pensei que a gente podia sair pra comer antes de eu ir

Quase suspirei de alívio com a mensagem da Say. Nem pensei duas vezes antes de responder:

> Quero sim!!!!!

> Por favor!!!

> Nossa, isso tudo já é saudade de mim? hahaha

> Em 30 min tô aí

> Quando tiver chegando te aviso e vc vai lá pra entrada

Eu estava tão nervosa que fui para a entrada imediatamente. Meu plano era sair com ela, me distrair e tentar esquecer tudo, mas no instante em que o carro encostou no recuo da entrada, eu corri até lá e, antes que pudesse pensar duas vezes, já estava abraçando minha tia.

E, pior, chorando.

— Ei, ei. O que aconteceu? — Ela acariciou meu cabelo, meio sem jeito, porque não estava entendendo nada. — Aquele Leo fez alguma coisa com você? — perguntou, com a voz mais dura.

— Não, ele não fez nada. — *Em todos os sentidos*, quase acrescentei. — Foi bem frustrante, na verdade. Mas acho que você tava certa, eu não devia ter vindo com tantas expectativas.

— Não foi o que você esperava?

— Ele é ótimo, simpático e divertido...

— Mas não é o príncipe encantado?

— Nem um pouco.

Olhei para ela em meio às lágrimas e levei a mão aos olhos para secar o rosto. Sayuri estava vestindo uma calça preta que ia até o meio do tornozelo e um cropped brilhante que deixava sua barriga à mostra, e seu rosto estava com uma maquiagem básica exceto pelo batom vermelho. Estilosa e linda como sempre. Ela já estava pronta para sair com os amigos, e seu olhar de preocupação me desconcertou.

Abri a boca para continuar, para dizer que o motivo do meu choro não tinha nada a ver com o Leo, mas era como se alguém tivesse roubado a minha voz. Não saía nada. Não porque Sayuri não fosse entender. Pelo contrário, eu tinha certeza que ia, mesmo que eu nunca mais tivesse mencionado aquele assunto. Mas eu não queria estragar a noite dela. E também estava morrendo de medo de admitir em voz alta o que tinha acontecido. Tornaria tudo real demais.

— O que você acha de a gente ir afogar as mágoas em um rodízio de pizza? — perguntou Sayuri, interrompendo meus pensamentos enquanto configurava o GPS do celular para nos levar até o restaurante. Ela girou a chave na ignição e colocou a mão na marcha. Senti meu coração acelerar. Eu não ia mesmo dizer nada? — Falei pra Naomi encontrar a gente lá. Se quiser posso desmarcar...

— Eu beijei uma menina — soltei rápido, antes que desistisse. Meus dedos enrolavam a ponta da camisa num tique nervoso. Meu coração batia tão forte que eu sentia minha pulsação no ouvido.

Olhei para Sayuri.

— Que menina? Você não passou esses últimos dias com o Leo? — Ela franziu a testa e levou a mão à chave na ignição, desligando o carro.

Sua reação natural fez meu estômago parar de se revirar e meu coração frear o ritmo acelerado de seus batimentos. Então contei tudo para ela.

Sayuri não tentou conversar sobre o que isso significava nem exigir mais explicações. Mas reparei que, no fundo, era exatamente isso que eu esperava.

Talvez eu quisesse um motivo para voltar para o meu casulo e fingir que nada daquilo tinha acontecido. Talvez eu só quisesse voltar para

Campinas, manter a minha máscara de menina rebelde — quem sabe até contar do beijo para Vick e Drica, como se beijar uma menina me fizesse parecer mais descolada — e continuar enfiando esses sentimentos na gaveta como se não me afetassem.

— Mas qual é o propósito? — perguntou Sayuri, quando disse que estava pensando em fingir que nada tinha acontecido. — Quer dizer, você ignora tudo, e aí?

— E aí eu volto a viver minha vida normalmente.

— Mas por quê?

Eu fiquei olhando para ela, sem saber o que dizer.

— Por que você esconderia o que sente, esconderia quem é, só para satisfazer as expectativas dos outros? Expectativas essas, na verdade, que você está *supondo* que existam.

Olhei para o chão, enrolando a ponta da camisa com ainda mais força.

— Eu não sei… tenho medo de decepcionar as pessoas.

— Ay, a primeira pessoa em quem você deve pensar é você. É quem tá aqui — ela cutucou o meu peito — que deve ser sua prioridade. Se você não se cuida, se não ouve seu corpo, seu coração e sua mente, você adoece. O amor-próprio é o alimento da alma. E ser fiel a si mesma, aos seus sentimentos, é a melhor forma de semear esse amor. — Apesar do discurso de autoajuda que Sayuri parecia repetir dos livros de budismo que lia, eu sabia que ela estava certa. Era isso, afinal, que aprendíamos todos os dias. — E não estou só falando de orientação sexual aqui, vai muito além disso. É tudo que a gente omite, que a gente não bota pra fora, mas que faz parte de quem somos. Se você não se ama, se não aceita quem é de verdade, então vai sempre decepcionar os outros porque nunca vai conseguir se dedicar cem por cento a ninguém. Fingir ser quem você não é consome muita energia. Não vale a pena.

— Mas ser quem você é também não é fácil.

— Eu acho que o mais difícil é se soltar das amarras que a gente mesmo constrói. Depois que você consegue fazer isso, é moleza. —

Ela colocou a mão sobre a minha, interrompendo o movimento dos meus dedos, e sorriu para mim. — É a sua verdadeira essência. Não é como se você estivesse atuando numa peça e tivesse que se esforçar o tempo inteiro para lembrar as falas. A vida real funciona na base do improviso. É quando você esquece o roteiro e só deixa tudo fluir que consegue realmente ser feliz.

Eu a abracei com força, sentindo em seus braços todo o apoio e o carinho, e agradeci, apesar de minha cabeça ainda estar um turbilhão.

Quando nos separamos, o sorriso de Sayuri sumiu de seu rosto.

— Agora vamos falar sobre o fato de você ter me desobedecido e saído da feira sozinha com uma garota que você só conhece há dois dias?

Eu encolhi os ombros, sorrindo sem graça enquanto ela voltava a dar partida no carro e seguir para a pizzaria. Tive que passar o caminho inteiro ouvindo o sermão da minha tia, sobre como eu tinha quebrado a confiança dela, e que se fosse minha mãe eu passaria o resto do mês de castigo, e que talvez ela tivesse que contar aos meus pais, mas minha mente já estava longe.

Estava repassando o conselho da minha tia.

Sayuri estava certa, mas... o que eu queria de verdade?

A pergunta reverberou nas minhas entranhas. Eu gostava do Leo e queria, sim, que as coisas tivessem sido diferentes. Mas não teve química. Quando nos encontramos, era como se ele fosse outra pessoa.

Eu entendia que o nervosismo era capaz de travar a gente, mas às vezes parecia que o Leo não era o *meu* Leo.

Com a Raíssa, a coisa tinha sido completamente diferente.

Como não havia expectativas em relação a ela, tudo fluiu mais do que naturalmente, mas ia além disso: com ela, eu senti a química. Com ela, eu me senti conectada. Era quase como se fosse a Raíssa o tempo todo por trás do perfil do Leo.

Minha única explicação plausível era que, na internet, o Leo tentou ser alguém que não era. Talvez tenha até pedido algumas dicas para a irmã, mas pessoalmente não conseguiu fazer isso funcionar. Ao passo que a Raíssa sempre foi ela mesma, o tempo todo.

Por isso senti uma afinidade tão rápida e imediata com ela. Na Raíssa, eu encontrei o que estava esperando do Leo.

E agora eu não tinha ideia do que fazer com esse sentimento.

Só sabia de uma coisa: aquela tarde com a Raíssa tinha sido incrível, era o que *eu* queria fazer. Eu não estava arrependida de nada.

Mas será que eu estava preparada para aceitar o que isso significava?

Quando a mensagem da Raíssa chegou naquela noite, me pedindo para encontrá-la no domingo, eu ainda não havia decidido nada. Não conscientemente, pelo menos. Mas o conselho de Sayuri não saía da minha cabeça.

Havia tantas perguntas na minha cabeça que mal conseguia dormir. E se esse sentimento fosse só uma forma que encontrei de me consolar pela frustração com o Leo? E se eu estivesse usando o Leo *e* a Raíssa para tapar um buraco emocional, como Vick tinha sugerido? E se o Leo gostasse de mim, e ficasse com raiva quando soubesse o que tinha acontecido? E se eu estivesse mesmo gostando da Raíssa, e ela quisesse me encontrar para dizer que não gostava de meninas?

Naquela noite, meu sono foi conturbado, com sonhos desconexos que me fizeram acordar cansada.

Quando vi a hora, quase pulei da cama e corri até a feira.

Foi aí que percebi que minha mente já tinha decidido muito antes de mim: eu precisava encontrar a Raíssa. O único problema era que, agora que eu *estava* na feira, não conseguia encontrá-la em lugar nenhum!

Já tinha mandado mensagem e ligado, então ligado de novo, mas nem sinal dela. Estava procurando por todo o evento, da praça de alimentação aos estandes que mais visitamos desde sexta — e nada.

Era como se tivesse evaporado. Será que ela tinha ido embora? Não. Raíssa tinha me pedido para encontrá-la, dito que precisávamos conversar. Ela não teria me abandonado assim, teria?

Quando já estava prestes a desistir, passei na frente de um mural com a programação dos três dias e notei o evento daquela manhã: apresentação de cosplayers.

É claro!

Eu saí correndo em direção à arena onde aconteciam as apresentações. Podia ouvir os aplausos de longe, os assobios empolgados e, conforme fui chegando perto, a voz de alguém anunciando os cosplayers.

A apresentação já devia estar quase no fim. Não sabia se Raíssa já tinha subido ao palco ou não, então, quando entrei na arena, fui contornando a grade em direção a uma das laterais do palco, onde várias pessoas fantasiadas estavam reunidas.

Assim que passei pela ponta da primeira fileira da plateia, alguém me segurou pelo braço.

— Ei, onde você tá indo?

Olhei para trás e encontrei a expressão confusa do Leo.

— Eu tava procurando a Ray — falei, sem me estender muito. Será que ela tinha contado alguma coisa para ele? Onde ele pensava que eu tinha ido ontem, quando não nos encontramos mais?

— Ela vai subir no palco já, já. Melhor você falar depois.

Olhei para o grupo de cosplayers na lateral do palco e quase deixei escapar um suspiro. Ele estava certo, era melhor não atrapalhar o evento.

Então fiquei de pé ao lado do Leo, esperando que ela aparecesse.

Quando ela subiu no palco, esqueci por alguns segundos toda a confusão na minha cabeça. Raíssa estava incrível! Usava a mesma fantasia que eu tinha visto no Facebook da Nevasca: túnica marrom comprida, calça skinny dourada, ombreira de metal como armadura, e uma coroa de galhos na cabeça, além das orelhas de elfo. Ela falou no microfone como se pertencesse àquele palco, imitando o rei dos elfos com confiança e fazendo toda a plateia urrar de empolgação.

Então eu olhei para o telão atrás dela, onde era exibida sua ficha de jogadora.

E vi o nome de usuário.

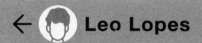 **Leo Lopes**

14 DE JULHO

Jogar sem vc é tão estranho 🙁 18:20

Pelo menos vc pode jogar 18:25

Aqui o computador da minha vó mal roda vídeo do YouTube 18:25

Mas a gente tem uma sintonia, sabe? 18:28

aylastorm e smbdouthere, a melhor dupla de Feéricos hahaha 18:28

Não posso dizer que discordo 18:29

Aliás, outro dia eu tava me perguntando 18:30

O que significa "smbdouthere"? 18:30

Ah 18:30

Somebody out there 18:30

Alguém por aí 18:30

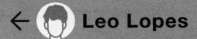 

Leo Lopes

> Mas pq esse user? 18:31

Acho que eu tava tendo uma crise de identidade quando criei minha conta 18:36

Me sentindo meio sem saber quem eu era, sabe? 18:36

> E hoje? Vc se encontrou? 18:36

Acho que sim 18:37

Só não sei se gostei do que encontrei... 18:37

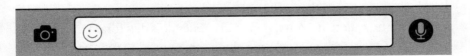

29

RAÍSSA

A Ayla não ia aparecer.

Eu já tinha me conformado.

Quando acordei de manhã e vi que ela não tinha respondido minha mensagem, senti que era um indício forte de que não nos veríamos hoje. Talvez nunca mais.

Ainda assim, fiquei sentada perto da entrada do pavilhão, esperando por ela.

— Você não precisa ficar, Leo — falei quando ele sentou comigo mesmo depois de eu dizer que não me importava de esperar sozinha. — Vai curtir a feira, é o último dia.

Teimoso como era, ele continuou sentadinho do meu lado.

—Já vi tudo que tinha que ver. — Ele se recostou no banco, sacou o celular e ficou com cara de quem não sairia dali de jeito nenhum. — Agora só tem as palestras.

— Mas você disse que queria ir de novo no jogo de tabuleiro que você amou, e tinha aquele fliperama que a gente foi uma vez na sexta de manhã porque tava mais vazio.

Leo balançou a cabeça.

— Isso tudo pode ficar pra depois, e se não der, não deu. Já aproveitei bastante sexta e ontem. — Seu tom era categórico. — Botarem a gente no hotel do lado da feira foi uma das melhores coisas do mundo, porque deu para curtir sem pensar no trajeto de volta, nem nada. Esses dois dias foram muito massa, Ray. — O Leo abaixou o celular e olhou para mim. — E tudo graças a você.

— Ah, para...

— Não, é sério — me interrompeu. — Você não tem ideia da importância que esses dias tiveram pra mim. Foi muito além dos jogos. Claro, curti muitas horas do evento e isso vai ficar marcado pra sempre na minha memória, dormi numa cama deliciosa da qual eu provavelmente vou sentir saudade todos os dias, fiz tudo isso com você, o que também teve lá seu valor. — Ele abriu um sorrisinho e deu uma piscadela. — Mas o mais importante é que saí daquela cidadezinha, daquele lugar de gente de mente fechada, pra ver isso tudo aqui — ele acenou com a mão para o pavilhão ao nosso redor, assim como a multidão —, todas essas pessoas diferentes e essa cidade enorme, mesmo que eu só tenha visto pela janela do ônibus. Saber que existe uma vida muito diferente aqui fora, que eu não só tenho chance de um dia sair daquela cidade, mas também que posso encontrar lugares como esse, em que posso ser livre, tem sido muito importante pra mim, você não faz ideia do quanto.

— Ai, Leo. — Senti um aperto no coração, porque entendia muito bem o que ele estava dizendo. O medo constante de ser eu mesma, sem me preocupar com as consequências que isso poderia trazer, era um sentimento horrível, que me acompanhava todo santo dia. E talvez jamais fôssemos deixar de nos sentir assim, mas ali, longe de casa, era possível acreditar que isso não precisava ser um sentimento dominante em nossas vidas.

Coloquei a mão sobre a dele e a apertei, tentando mostrar minha cumplicidade.

— Então, sério, eu tô feliz demais por ter vindo — ele continuou —, tô me sentindo *livre* de um jeito que não me sentia há muito tempo, e quero que você sinta isso também. E eu sei que resolver essa situação com a Ayla vai te ajudar nisso. Então não tente me convencer a ir embora, porque eu não vou.

Fiz um biquinho, fazendo graça para não mostrar minha vergonha. *Se ela vier*, foi o que pensei logo em seguida.

— Para de ser fofo, não é do seu feitio.

Ele apertou minha mão, então a largou e voltou a pegar o celular.

— Além do mais, tô achando incrível toda essa atenção que tão te dando. Estou me sentindo importante sentado do lado do rei dos elfos. — Ele olhou para a minha roupa de Arlamian, e eu ri, ainda que por dentro fosse só apreensão.

E só piorou quando, perto do horário das apresentações de cosplayers, eu ainda estava parada no mesmo lugar, sem sinal nenhum da Ayla.

O Leo não disse nada, mas sentia que ele queria me apressar para o evento porque começou a balançar a perna, impaciente, e seu olhar dardejava do celular para a entrada, como se a Ayla fosse aparecer magicamente.

Por fim, faltando dez minutos, suspirei e levantei.

— Vamos lá. Tá na hora das apresentações.

Agora, eu estava na arena principal da feira, no meio de outros cosplayers incríveis — alguns até mais incríveis que eu —, me sentindo ansiosa, com o estômago revirando e as mãos suando frio, quando o mediador do evento chamou o primeiro nome. Antes de subir, ele conferiu se todos os cosplayers que iam se apresentar estavam ali. Eu seria a última. Temia que tivesse uma crise de ansiedade ali mesmo.

De vez em quando, lançava olhares nervosos para o Leo, que estava na primeira fileira, na cadeira da ponta, bem perto de onde eu esperava. Quando percebia meu olhar, ele me mostrava a língua, erguia o polegar em um joinha, ou fazia qualquer brincadeira, tentando me motivar. E nessas horas eu sentia uma certa calmaria, como se estivéssemos de volta à nossa cidade, tirando fotos dos meus cosplays por diversão. Mas foi só quando o mediador chamou meu nome, me anunciando como vencedora do concurso, que o nervosismo me abandonou completamente.

Nesse momento, eu esqueci toda a plateia, esqueci Ayla, esqueci toda a confusão que sentia — só havia aquele palco, aquela oportunidade de fazer o que eu amava e os elogios do mediador, dizendo o quão incrível tinha sido minha interpretação no vídeo do concurso.

Gabi estava certa: eu realmente usava os cosplays para ser quem quisesse sem que ninguém ficasse me julgando e, muitas vezes, me escondia nas atuações mais do que me divertia com elas. Mas era muito mais que isso. Eu *amava* interpretar, e era uma das poucas coisas em que me achava realmente boa. Eu acreditava no meu talento. E naquele palco, enquanto fazia minha apresentação, eu senti, pela primeira vez em muito tempo, que não estava me escondendo. Aquele não era Arlamian, o rei dos elfos — era a Raíssa Machado, em cima de um palco, interpretando um personagem que amava para uma plateia de quase duzentas pessoas.

E me pareceu certo demais.

Pelo menos até eu terminar a apresentação e olhar para o Leo.

Foi quando encontrei o olhar de Ayla.

Meu coração acelerou novamente e a ansiedade voltou, mais forte do que antes. Uma salva de aplausos irrompeu da plateia, e tentei sorrir, imaginando que a presença dela significasse algo bom, ainda que eu estivesse prestes a destruir qualquer chance que pudéssemos ter contando toda a verdade. Mas a Ayla não retribuiu. Na verdade, o olhar dela estava no telão atrás de mim.

Podia ouvir o mediador perguntando alguma coisa ao fundo, mas eu já não estava mais ouvindo. Meu olhar focou no telão, que exibia informações sobre meu perfil de jogadora.

Inclusive meu nome de usuário.

Smbdouthere.

Puta merda!

Quando me virei novamente para ela, Ayla estava exaltada, dizendo alguma coisa para o Leo. Em seguida deu as costas e começou a marchar em direção à saída.

Ignorando a pergunta do mediador e a plateia que aguardava em silêncio pela minha resposta, eu saí correndo em direção à escada lateral do palco.

— Acho que alguém é um pouquinho tímida aqui — ainda ouvi o mediador dizer. — Uma salva de palmas para a vencedora do concurso, Raíssa Machado!

Os aplausos me acompanharam conforme eu contornava a área

externa da arena, temendo que a Ayla tivesse ido embora e eu não conseguisse me explicar.

Mas meu medo foi infundado porque, assim que dobrei uma esquina, a avistei vindo em minha direção.

Ela parecia furiosa.

— Me diz que é mentira — vociferou, sem parar de andar. — Me diz que eu entendi isso errado, que não é o que eu tô pensando.

Ayla parou na minha frente, uma expressão transtornada no rosto. Lá atrás, vi o Leo virar a mesma esquina de onde Ayla devia ter vindo, como se a tivesse seguido, mas ele parou no lugar quando me viu e não fez menção de continuar. O olhar que me lançou foi como se me desejasse boa sorte. Logo sumiu novamente na arena, nos deixando a sós.

Ou pelo menos tão a sós quanto poderíamos ficar no meio de um evento daquele.

Eu respirei fundo.

— Ayla, desculpa, eu...

Mas ela não me deixou terminar. Em vez de gritar e me xingar, Ayla começou a rir. Ela levou as mãos ao rosto e se curvou, gargalhando. Quando levantou novamente, lágrimas escorriam pelo seu rosto, e eu não sabia se eram por causa da risada ou não.

— Por que você faria uma coisa dessa?! — indagou ela, quase gritando, o riso morrendo abruptamente em seus lábios. Eu me encolhi diante da sua fúria, sem saber o que dizer. Era muito mais difícil do que eu tinha imaginado. — O que leva alguém a mentir desse jeito, pelo amor de Deus?

— Eu não tinha intenção de te enganar, eu juro! — Minha voz era quase suplicante. Eu queria *tanto* que ela entendesse, que ela visse a situação da minha perspectiva...

— Ah, isso faz eu me sentir *tão* melhor. Você não faz ideia — debochou ela enquanto levava as mãos à cabeça, entrelaçando os dedos em seus fios pretos. Então começou a rir novamente, dessa vez menos descontrolada. Era quase como se ela não conseguisse acreditar na situação.

Eu estava destruída. Mas apesar das pernas bambas e do nó em meu estômago, também me sentia aliviada por finalmente dizer a verdade.

— Eu só queria jogar em paz, sabe? Não criei aquele perfil pensando que ia conhecer você. — Cruzei os braços, sem saber o que fazer com eles. Na verdade, eu não sabia o que fazer, ponto. Eu só sabia que precisava continuar. Que precisava tentar. — Eu queria não ter que ficar implorando que os garotos me deixassem fazer raid com eles nem ficar sendo assediada por gente que eu nem conhecia só porque era gamer e mulher, sabe? Quer dizer, eu só tinha catorze anos quando criei minha conta no Feéricos e não consigo nem contar o tanto de cantadas que recebi e fotos... hmm... daquele negócio.

Ayla parecia impassível.

— Eu entendo, Raíssa — disse ela, se inclinando em minha direção e apontando para si mesma. — Foi por isso que a gente começou a conversar, lembra? E tudo bem você ter criado um perfil masculino, com certeza foi uma decisão mais sábia do que a minha. Mas isso não justifica por que você continuou a mentir pra mim todos os dias por cinco meses. Cinco meses, meu Deus! — Ela levantou as mãos para o céu, irritada. — Com certeza deve ter surgido *alguma* oportunidade de me contar a verdade.

— É óbvio que surgiu! — retruquei, num tom mais alto do que pretendia, a frustração me corroendo por dentro. — E eu me senti mal todos os dias por isso, mas não estava esperando que a gente fosse se aproximar tanto! Eu jogo como menino tem três anos, e eu conheci bastante gente nesse tempo. Participo de vários grupos de jogo, e tem um bom número de pessoas com quem converso frequentemente, mas ninguém nunca quis saber mais do que meu nome e com qual raça eu jogava.

Ela riu e bufou ao mesmo tempo.

— Quer dizer então que eu fui a única trouxa que você enganou? Que bom, Raíssa, fico muito feliz com isso.

A frieza dela estava me deixando tão mal que quando respondi eu estava quase gritando.

— Eu menti porque não esperava que a gente fosse virar amiga, Ayla, é isso que eu tô dizendo! E eu continuei a mentir porque quando percebi eu já estava apaixonada por você! — Pude ver a expressão sobressaltada no rosto dela, mas não a deixei falar. Ela sabia. Não tinha como não saber. Não foi à toa que se decepcionou tanto quando conheceu o Leo pessoalmente. — Me desculpa se pra você é fácil aceitar isso, mas pra mim não é. A única pessoa que sabia que eu gostava de meninas era o Leo, mas, até conhecer você, eu nunca precisei lidar com nada disso. E não foi fácil, tá bom? *Não foi fácil!*

A Ayla ficou alguns segundos em silêncio. Ela me avaliou com o olhar, e eu senti que havia uma parte dela que queria dizer que entendia, que queria deixar todas as mentiras para trás.

Com o silêncio, foi como se alguém tivesse aumentado o volume ambiente. Eu voltei a perceber o murmurinho de conversas, os passos apressados das pessoas no evento, o farfalhar das sacolas carregadas. Estávamos num canto isolado, na lateral da arena de cosplay, então a maioria das pessoas não prestava atenção em nós duas. Mas algumas se viraram para olhar e até apontaram para mim, o que estranhei de primeira antes de lembrar que ainda estava vestida de Arlamian.

Um suspiro longo, alto e frustrado fez a minha atenção voltar à Ayla.

— O problema, Ray — a voz dela estava mais calma agora, mas carregada de uma tristeza que me partiu o coração —, é que eu também me apaixonei. Eu só não faço ideia de por quem.

Eu só pude assistir enquanto ela virava de costas e ia embora. Por mais que eu soubesse que era exatamente isso que iria acontecer quando Ayla descobrisse, ainda assim senti meu coração se partir, se destroçar, com a decepção. Qualquer esperança que eu tive de que pudéssemos nos entender, de que uma conversa resolveria tudo, tinha acabado ali.

← 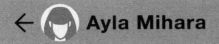 **Ayla Mihara**

20 DE JULHO

Tô morrendo de saudade de jogar com vc 🙁 14:12

Eu também 🙁 14:26

Vc não volta nunca? 14:26

Semana que vem 14:28

Vc não encontrou ninguém melhor que eu no jogo não, né? 14:28

Alguém que tenha um healer pra te curar quando vc quiser jogar no ataque e que seja mais bonito do que eu? 14:28

Alguém que jogue de healer até que não era má ideia... 14:30

Bandida!!! 14:30

VC TÁ PROIBIDA 14:30

Vou pensar no seu caso 14:31

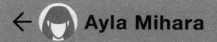 

Se vc prometer que sua próxima viagem vai ser pra Campinas hahaha 14:31

Bem que eu queria... 14:32

Mas essa vai ser mais difícil 🙁 14:32

Ai 🙁 14:33

Queria tanto te ver... 14:33

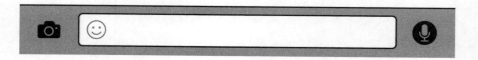

30

AYLA

Meu Deus, como eu fui burra!

Era quase como se fosse a Raíssa o tempo todo por trás do perfil do Leo.

A verdade estava na minha frente o tempo todo, mas era tão surreal que não consegui enxergar. Agora, parando para pensar, tudo tinha sido muito suspeito. O Leo que eu conheci na sexta evitava tratar de assuntos muito pessoais e, quando eu citava qualquer coisa que deveria saber, ele demorava a entender, muitas vezes desconversava. E seu amor inexplicável por Ataque das Máquinas? E as diferenças entre ele e Raíssa? E a voz e a risada que, pessoalmente, eram muito mais parecidas com as da "irmã"?

Burra, burra, burra.

Ela sabia que eu estava me sentindo mal por não ter me dado tão bem com o Leo. Será que não sentiu um pingo de remorso?

Não, isso não era verdade. Eu tinha visto o arrependimento em seus olhos, tinha ouvido a dor em sua voz enquanto tentava me explicar. Eu compreendia o que a Raíssa tinha dito sobre não ser fácil aceitar a própria sexualidade. Quer dizer, eu também estava passando por isso.

Ao mesmo tempo, ela tinha mentido *de propósito*. Ela podia ter simplesmente dito a verdade e omitido que gostava de meninas. Se ela gostava mesmo de mim, como pode ter tido coragem de mentir sem parar, até aquela bola de neve explodir bem na minha cara?

Eu nem sabia direito o que pensar.

Eu só sabia que estava cansada de ter de lidar com a merda dos outros.

Estava cansada de pensar em todo mundo e de ninguém pensar em mim, para variar.

Com um suspiro, voltei a me concentrar na paisagem de concreto por onde passava à medida que deixávamos São Paulo para trás. Eu estava agarrada ao Totoro de pelúcia.

Sayuri sabia que algo mais tinha dado errado, mas logo percebeu que eu precisava ficar quieta no meu canto. Só o que eu disse foi que queria ir embora, o mais rápido possível, e ela assentiu e arrumou todas as coisas.

Eu precisava me lembrar de fazer algo incrível para lhe agradecer. A Sayuri tinha sido a melhor nos últimos dias... Caramba, ela era sempre a melhor tia, mas dessa vez tinha se superado. Em todos os aspectos: desde prometer me ajudar a ganhar o concurso, até me ouvir falar sobre minhas confusões amorosas, me consolar e jamais me julgar.

Ela era a mãe que eu queria ter.

Esse pensamento me deixou ainda mais triste. Eu amava minha mãe. As coisas só tinham piorado depois de ela descobrir a traição do meu pai. A *mentira* dele tinha acabado com ela.

Mentiras destruíam pessoas.

Acho que no fundo era por isso que eu não conseguia obrigar meu coração a perdoar a Raíssa pelo que tinha feito.

Ainda assim, quando meu celular vibrou, eu saquei rapidamente do bolso, imaginando — ou torcendo? — que pudesse ser Raíssa. Mas era a Vick.

Ei, tudo bem por aí?

Não deu notícias lá no grupo

Ficamos preocupadas

Suspirei, um pouco decepcionada. Sabia que era contraditório querer que Raíssa me mandasse uma mensagem logo agora, no calor do momento, e acho que podia dizer que a conhecia bem o suficiente para saber que ela respeitaria meu momento. Mas não pude conter um biquinho de tristeza enquanto respondia Vick.

Digitei um "tudo bem" automático e fiquei encarando a mensagem. Não estava tudo bem. Não havia nenhuma dúvida. Então por que eu estava mentindo para minha amiga?

As conversas que tive com Raíssa e com Sayuri me voltaram à mente.

Se você não for verdadeira consigo mesma, a vida perde o sentido.

Por que você esconderia o que sente, esconderia quem é, só para satisfazer as expectativas dos outros?

De uma coisa eu tinha certeza: eu não queria voltar para Campinas e continuar fingindo ser alguém que não era. Eu podia não saber exatamente quem queria ser, mas não tinha dúvidas sobre quem *não* queria.

> Na verdade, não tá não

> Esse final de semana foi a maior reviravolta da minha vida

> Tô voltando pra casa

> Como assim, o que houve?

> Sabe a Raíssa, a "irmã" do Leo?

> ELA É NAMORADA DELE, NA VERDADE?

> HAHAHAH não

> Ela É ele

Como assim???

Ela é trans?

Nãoooo

Era com ela que eu vinha conversando nos últimos meses

Achando que era o Leo

O QUÊ?!

Isso sim é que é reviravolta

Tô chocada

Mas quem é o Leo que você conheceu pessoalmente afinal?

Não sei

Fui embora puta demais pra ouvir a história toda

AFF, AYLA

AGORA A GENTE VAI FICAR NA CURIOSIDADE PRA SEMPRE?

"Pra sempre" era tempo demais.
Eu esperava que não.

Mas não mencionei nada sobre isso, nem sobre o beijo com a Raíssa, nem sobre o quanto estava confusa em relação a ela. Não porque não pretendesse fazer isso, mas, bem... um passo de cada vez.

Mas e aí? Que fim deu essa confusão?

E como você tá?

Acho que isso merece um encontrinho e uma explicação ao vivo e em detalhes

Hoje? Depois que você chegar?

Hoje não, preciso ir pra casa

Amanhã, depois da aula

Aff, ridícula, vou ficar morrendo de curiosidade até lá

Mas tudo bem, vou pedir pra Lídia fazer o bolo de laranja que vc gosta

Acho que vc tá precisando

Vc me conhece bem demais ♡

Abri um sorrisinho ao perceber que aquela frase era muito real. E já era hora de eu começar a mostrar o tamanho da minha gratidão pela amizade de Vick e Drica.

Sayuri me deixou em casa pouco depois das quatro da tarde, não sem antes me perguntar se eu precisava que ela subisse. Provavelmente temia que minha súbita tristeza pudesse provocar alguma briga entre mim e meus pais, mas recusei. Tudo que eu mais queria agora era ficar sozinha e repensar algumas coisas.

Quando entrei no apartamento, carregando a mochila pendurada por uma só alça e segurando meu Totoro de pelúcia, a sala estava vazia. Não esperava uma recepção calorosa nem nada, até porque não tinha avisado que chegaria mais cedo, mas estranhei o silêncio da casa. Normalmente minha mãe passava as tardes de domingo na sala assistindo televisão enquanto preparava as encomendas da semana para a lojinha antes do horário da igreja.

Atravessei a sala em direção ao pequeno corredor que ligava aos outros cômodos da casa e, assim que parei na frente do quarto da minha mãe, a encontrei apagada com a pequena televisão de tubo ligada, o frasco de Rivotril em cima da mesinha de cabeceira. Eu suspirei e fiz menção de continuar pelo corredor, mas entrei no cômodo e parei para dar um beijo na cabeça dela.

Não havia sinal do meu pai.

Segui para o meu quarto e larguei a mochila no chão enquanto fechava a porta. Eu pretendia me jogar na cama assim que chegasse, mas alguma coisa me impediu. Parada na entrada, olhando o cômodo em que nada combinava — nem entre si, nem comigo —, senti alguma coisa se revirar dentro de mim.

Eu queria arrancar a tinta rosa daquela parede e jogar fora o armário velho, mas, como não podia fazer isso, apenas comecei a juntar todo e qualquer objeto que eu batia o olho e me fazia querer vomitar. Abri o armário e comecei a tirar as roupas que guardei a mando da minha mãe, mas que eu odiava porque não combinavam mais comigo, e comecei a tacar tudo no chão. Eu não queria mais nada naquele quarto que não tivesse a ver com o *meu* gosto.

Alguns minutos depois, quando meu quarto já estava todo bagunçado, a porta do quarto foi aberta de supetão.

— O que é isso, Ayla? Que bagunça é essa que você tá fazendo? — Ela estava com a cara amassada de sono e parecia ainda meio lenta do calmante, mas a testa estava franzida, como parecia ficar permanentemente.

— Tô arrumando o quarto, renovando as energias.

Ela olhou para as roupas no chão.

— Você vai dar todas essas roupas? — Ela se abaixou e pegou uma peça. — E essa blusa linda? O que você vai vestir agora? Porque depois dos gastos desse fim de semana a senhorita vai ficar um bom tempo sem poder gastar um centavo.

Eu respirei fundo, me preparando para o que vinha a seguir.

— Mãe, primeiro, tem um monte de roupa aqui no meu armário ainda, eu não preciso ficar acumulando roupa que não uso. Segundo, nada *disso* — fiz um gesto com as mãos, apontando para as peças no chão — é algo que eu usaria hoje em dia. Eu só guardei porque você não me deixava doar. Mas agora chega. Não me importo de não gastar mais nada, mas por que eu não posso gastar mesmo? É porque você tá me deixando de castigo por ter feito algo que você não queria que eu fizesse, é porque a gente não tem mais dinheiro desde que o salário do papai abaixou e a gente descobriu que ele tava sustentando duas famílias, ou é porque você resolveu usar o pouco dinheiro que a gente ainda tinha pra atacar o papai?

Ela abriu a boca, chocada.

— Ayla, isso é jeito de falar com a sua mãe? Por acaso eu não te dei educação?! — A voz dela subiu um tom, e ela parecia mais alerta agora, o sono se dissipando rápido com o choque. — Peça desculpas agora!

No mesmo instante, ouvimos o som da porta sendo aberta. Minha mãe congelou no lugar, a expressão tensa.

— Conversamos outra hora. E trate de arrumar isso logo. — Ela começou a se virar, mas eu senti a raiva borbulhar dentro de mim com todas as coisas que vinha guardando e que não queria mais manter aqui dentro.

— Ué, mãe, você não tava querendo brigar comigo? — Levantei a voz e coloquei a mão na cintura, parecendo ter mais coragem do que realmente sentia. — Vai parar só porque o papai chegou? É só comigo que você gosta de brigar? Logo eu que sempre te apoiei e sempre estive do seu lado?

Os olhos dela se estreitaram, mas eu podia ver a mágoa rastejando como uma sombra por trás da sua expressão intensa.

Meu pai apareceu atrás dela no segundo seguinte.

— O que tá acontecendo? — Ele parecia cansado. Havia muito tempo essa era uma característica constante. Eu não sabia por que meu pai aceitava aquela situação calado, mas eu não queria mais continuar assim.

— Eu não sei, pai. Vocês é que têm que me dizer: que merda que tá acontecendo nessa família? — Eu tinha certeza de que minha mãe ia me deixar de castigo por falar assim, mas me forcei a continuar. — Porque, olha, eu tô cansada de vocês ignorarem o quanto tudo isso afeta a minha vida.

— Ayla, olha como você fala com a sua mãe! — disse meu pai ao mesmo tempo em que minha mãe dizia:

— Ayla, isso não é hora de…

— Nunca é hora! — cortei-a, quase berrando, enquanto jogava as roupas que segurava no chão. — Nunca é! Tudo que vocês sabem fazer é ignorar o assunto e fingir que tá tudo bem. Olha, pra vocês pode até estar, mas pra mim, não!

Meu pai me encarava, parecendo perplexo e confuso.

— Eu sou a adolescente dessa casa, mas às vezes parece que vocês são duas crianças. Ah, o papai tem outra família que nunca contou pra gente? "Então vamos tirar a Ayla da escola que ela ama só porque ele precisa gastar tanto com ela quanto gasta com a outra família!" Ah, o papai mentiu e não tem coragem de contar a verdade apesar de *saber* que a mamãe descobriu? "Vamos continuar ignorando o assunto e descontar toda a raiva em cima da Ayla!" — Eu tinha noção de que estava gritando, mas não conseguia me conter. Era como se eu tivesse finalmente aberto a caixa de Pandora, a gaveta de sentimentos que ficava trancada no meu coração. — Bom, adivinhem só? EU NÃO SOU UM SACO DE PANCADAS, TÁ BOM? Muito menos aquele menino, que todo mundo faz questão de fingir que não existe, mas que não tem culpa de *nada*! Vocês têm noção de que estão destruindo *duas* famílias? Que eu podia ter um irmão? Será que vocês já pararam pra pensar que a gente podia querer se conhecer?

Eu parei um segundo, consciente do que eu tinha acabado de dizer. Seria mentira se eu dissesse que nunca havia pensado nisso. De vez em quando eu me pegava imaginando como ele era, se era parecido comigo, se tinha os traços da nossa família. Mas então eu deixava pra lá, porque jamais poderia falar sobre isso. E porque eu tinha medo de que conhecer esse irmão pudesse ser o decreto do fim da minha família.

Esse medo continuava lá, mas não me paralisava mais.

— Então parem de me usar pra fugir dos problemas de vocês — continuei, a voz um pouco mais calma agora depois de respirar fundo. — Eu não aguento mais continuar assim! Se resolvam, se odeiem, se divorciem, se matem. QUE SEJA! Mas parem de colocar meu irmão e eu no meio desse fogo cruzado!

Os dois continuaram a me encarar, assustados, por quase um minuto, até que minha mãe pareceu se recuperar e se virou para o meu pai.

— Viu? Você tá vendo? É isso que você queria? Destruir sua filha? Pois tá conseguindo!

Eu bufei, deixando meus ombros penderem em frustração.

— Eu?! — meu pai se fez de sonso, apontando para si mesmo. — Você também tem culpa nisso, Inês, não venha apontar dedos pra mim por tudo de errado que aconteceu nos últimos meses. Você podia ter vindo conversar comigo. Podia ter me *perguntado*.

Minha mãe começou a rir.

— *Te perguntado?* Você queria que eu, casualmente, perguntasse ao meu marido se ele tinha outro filho com outra mulher do qual nunca me contou, mesmo depois de *onze anos*?

— Eu sinto muito, Inês! — gritou ele em resposta. — Eu tentei te dizer, mas você não deixou. Toda vez que eu tentava abordar o assunto você fugia!

— Isso foi depois, Yuri! Você teve onze anos pra me contar! — Podia ver os olhos marejados da minha mãe, mas ela não deu nenhum sinal de que pretendia parar a discussão. — Claro, eu quis fazer você sofrer depois que eu descobri, mas o que você fez foi imperdoável! Você merecia tudo isso e mais um pouco.

— Sim, *eu* merecia! A Ayla não!

— Meu Deus! — gritei, interrompendo-os. — Vocês não conseguem conversar como pessoas civilizadas sem ficar jogando a culpa pra cima do outro? Pelo amor de Deus, parem de jogar a culpa disso pra cima da mãe, pai. Você mentiu pra gente por onze anos. ONZE ANOS! E ainda quer falar do comportamento dela depois que descobriu? Você não acha que ela já passou por muita coisa pra ficar ouvindo você falar assim?

O olhar de gratidão e vergonha que minha mãe me lançou me fez dar um passo à frente e parar ao lado dela. Eu segurei seu braço como se fosse uma criancinha com medo, agarrada à mãe.

— Será que vocês não podem simplesmente sentar e conversar direito e decidir o que querem fazer da vida de vocês? — pedi com a voz mais calma, sentindo o olhar atento dos dois em mim. Meu coração batia acelerado, mas meu alívio também era enorme. — Porque hoje eu tomei a decisão de não ficar mais calada com relação a nada disso. Eu não quero mais me omitir e fugir da minha vida. É horrível, me faz mal, me afasta das pessoas que eu gosto, me afasta de *vocês* e, principalmente, me afasta de mim mesma. E eu não vou deixar mais que o problema de vocês me afete dessa forma. Tá na hora de vocês dois serem os adultos aqui.

Por incrível que pareça, eles finalmente me ouviram. Por mais de uma hora, eu fiquei arrumando minhas coisas enquanto os dois se trancaram no quarto para conversar. De vez em quando, ouvia as vozes alteradas e choros, mas coloquei uma playlist para tocar no computador e fingi não escutá-los. Quando ignorar não dava certo, eu me jogava na cama, me agarrava ao meu Totoro e chorava junto.

Era horrível saber que o casamento dos meus pais estava por um fio. Eu não tinha muitas dúvidas de que, agora que eles tinham realmente parado para conversar, a decisão seria pelo fim. Mas por mais triste que fosse, eu também estava saturada. Desde que descobrimos a verdade, tive tempo suficiente para assimilar aquilo tudo e aceitar que meus pais ficariam melhor separados.

Por fim, depois de um bom tempo, a porta do meu quarto foi aberta pela minha mãe. O rosto dela estava inchado e ainda havia lágrimas escorrendo por seu rosto. Ela entrou sozinha, abaixou o som e, pulando a bagunça no chão, veio até minha cama e me abraçou.

— Me desculpa por não ter percebido o quanto isso tudo te afetava. — A voz dela estava embargada, e senti meus olhos encherem de lágrimas junto.

— Tudo bem, mãe — falei, retribuindo seu abraço. — O que vocês decidiram?

— Seu pai vai ficar um tempo com a irmã dele até as coisas se acalmarem e a gente conversar de novo.

Nós nos afastamos, e ela abriu um sorriso triste.

— E você tá bem com isso? — perguntei com o coração partido. Parecia uma pergunta besta, mas era tudo que eu podia dizer.

— Não muito, mas vou ficar. Do jeito que estava não dava para continuar mesmo. Você estava certa, Ay. E eu sinto muito por não ter percebido isso antes e ter te machucado tanto.

— Tudo bem, mãe. Eu tô aqui. Pode contar comigo.

— Eu sei, filha. Obrigada por me abrir os olhos pra isso.

Ela sorriu em meio às lágrimas, e eu sorri junto. Eu sabia que devia me sentir triste pela partida do meu pai, mas só conseguia ficar aliviada. Finalmente, aquela guerra fria entre os dois ia chegar ao fim.

Minha mãe saiu do quarto e meu pai entrou logo em seguida. Ele parecia cabisbaixo, os ombros tensos, o olhar fundo. Sentou ao meu lado na cama e cruzou as mãos sobre o colo, ainda em silêncio. Meu pai nunca tinha sido um homem de muitas palavras, e eu sabia que, apesar de tudo, aquele momento estava sendo difícil para ele. Mas no fundo eu também suspeitava que já fazia muito tempo que ele não amava mais a minha mãe. Que continuava com ela por comodismo, por não saber o que fazer sem ela.

Ele teria que aprender agora. Não era o fim do mundo, afinal.

Coloquei a mão sobre as dele, cruzadas, compadecida com seu olhar triste.

— Eu vou falar com a Vilma — ele disse, de repente. — A mãe do seu irmão — acrescentou quando franzi o cenho. — Vou apresentar vocês, se é isso que você quer.

— Eu quero — afirmei, assentindo com a cabeça com tanta veemência que até eu me surpreendi. Mas agora que finalmente me permitia pensar nele e *falar* dele, percebia cada vez mais o quanto queria conhecer o menino. Ele não tinha mesmo culpa de nada, e eu queria muito poder lhe dizer isso.

Meu pai tirou uma das mãos do nosso enlace e deu um tapinha no dorso da minha.

— Está certo então. — Ele deu um beijo apressado na minha bochecha, parecendo sem graça, e levantou. — Preciso ir lá… arrumar minhas coisas.

Ele começou a seguir em direção à porta, mas, antes que cruzasse o batente, eu fui até ele e o abracei pelas costas.

— Eu ainda te amo, tá? Não esquece disso.

Virando-se para mim, ele retribuiu o abraço. Posso jurar que senti algumas lágrimas caírem no ombro, mas, quando ele se afastou apressado, não consegui ver se estava mesmo chorando.

Fiquei observando-o voltar para o quarto antes de soltar um suspiro.

Agora as cartas estavam na mesa. Agora não havia mais mentira. Agora eles poderiam superar isso e ser felizes.

Será que eu também conseguiria?

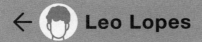 **Leo Lopes**

24 DE JULHO

Oláá, alguém por aí? 01:21

Oi, to sim. Tá tudo bem? 01:26

Mais ou menos, não to conseguindo dormir 01:27

Insônia? 01:30

É, não sei 01:31

Acho que são muitos pensamentos... 01:31

Aconteceu alguma coisa? 01:32

Não exatamente 01:34

Acho que tava me sentindo sozinha hoje 01:34

As coisas aqui em casa não tão muito boas 01:34

Seus pais brigaram? 01:35

Lembra que falei da minha mania de jogar todos os problemas pra baixo do tapete? 01:37

Então, meus pais são piores 01:37

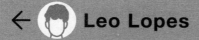 

> Mas hoje eu achei o silêncio especialmente ensurdecedor 01:37

Quer falar no telefone? 01:40

Posso tentar ajudar a deixar o silêncio um pouco menos pior 01:40

> Vc já faz isso sempre 01:41

> Mas não quero te atrapalhar, já já eu pego no sono 01:41

> Promete que nunca vai deixar de falar comigo? 01:41

Prometo, óbvio! 01:42

Não tinha nem que tá perguntando 01:42

Vou continuar te perturbando pra seeeeeeempre 01:42

> Acho bom mesmo 01:42

> Se você sumir, eu vou te assombrar pra seeeeempre hahaha 01:42

31

RAÍSSA

Eu estava arrasada.

Completamente arrasada.

Era como se a Ayla tivesse arrancado meu coração e pisoteado ele várias vezes antes de devolvê-lo. Podia sentir os fragmentos despedaçados destruindo tudo por dentro, provocando uma dor forte, lancinante.

Ao mesmo tempo, por incrível que pareça, também tinha outro sentimento ali. Era uma sensação quase desconhecida, havia muito esquecida: eu, Raíssa, sem fantasia, sem papéis para interpretar, estava me sentindo *viva*.

Tive tempo suficiente para refletir sobre tudo isso depois que a Ayla foi embora correndo. O nosso ônibus só estava marcado para sair às seis da tarde de São Paulo, e não tínhamos nem almoçado ainda. Tinha muito tempo pela frente, e muita estrada também.

Depois de voltar ao evento de cosplayers e pedir desculpas pela minha fuga repentina, me juntei aos outros vencedores para tirar fotos com o pessoal que fazia fila. Leo teve a oportunidade de aproveitar o fim da feira sem ter que ficar tentando me animar, e eu consegui me distrair um pouco. Para falar a verdade, depois de um tempo comecei a realmente curtir aquela coisa toda de ser famosa por alguns minutos. Muita gente me pediu para gravar áudios com a voz do Arlamian ou interpretar novamente algumas das falas dele, e foi durante esses quinze minutos de fama que me ocorreu.

Aquela sensação no meu peito, aquele aperto doloroso misturado à felicidade. Era a primeira vez que algo tão intenso, tão poderoso, tomava conta de mim. Antes disso, era como se eu estivesse anestesiada pelas mentiras. Como se eu estivesse vivendo minha vida no automático, existindo nos níveis mais básicos que alguém poderia funcionar.

Agora que eu estava me assumindo e tinha contado a verdade à Ayla, finalmente estava retomando o controle da minha vida.

A sensação era assustadora, mas também incrível. E eu não queria que ela fosse embora nunca mais.

Quando a sessão de fotos acabou, Leo e eu fomos almoçar e ainda demos uma última passada em alguns estandes da feira antes de voltarmos para o hotel e nos prepararmos para ir embora. Ele parecia estar pisando em ovos comigo, como se não fosse capaz de acreditar que eu estava tão bem quanto demonstrava. Por mais que eu estivesse triste com a situação com a Ayla, havia, ali dentro, uma força maior que me movia a seguir em frente. A não desistir. E eu estava determinada a fazer alguma coisa — qualquer coisa — para que Ayla me perdoasse.

Mas antes disso eu precisava resolver algumas pendências.

Quando chegamos na rodoviária de Sorocaba, já quase oito da noite, meu pai estava lá, esperando para nos levar para casa. O que foi bem providencial porque o Leo, em parte querendo me poupar, em parte porque ainda estava animado demais, pôde falar por nós dois sobre a feira. E meu pai estava empolgadíssimo para saber todos os mínimos detalhes. Ele parecia cansado daqueles três dias em Salvador, na convenção do trabalho, da qual tinha chegado um pouco antes de mim, mas seu rosto se iluminava a cada detalhe que o Leo contava.

Naquela hora me ocorreu que talvez eu devesse contar para o meu pai primeiro. Mas logo percebi que era uma péssima ideia — minha mãe ficaria magoadíssima se descobrisse. E não havia nenhuma garantia de que a reação dele seria muito melhor que a dela, então no fim, depois que deixamos o Leo em casa e seguimos para a nossa, apenas perguntei como tinha sido a convenção e continuamos em terreno seguro por todo o trajeto.

Minha mãe já estava parada na frente da porta, ansiosa, quando chegamos. Ela me puxou para um abraço antes que eu pudesse sequer terminar meu "oi".

— Como foi lá? O hotel era bom? Você se alimentou direitinho? Não comeu muita besteira?

— Mããããe! — reclamei enquanto era esmagada por ela. — Eu já te dei o relatório inteiro dos últimos dias.

— Mas é diferente ao vivo. — Ela me puxou para a sala, onde a mesa estava posta. — Vem, você deve estar com fome. Felipe, pode trazer a pizza.

Meu pai foi até meu quarto deixar minha mochila e sacolas antes de correr para a cozinha e voltar dois segundos depois com a bandeja de pizza. Era a minha preferida: a massa do mercado, mas molho e recheio feitos pela minha mãe. Ela serviu uma fatia em cada prato, e tive que passar os próximos minutos contando sobre a feira, com menos detalhes dessa vez, já que minha mãe não entendia muita coisa sobre o universo dos games.

Depois que os pratos se esvaziaram e eu já tinha contado tudo que tinha para contar, minha mãe começou a arrumar a mesa. Senti meu coração acelerar de novo e, por mais que tivesse certeza do que estava prestes a fazer, percebi que estava nervosa. Muito nervosa. A perna balançava e minhas mãos agarravam a beirada da mesa.

Tudo ia mudar agora, incluindo a relação com meus pais.

Será que eu estava pronta?

— Mãe, senta aí.

Minha mãe parou no lugar, olhando de mim para o meu pai com a sobrancelha arqueada.

— Preciso falar uma coisa com vocês.

Minha pulsação soava alta em meus ouvidos. Era quase como se meus órgãos estivessem embaralhados, o coração martelando na cabeça, o sangue gelado, me fazendo tremer.

Pelo canto do olho, pude ver meu pai dar de ombros para ela, mostrando igual confusão.

— Nossa, que seriedade — comentou minha mãe, meio brincando, meio preocupada, enquanto largava a louça e voltava a sentar. — Aconteceu alguma coisa na feira?

Foquei o olhar no prato vazio à minha frente.

Minha boca ficou seca.

— Eu...

Meu Deus, eu mal conseguia respirar.

Não tinha sido tão difícil com Gabi, tinha?

— Eu sou lésbica.

O único som que eu ouvia era o barulho da televisão dos vizinhos no andar de baixo. Um zumbido cresceu no meu ouvido, como se eu estivesse me distanciando daquele mundo, como se eu estivesse em outra dimensão.

Minha mente começou a retroceder, como um filme de trás para a frente. As lembranças passaram rápido — meus pais e eu nas reuniões de sábado à noite; nossas visitas à vovó em Brasília; nossa viagem ao Beto Carrero; as idas frequentes ao Wet'n Wild, "o parque aquático mais famoso do mundo!", como dizia meu pai.

O filme parou. De repente eu tinha cinco anos, visitando o mar pela primeira vez, durante um final de semana que passamos em Ubatuba em comemoração aos dez anos de casamento dos meus pais. O lugar era lindo: a mata verde no entorno, a água límpida e calma. Eu brincava na minha piscina de plástico enquanto meu pai e minha mãe, sentados em cadeiras de praia, comiam pasteizinhos e tomavam água de coco. O mar estava ali, a poucos passos de distância, e eu não sabia se ele me assustava ou me encantava. Talvez um pouco dos dois.

Foi durante uma espiadela para a água que minha mãe, matando os últimos goles da sua bebida, perguntou se eu queria ir no mar. Eu arregalei os olhos e acho que devo ter assentido com veemência — é o que minha mãe conta, pelo menos —, porque ela logo estendeu os braços, me tirando da piscina, e me deu a mão para que fôssemos caminhando até onde as ondas quebravam.

Muita coisa que me lembro daquele dia foi contada pelos meus pais, então não tenho certeza se a memória é real ou se a reconstruí a partir do que me disseram. Mas tenho uma lembrança vívida de parar ali na beirada da areia, olhando para a espuma do mar se aproximando dos meus pés, e ficar esperando até que me alcançasse, com o coração acelerado. Quando a água muito gelada me tocou, eu soltei um gritinho e agarrei a perna da minha mãe. Ela me observou de cima.

— Doeu? — perguntou, com um sorriso de lado. Na época, balancei a cabeça em negação, muito séria, sem perceber o deboche em sua pergunta, mas hoje tenho certeza de que ela estava tentando não rir de mim.

Então, mais calma, me soltei dela e fui andando devagar, sendo seguida de perto, até que, num momento de distração da minha mãe, uma onda mais forte veio e me derrubou, jogando areia em cada mínima parte do meu corpo.

Ela me pegou no colo dois segundos depois de eu abrir o berreiro, daquele jeito que só as crianças sabem fazer. A boca bem aberta, as lágrimas escorrendo, os soluços fortes me fazendo tremer. Mas minha mãe não conseguiu conter a risada enquanto eu berrava, fazendo várias pessoas olharem para mim:

— Eu não quero mais entrar no mar!

Ela tentou me acalmar e argumentar comigo, mas eu estava irresoluta, então me levou de volta, limpou a areia do meu rosto e dos meus cabelos — o máximo que conseguiu, pelo menos — e me colocou novamente na piscina. Ainda assim, a diversão tinha acabado para mim. Fiquei um tempão preocupada com os grãos de areia dentro do meu biquíni e toda vez que uma onda mais forte quebrava, eu olhava assustada para o mar.

Por fim, meus pais suspiraram e começaram a arrumar as coisas para irmos embora. Quando eu já estava sentada na cadeirinha, no carro, falei:

— Desculpa, mamãe. Eu não queria estragar o passeio.

De onde eu estava, pude ver o meu pai sorrir, mas minha mãe conteve a própria risada, tentando demonstrar seriedade.

— Você não estragou nada, meu amor — disse, paciente. — Se você não gosta do mar, a gente não volta mais aqui, tá? Tem muita coisa legal pra fazer!

— Mas você e o papai gostam — retruquei, baixinho, a cabeça tão abaixada que meu queixo encostava no peito. — E aí vocês não vão mais gostar de mim.

— De onde você tirou essa ideia, minha filha? — se intrometeu meu pai, olhando para mim pelo retrovisor. — A gente te ama!

— Nós somos uma família, não é? — Minha mãe estava com aquela voz calma e um tom razoável, querendo me mostrar, através da conversa, que meu medo era infundado. Eu assenti com a cabeça, sem desencostar o queixo do peito. — E uma família se apoia, se ama, se ajuda. Se você não gosta do mar, então a gente não vai mais no mar. E não ficamos tristes com isso. O mais importante é nós estarmos juntos, não é?

Ainda com um bico enorme de tristeza, assenti novamente enquanto minha mãe me dava um beijo na testa e fazia carinho no meu cabelo. No fim, acabamos voltando à praia quando eu era mais velha. Mas aquele momento de apoio, de ter os dois me tranquilizando, fez meu medo da rejeição amenizar um pouco.

Foi a risada da minha mãe que me trouxe de volta ao presente.

— Deixa de brincadeira, Raíssa — foi tudo que ela disse, levantando para voltar a arrumar a mesa.

— Mãe, eu não tô brincando. Eu sou mesmo...

— Não! — O copo que ela segurava escorregou da sua mão e se espatifou no chão, me assustando. — Você tá brincando, *sim* — ela me cortou, a voz trêmula.

Ela deixou escapar um soluço e levou a mão à boca. Pude ver uma lágrima escorrendo antes de ela deixar a sala às pressas. A porta do quarto bateu com força.

Levantei para ir atrás dela, mas, assim que passei pela cadeira do meu pai, ele me segurou pela mão.

— Deixa ela se acalmar, filha. — Ele me lançou um olhar compadecido. — Sua mãe precisa de um tempo.

Olhei para o chão, o coração esmurrando meu peito com força, a respiração falhando. Podia sentir o peso daquelas palavras comprimindo o ar do ambiente, como se a gravidade ali fosse maior do que no restante do planeta.

Eu sempre soube que aquela seria a parte mais difícil de todas, *se* um dia eu viesse a contar. Agora eu tinha contado e tinha sido ainda mais difícil do que eu imaginara. Minha mãe podia nunca mais querer falar comigo.

E se ela me expulsasse de casa?

E se eu me sentisse ainda mais presa do que antes?

— Ela vai me odiar pra sempre — deixei escapar, olhando para o meu pai novamente, tentando encontrar em seu rosto algo que não apenas confirmasse isso como também me dissesse o que *ele* estava pensando.

As lágrimas começaram a rolar sem que eu percebesse. Uma gota caiu no meu braço, perto de onde meu pai o segurava, e eu me apressei a secar o rosto com a mão livre, mas mais delas continuaram a descer.

— Deixa de ser boba, sua mãe te ama. E *eu* também — acrescentou, me puxando para mais perto, de modo que eu me virasse completamente para ele. — Você sempre vai ser nossa garotinha.

As lágrimas caíram com mais força, o pânico se alastrando pelo meu peito enquanto começava a sentir meu corpo tremer. Se ao menos eu estivesse pedindo que nunca mais voltássemos ao mar...

— Desculpa decepcionar vocês — sussurrei, a voz quebrando com um soluço alto enquanto eu voltava a olhar para o chão, desamparada.

Meu pai riu e levantou, arrastando a cadeira com um barulho. Então colocou a mão no meu queixo e fez com que eu o encarasse.

— Você nunca decepcionaria a gente, filha. — Ele hesitou. — A não ser que cometesse um crime. Ou se drogasse. Ou jogasse pelos humanos em Feéricos.

Não pude evitar abrir um sorrisinho em meio ao choro, um soluço irrompendo de repente. A sensação de alívio foi como me enrolar num cobertor numa noite gelada. Ela me acalmou o suficiente para que eu respondesse:

— Eu *nunca* jogaria pelos humanos, pai. Tenho princípios.

Retribuindo o sorriso, ele me puxou para um abraço. Enlacei-o pela cintura, minha cabeça batendo na altura do seu peito, e inspirei o cheiro familiar de desodorante masculino. As lágrimas voltaram a cair, molhando a camisa do meu pai, mas era um choro mais contido, menos desesperado.

Ali, em seu abraço, ouvindo suas palavras de carinho, percebi que, sim, as coisas iam mudar e talvez minha mãe demorasse a aceitar, mas eu preferia esse distanciamento a continuar me escondendo. Não era saudável para *mim*, afetava todos os relacionamentos que eu tinha e, principalmente, destruía o meu amor-próprio.

Era isso que eu devia colocar em primeiro lugar.

Quando meu pai se afastou do abraço, me segurou pelo ombro e, olhando nos meus olhos, disse:

— Eu só quero que você seja feliz, filha. Eu te amo do jeitinho que você é.

Abri um sorriso tímido, a visão embaçada de tanto chorar.

— Obrigada, pai. Você não tem ideia do quanto isso significa pra mim.

Com um sorriso, ele se afastou e foi até a área de serviço pegar uma vassoura para limpar os cacos de vidro do copo espatifado. Eu comecei a tirar a mesa e, quando tudo estava em seu devido lugar, nós dois olhamos para a porta do quarto dos meus pais.

— Pode deixar que eu converso com ela — afirmou ele, tentando soar confiante. — Só... tenha paciência, o.k.?

Assentindo com a cabeça, fui para o meu quarto e fechei a porta. Olhei ao redor e, em cima da minha cama, encontrei a sacola em que estava o Totoro de pelúcia que eu tinha comprado para mim e para Ayla. Fui até lá, tirei-o dali de dentro e fiquei segurando-o com as duas mãos, como se pudesse me acalmar.

O final de semana podia ter sido uma confusão, mas cada momento que eu tinha passado com Ayla me encheu de certeza de que o amor que eu sentia era real. Estar com ela me trazia uma clareza que eu nunca tive antes.

Eu não queria perder isso.

Eu não *ia* perder isso.

← 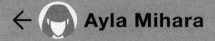 **Ayla Mihara**

30 DE JULHO

> Mais uma vez as férias de julho acabam e a escola continua a mesma bosta 01:42

A volta às aulas foi ruim? 01:42

Aquele menino tá te perturbando de novo? 01:42

> Não se o Samir puder evitar 01:42

> Mas nem é por isso 01:42

> É que a escola às vezes consegue ser um lugar bem opressor 01:42

> Sinto que as pessoas estão sempre esperando que eu seja alguém que não sou 01:42

!!!!! 01:43

Nossa, eu sinto a mesma coisa! 01:43

> Pq é tão difícil aceitar as diferenças das pessoas? 01:43

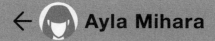 

Acho que é uma maneira das pessoas esconderem seus próprios medos 01:43

O mundo seria tão mais fácil se ninguém se preocupasse com a vida de ninguém 🙁 01:43

Talvez a gente deva começar uma revolução 01:43

Quem sabe as pessoas não começam a acordar e perceber que elas poderiam ser muito mais felizes se parassem de se preocupar com a vida alheia? 01:44

Tô dentro 01:44

32

AYLA

Já tinha se passado mais de uma semana desde a feira, e Vick, Drica e eu estávamos fugindo, mais uma vez, para matar aula no terreno baldio do lado da escola. Vick tinha me mandado uma mensagem mais cedo, dizendo que precisava me entregar uma coisa, e combinamos de nos encontrar no horário da aula de biologia.

Confesso que estava morrendo de curiosidade. Esperava que fosse outro bolo da Lídia. Eu *realmente* estava precisando.

No dia seguinte à Nevasca EXPO, tínhamos saído da aula direto para a casa dela, onde me esbaldei no bolo vegano delicioso. Depois que afoguei as mágoas em doce, contei tudo para as duas.

Foi quando percebi que elas me conheciam melhor do que eu tinha suspeitado.

— Eu tô chocada — disse Drica, sentada na cadeira da escrivaninha.

— Eu também — concordou Vick da cama. — Nunca vi a Ayla falar tanto na minha vida.

Revirei os olhos e taquei uma almofada nela, mas, infelizmente, não podia dizer que ela estava mentindo.

— Eu tô tentando, o.k.? — murmurei, sem graça. — Não é muito do meu feitio.

De pé, encostada na escrivaninha, cruzei os braços, envergonhada, e olhei para o chão. Tinha acabado de contar tudo que tinha acontecido no evento para elas. Tudo mesmo.

O que elas deviam estar pensando de mim?

— Bom, pelo menos agora esse Leo faz mais sentido — comentou Drica, quebrando o silêncio. Olhei para ela com uma expressão questionadora. — Esse homem tava bom demais pra ser verdade.

Uma risadinha escapou da minha boca. Vick e Drica riram do ronquinho que saiu, e eu me peguei lembrando o quanto o Leo achava fofa a minha risada. O Leo não... A Raíssa.

Ainda era confuso demais para mim.

— Eu não sei o que faço. — Encarei as duas, o olhar voltando a ficar sério, a testa franzida em desespero.

— Não é óbvio? — perguntou Drica. Quando olhei para ela, arqueando a sobrancelha, ela deu de ombros. — A pessoa por quem você tá apaixonada é a Raíssa. Achei que era simples.

Engoli em seco, meu coração disparando como se eu estivesse correndo uma maratona.

— Mas eu nem sei o que é real ou não! — tentei argumentar, sentindo minha voz mais aguda que o normal. — Nem sei se as coisas que ela me contou são verdade.

— Mas você mesma disse. Vocês se deram bem, você gostou dela, vocês se beijaram. Tá tudo aí na sua cara, Ay. Só falta você querer enxergar — Vick disse.

— Mas... ela é uma *garota* — insisti, baixinho.

Vick e Drica se entreolharam.

— E daí? Não era como se a gente não soubesse.

Eu me lembrei da Drica dizendo que pensava que eu era lésbica.

— Mas como vocês podiam saber?

— Dá pra ver no seu olhar quando você se interessa por alguém — Vick explicou, fazendo um gesto de desdém para me impedir de continuar protestando. — Tava na cara que você era a fim da Ana Luiza quando chegou no Santa Helena. Você não é tão boa atriz.

Drica assentiu.

— E você tem uma obsessão absurda pela Kristen Stewart pós-*Crepúsculo*.

Cruzei os braços e olhei para o meu sapato, cutucando o chão com a ponta.

— Bom… Eu não tenho culpa se ela ficou maravilhosa depois que se assumiu.

— Não tem mesmo. Ela *ficou* maravilhosa. — Vick abriu um sorrisinho. — E você também é. E é isso. Não é nada de mais.

— Mas eu também gosto de meninos, sabe… Isso não é meio estranho?

Drica balançou a cabeça com a sobrancelha arqueada.

— Não tem nada de estranho, Ayla. Você tem o direito de gostar de quem você quiser, isso não muda nada.

— O que importa aqui é: você está apaixonada pela Raíssa. Tudo bem que ela mentiu sobre algumas coisas da vida real dela e isso você tem que decidir se consegue perdoar, ou se *quer* perdoar. Mas as conversas que vocês tiveram, a química, tudo isso foi real. A mentira dela não anula seus sentimentos.

— Independente do que você decidir fazer, a gente vai te apoiar, amiga.

Por mais bobo que pudesse parecer, essa era a primeira vez que Drica me chamava de "amiga". Ela só chamava a Vick assim. Nesse momento eu percebi que eu tinha cruzado um limite. Elas também sentiam isso. Eu estava me abrindo de verdade e me permitindo ser a amiga que elas precisavam.

E a Raíssa tinha tudo a ver com essa mudança.

— Mas se você decidir voltar pro seu casulo, eu mesma vou te agredir — brincou Vick, me fazendo rir e suspirar.

Alguns dias já tinham se passado desde essa conversa, mas eu ainda não tinha tomado coragem para fazer o que queria. A bem da verdade, eu estava esperando que Raíssa dissesse *alguma* coisa, que quebrasse o silêncio e viesse me pedir desculpas de novo.

Não era o que ela devia fazer? Ou era a minha vez?

Será que ela estava me dando espaço, respeitando meu distanciamento, como eu imaginava que fosse fazer?

Eu tinha descoberto nesses últimos dias que a Ayla *de verdade* morria de medo de tomar atitudes. Principalmente se elas pudessem resultar em algum tipo de rejeição.

A Ayla de verdade morria de medo de ser rejeitada.

Parei um segundo no alto do muro que dividia a escola e o terreno baldio ao lado, admirando o horizonte, como gostava de fazer. O tempo hoje estava fechado e ventava tanto que meus cabelos, mesmo presos, deslizavam pelo prendedor e se enrolavam no meu rosto. Por cima do barulho do vento, ouvi passos vindo pela passagem estreita que levava aos fundos da escola.

Respirei fundo e pulei. Então levei um dedo à boca, pedindo que Vick e Drica ficassem em silêncio.

— Ayla? Vitória? Adriana? — Era a voz da Irmã Celestina.

Droga.

Drica fez uma careta.

— Meus pais vão me matar — ela sussurrou depois de um tempo em silêncio, quando começamos a nos mover em direção à parte oculta pela obra.

— Será que a gente devia voltar? — perguntei, insegura, porque não queria provocar uma briga em casa justo agora que minha mãe e eu estávamos começando a nos acertar.

E eu já estava de castigo por ter ido à Liberdade, algo que Sayuri infelizmente não esqueceu. Quando cheguei em casa na segunda, ela estava lá, conversando com a minha mãe.

Foi péssimo, mas eu merecia.

— Agora já era, vão procurar a gente — respondeu Vick, parecendo a mais tranquila de nós três. Também pudera, a mãe dela tinha o maior prestígio na escola por sempre fazer doações generosas à instituição. — Se a gente aparecer vão saber que fizemos algo errado.

— E se a gente não aparecer também! — exclamei com a voz esganiçada.

A Ayla de verdade aparentemente também era medrosa.

— Por isso mesmo: melhor a gente aproveitar, né? — Vick deu um sorrisinho de lado, e suspirei.

— Tá bom. — Então me joguei no chão. — Diz aí o que você tem pra mim.

— Bem que podia ser bolo — disse Drica, como se lesse minha mente. — Tava bom demais o da semana passada. Ela não fez nada de diferente mesmo?

— Se fez, a Lídia nunca vai contar. É segredo de Estado aquela receita. Bufei.

— Mas não, não é bolo. — Ela pegou o pacote que estava ao lado dela e me entregou. — Chegou pra você ontem na minha caixa postal.

Encarei a caixa de papelão.

No remetente, estava o nome da Raíssa.

— Pensei que você fosse preferir abrir fora da escola. Se quiser a gente vai dar uma volta.

Quando eu não disse nada, ainda perplexa, elas começaram a levantar.

— Não. — Estendi a mão para elas, interrompendo-as no meio do movimento. — Fiquem aqui.

As duas se entreolharam e deram de ombro antes de voltarem a sentar.

Comecei a tirar o lacre da caixa, me sentindo nervosa de repente. Será que ela estava me mandando seu Totoro ou qualquer coisa do tipo, num gesto simbólico que declarasse o nosso fim?

Não nos falávamos desde a feira, afinal. Era tão improvável assim?

Quando por fim abri a caixa, tudo que encontrei ali dentro foi um livro. Era *Orgulho e preconceito*, meu romance clássico preferido, e que Raíssa, quando era o Leo, sempre tinha se recusado a ler para as nossas trocas pelo correio. Ele dizia que não gostava de histórias românticas, mas agora eu não tinha mais certeza se falava isso para manter a aparência — como se homem não pudesse gostar de romance — ou se era realmente verdade.

Tirei o livro da caixa, deixando-a de lado, e abri a primeira página. Havia um post-it grudado na folha de rosto.

*Você estava certa. Histórias românticas
até que podem ser bem legais.*

E na página seguinte, outro:

(Mas ter Orgulho e preconceito *como
livro preferido é muito clichê da sua parte)*

E mais um na seguinte:

(Pelo visto, eu sou bem clichê também)

Sorri discretamente enquanto continuava a folhear o livro. Todas as páginas em que ela tinha feito anotações estavam marcadas com post-it, mas eu folheei uma por uma mesmo assim, procurando qualquer vestígio de comentários que Raíssa pudesse ter começado a fazer, mas então desistiu e apagou, ou desenhos que tivesse feito e não se importado em marcar. Ela fazia isso com frequência.

Em uma das páginas, havia um trecho destacado com marca-texto amarelo: "É razoável; mas não é bonita o bastante para me tentar; e no momento não estou disposto a me envolver com moças desdenhadas pelos outros homens". Ao lado, Raíssa tinha escrito:

*Não me surpreende que o ego do homem hétero cis branco
seja tão grande. Ele vem sendo cultivado desde antes do século XVIII!*

Contive uma risada, ciente de que Vick e Drica me observavam. Eu devia estar parecendo uma boba. Ainda que a Raíssa e eu estivéssemos de fato conversando desde abril, isso agora parecia completamente novo. Talvez porque tivéssemos nos encontrado pessoalmente. Talvez porque tanto eu quanto ela tivéssemos nos livrado das coisas de que mais tínhamos medo — ou pelo menos estivéssemos tentando. Agora tudo parecia ainda mais real.

Quando abri numa página já mais para o final do livro, percebi duas coisas: primeiro, que o post-it desta vez era rosa, e segundo, que havia uma carta ali. O trecho marcado era: "Você é generosa demais para brincar comigo. Se os seus sentimentos ainda são como eram em abril, diga-me de uma vez. Minha afeição e meu desejo permanecem inalterados, mas diga uma palavra e me calarei para sempre sobre esse assunto".

Mordi o lábio, surpresa com a coincidência na menção ao mês que nos conhecemos. Então deixei o livro de lado e abri a carta.

Meu coração pareceu se apertar a cada linha enquanto as lágrimas escorriam pelo meu rosto, alheias à minha vergonha, alheias a qualquer coisa ao meu redor, exceto às palavras da Raíssa.

Ay,

Você lembra aquele primeiro filme que assistimos juntas, no dia do seu aniversário? Era sobre um cara que se vestia de mulher para ficar de babá pros filhos e poder passar mais tempo com eles depois de ter se separado. Ele amava tanto as crianças que não podia suportar a ideia de ficar longe delas.

Na época, ainda éramos apenas colegas de jogo, mas eu acho que ali, naquele dia, foi quando a gente ultrapassou o limite que eu mesma colocava entre mim e as minhas amizades de Feéricos, justamente porque não queria ter que passar pelo que passamos.

Na hora eu não percebi que havíamos ultrapassado essa barreira. Mas eu lembro de ter ficado encucada com aquela escolha de filme que falava sobre fingir ser alguém que você não é. E lembro também de uma coisa que você disse que ficou gravada na minha memória por muito tempo.

"Deve ser horrível ter que fingir ser outra pessoa pra poder ficar perto de quem você ama. Mas acho que deve ser ainda pior não poder estar perto dela."

Eu mal sabia o quanto isso iria se aplicar a nós duas. Mas foi exatamente assim que eu passei a me sentir quando percebi que estava apaixonada por você. Eu me odiava por estar mentindo, mas, ao mesmo tempo, não queria nunca perder aquilo que nós tínhamos. Foi egoísmo meu, eu sei. Mas depois de tanto tempo reprimindo quem eu era, aquelas horas que passávamos jogando e conversando significavam tudo para mim. E eu morria de medo de que isso acabasse e eu tivesse que voltar ao meu mundinho de faz de conta.

É curioso que, apesar de estar fingindo ser outra pessoa, eu me sentisse tão livre para ser quem eu era com você. Nós estávamos na mesma frequência, tínhamos uma conexão que eu nunca senti com ninguém.

Mas as coisas foram ficando complicadas demais. Com o tempo, a mentira me consumiu. Eu tinha que mentir constantemente para você, tive que atrapalhar a vida do meu melhor amigo para que me ajudasse (ele é o Leo de verdade, aliás, a pessoa em quem me inspirei). Chegou um momento em que as coisas ruins começaram a se sobrepor às boas. Mas eu não sabia mais como fugir daquela bola de neve.

Então eu te conheci e foi ali que percebi que não podia continuar mentindo, não importava se eu saísse machucada no final. Você não merecia isso. Você merecia minha sinceridade, mesmo que isso significasse nosso fim. E eu não tinha você de verdade, não é?

Eu ia te contar quando você me beijou. E, nessa hora, alguma coisa dentro de mim acordou. O seu beijo me deu forças para te contar a verdade, para me assumir. No fim, você descobriu de outra forma e tudo acabou desandando, mas isso não invalida o que você me trouxe de bom: percebi que eu precisava parar de mentir sobre toda a minha vida.

No domingo, quando cheguei em casa, eu me assumi para os meus pais e fiz as pazes comigo mesma. E foi graças a você.

Mesmo que você não me queira mais depois de tudo isso, eu espero que você entenda. Esses últimos anos da minha vida não têm sido fáceis, mas você tornou tudo melhor. E eu nunca vou esquecer nada que passamos juntas.

Se você quiser me procurar, eu estarei aqui te esperando.

Mas se você não quiser, eu vou respeitar. E vou sempre te guardar no meu coração.

Muito obrigada por ter me salvado de mim.

Com amor,
Raíssa

33

RAÍSSA

Ficar ansiosa nunca resolveu problema nenhum. Ainda assim eu estava; era inevitável.

— Ray, se você olhar esse celular de novo eu juro que vou arrancar ele de você.

Olhei para cima e encontrei Gabi, sentada no banco de concreto do parquinho do meu prédio, com a mão na cintura, me encarando. Eu estava sentada no chão à sua frente, de pernas cruzadas. Dali de baixo, seu olhar parecia ainda mais ameaçador.

Me encolhi e coloquei o celular sobre a perna, a tela voltada para baixo.

— Desculpa. Eu juro que tô prestando atenção — prometi e entrelacei os dedos, apoiando o queixo nas mãos para parecer completamente interessada.

A Gabi suspirou.

— O.k., então... O que vocês acham que eu devo fazer?

Tentei não deixar transparecer minha confusão. *Será que ela ainda está falando do Juliano?*

O Leo veio em meu socorro.

— Ah, Gabi, se você quer que eu seja totalmente sincero, eu acho que você fez certo em terminar...

— Eu pedi um tempo — ela interrompeu, ansiosa. Gabi torcia as mãos no próprio colo sem perceber.

— O.k., terminou, pediu um tempo, que seja. Acho que você fez certo. Você merece alguém melhor que o Juliano. — Leo hesitou, mas como Gabi não o cortou novamente, ele continuou. — O cara é meio idiota, né? Você pediu um tempo pra ele, e ele fica te mandando mensagem toda hora querendo saber o que você decidiu. Fora que ele vivia implicando comigo… Ele não sabe que não se implica com os amigos da namorada?

Eu fiz uma careta. Ele estava sendo um insensível, mas eu também sabia que ele guardava aquela opinião havia *muito* tempo.

— Eu concordo com o Leo, ainda que não com as mesmas palavras.

Ele revirou os olhos.

— Eu acho que você devia só ignorar as mensagens dele — respondi, cautelosa, com medo de que estivesse supondo errado a pergunta que Gabi tinha feito e eu não ouvi. — Se ficar respondendo ele vai achar que tudo bem continuar mandando. Quer dizer, cadê o respeito pelo tempo que você pediu, né? E sinceramente isso pra mim quer dizer muita coisa sobre a personalidade dele e sobre como ele vê você no relacionamento. Quando foi a última vez que vocês fizeram algo que *você* sugeriu?

Ela olhou para as próprias mãos enquanto pensava.

— Não lembro — respondeu por fim, depois de um longo tempo.

— Pois é. — O silêncio se estendeu por alguns segundos. — Olha, eu sei que não sou a pessoa ideal para falar sobre isso, mas se teve uma lição que aprendi depois dessa viagem foi que ficar se omitindo só te faz infeliz.

Gabi abriu um sorriso discreto.

— Já te falei que tô muito orgulhosa de você?

— Acho que você mencionou — falei, rindo.

— Que bom. Porque eu tô *mesmo* muito orgulhosa.

— Ah, como vocês duas são fofas — Leo brincou, se esticando para alcançar minha bochecha com uma mão enquanto apertava a da Gabi com a outra.

Eu fugi dele me inclinando para trás e afastando a mão.

— Sai daqui, deixa minha bochecha!

Ele só desistiu quando quase caiu do banco. Não consegui conter a risada.

— Aliás, falando nisso... Quer dizer, não tem nada a ver com nada disso, mas... — A Gabi olhou do Leo para mim e, na mesma hora, eu soube o que ela ia perguntar. Ela parecia ainda mais nervosa do que antes. — Eu estava conversando com a Ray no sábado da feira e... e percebi que... quer dizer, eu achava que...

Olhei para Gabi com pena. Ela parecia estar morrendo de vergonha! Resolvi intervir.

— A gente percebeu que tem algumas coisas que a Gabi só sabe pelo que o povo idiota do colégio fala. Sobre você, no caso.

O Leo franziu a testa e levou alguns segundos para entender o que eu estava falando.

— Ahh... Mas... Como assim? — Ele olhou para ela, surpreso demais.

— Pois é. — Abri a boca para continuar, mas, nesse momento, meu celular vibrou e eu o peguei tão rápido que o Leo e a Gabi se sobressaltaram.

— É ela? — perguntou o Leo.

Eu olhei para a tela, o coração martelando no peito como um pássaro desesperado para sair da gaiola.

Sem erguer o olhar, respondi:

— É.

O nome da Ayla, estampado na tela de bloqueio, era como música aos meus ouvidos, ainda que tudo e todos ao meu redor estivessem em silêncio. Era um fio de esperança.

A melhor parte daquele momento suspenso no tempo era a sensação do celular em minhas mãos. Do *meu* celular. Eu tinha devolvido para minha mãe o aparelho que usava para falar com a Ayla e jogado o chip fora. Não fazia mais sentido guardá-lo, agora que a verdade tinha sido revelada, e eu nem queria, para ser sincera. Não me trazia lembranças boas. Era um lembrete constante do quanto eu tinha iludido e enganado a Ayla — e a mim mesma.

Sua mensagem no *meu* celular era um atestado de que as coisas tinham mudado. Já havíamos nos falado por ali antes, mas era quando ainda pensava em mim como a irmã do cara de quem ela gostava.

Agora todas as cartas estavam na mesa.

A Gabi agitou as mãos como se tentasse chamar minha atenção, me pedindo para continuar.

— E aí?

— Ela perguntou se eu quero jogar.

— E o que você tá esperando? — indagou o Leo.

Eu estava meio catatônica, sem acreditar que ela tinha realmente vindo falar comigo e ainda mais para me chamar para jogar. Os dois tiveram que levantar do banco e me puxar pelos braços para que eu me mexesse.

— Vai logo, a gente vai ficar por aqui conversando. Qualquer coisa chama a gente.

Leo abriu um sorriso, tentando me incentivar, e eu retribuí.

— Tá bom. — Senti uma corrente de adrenalina percorrer meu corpo. — Obrigada! — falei, já começando a correr em direção ao interior do prédio. — Amo vocês! — gritei por cima do ombro antes de entrar no corredor. Quando vi que os dois elevadores estavam nos últimos andares, eu segui para a escada de incêndio e corri até o segundo andar.

Assim que entrei em casa, passei correndo pela sala vazia. Meus pais ainda estavam no trabalho, o que era bem providencial. Eu não queria ter que me explicar para minha mãe, que tinha preferido fingir que nossa conversa sobre a minha sexualidade não existiu, e meu pai... Bem, meu pai estava tranquilo, mas eu ainda não tinha certeza se conseguiria contar a ele sobre a Ayla.

Liguei o computador apressada e cada segundo que passava parecia uma eternidade. Quando finalmente abri Feéricos e o Skype, uma notificação de ligação apareceu no meio da tela.

Era uma chamada de vídeo.

Da Ayla.

Eu ajeitei o cabelo e respirei fundo antes de aceitar.

— Oi. — Deu para notar a instabilidade na minha voz mesmo com aquela simples palavra.

A Ayla estava usando um headset com os cabelos pretos soltos embaixo. Ela não sorriu quando me viu, mas sua expressão não era exatamente hostil.

Acho que ela também estava nervosa.

— Preciso de ajuda numa missão. Será que você pode me dar cobertura aqui? Tô morrendo toda hora.

O olhar dela estava focado no teclado, como se estivesse com vergonha.

— Claro — respondi, já abrindo o jogo e procurando pelo avatar dela no meu mapa. — Tá em Telúria?

— Isso.

— Tô indo.

Usando o teclado, chamei meu dragão e segui até o ponto em que a Ayla estava no jogo. Por alguns minutos, tudo o que ouvi foi o som dos nossos cliques. A missão era fácil demais para ela estar tendo dificuldade sozinha.

Foi aí que eu percebi que tinha sido só uma desculpa para me ligar.

Não consegui conter o sorriso.

— Do que você tá rindo? — perguntou a Ayla na mesma hora.

Logo fechei a cara, sem perceber que estava sendo observada. O jogo ainda estava aberto em primeiro plano no computador, ocupando a janela inteira. Eu saí do programa e voltei para o Skype.

— Nada. Só tô feliz por estar jogando com você de novo.

— Isso não quer dizer que eu te perdoei.

Eu duvidava muito disso, mas ainda assim suspirei e tentei não parecer tão presunçosa. Não tinha nem direito de fazer isso. Fui eu que errei, afinal. Ela merecia que eu me arrastasse aos pés dela, pedindo desculpas.

E eu estava mais do que preparada para isso.

— O.k. Mas será que você me permite o direito de defesa?

— Vá em frente — ela disse, tentando não parecer ansiosa demais.

Abri o navegador e entrei numa pasta do meu Drive, que eu tinha deixado preparada para esse exato momento. Então copiei o link e mandei para ela no Skype.

— Cadê? Não vai falar nada?

— Entra no link que eu acabei de te mandar — pedi, sem me estender muito.

Pude vê-la mexer no mouse, clicando no link, então franzir a testa.

— O que é isso?

— São prints de todas as vezes que eu falei pro Leo que ia contar a verdade pra você, que disse que me odiava por estar mentindo ou qualquer coisa do tipo.

— Mas tem mais de cem imagens aqui…

— Eu sei. — Ela não disse nada, mas dava para ver que estava abrindo as capturas de tela e lendo as conversas. Deixei que ela visse algumas delas antes de voltar a falar. — Eu sei que isso não justifica o que eu fiz, mas queria que você soubesse que eu me arrependia todos os dias da mentira. Não fiz nada disso tentando te enganar intencionalmente. Eu *queria* contar, mais do que tudo no mundo, mas gostar de você meio que me desestabilizou. — Abri um sorriso triste, pensando no quão difícil tinham sido os últimos meses desde que conheci a Ayla. Ao mesmo tempo também foram os mais incríveis da minha vida. — A nossa relação mudou muito a minha relação comigo mesma. Porque o fato de eu gostar de você dificultava um pouco que eu continuasse a negar minha sexualidade. Era mais fácil esconder isso dos outros e de mim mesma quando tudo que eu tinha eram algumas paixões platônicas. Mas você, Ayla… você era real. A gente se entendia, tinha algo ali entre nós que nunca tinha sentido antes. Você começou a fazer parte da minha vida. E isso mexeu muito comigo porque eu não me sentia preparada pra admitir que era lésbica. E eu ficava me enganando, sabe? Dizendo que a gente nunca ia se encontrar. Que um dia você ia conhecer alguém e a nossa relação ia esfriar, você ia se distanciar e eu nunca teria que dizer a verdade.

Senti minha voz tremer e parei para respirar fundo. Eu não queria chorar. Sabia que se começasse ia ser difícil parar. Então inspirei e expirei, como fazia quando queria controlar minhas crises de ansiedade.

— Quando recebi a sua mensagem dizendo que estava a caminho da feira, eu entrei completamente em pânico. E aí eu percebi que, por mais que eu quisesse, não tinha coragem de te contar a verdade. Eu tinha medo de tudo mudar. Não só a nossa relação, mas tudo na minha vida, sabe? Então eu pedi pro Leo fazer aquele último favor pra mim e fingir ser eu naqueles três dias. — Fiz uma pausa para respirar. — O Leo é meu melhor amigo, como te expliquei na carta. Ele não é meu irmão, mas é como se fosse. — Abaixei o olhar, me sentindo ainda mais arrependida por todas as mentiras acumuladas. — Enfim... depois do evento, eu ia terminar com você e me afastar de verdade e pronto. Tudo ia acabar. Mas as coisas tomaram outro rumo...

Apesar da imagem meio pixelada, pude ver os olhos de Ayla concentrados na tela, marejados.

— Aquela tarde que a gente passou junta... Eu acho que nunca me senti tão feliz na minha vida. E depois disso eu caí em mim. Você não merecia que eu te enganasse daquele jeito. Eu já sabia disso, mas as mentiras foram virando uma bola de neve e eu não fazia ideia de como desfazer aquela confusão toda. Mas quando eu te conheci e vi que você sentiu que o Leo não era o Leo com quem você conversava todos os dias, mesmo que não entendesse de verdade o que tava acontecendo... Quando eu vi o quanto a gente tinha se dado bem, mesmo que você não fizesse nem ideia de que era comigo que conversava todos os dias... Acho que foi nessa hora que a consciência me bateu de verdade. Mas, antes que eu conseguisse criar coragem, você me beijou.

Deixei o silêncio pairar entre nós enquanto eu recuperava o fôlego.

A Ayla resolveu quebrar o silêncio antes de mim.

— Talvez eu soubesse, inconscientemente. Cheguei até a cogitar a possibilidade. Mas parecia tão surreal... Quer dizer, o Leo estava ali, na minha frente, a voz era um pouquinho diferente — ela deu uma risadinha —, mas no geral não havia nada que me fizesse duvidar. Então como eu podia levar essa hipótese a sério? Ainda assim eu me sentia mais ligada a você, que eu achava que nem conhecia direito, do que ao Leo e...

— Eu sei — interrompi, ansiosa para explicar tudo. — E confesso que fiquei um pouquinho chocada quando você me beijou porque acho que eu me odiava tanto pelo que estava fazendo e por ser *assim*, por gostar de meninas, que nunca realmente me permiti acreditar por um segundo que pudesse haver qualquer coisa entre nós, mesmo se eu tivesse te contado a verdade desde o começo.

— Talvez, se você não tivesse mentido, eu não fosse mesmo me permitir gostar de você. — Ela deu um sorrisinho sem graça. Eu quis tocar na tela, tocar *nela*, e sentir seu calor de novo. — Eu sabia que tinha alguma coisa diferente em mim... Eu gostava de meninos e isso foi fácil de perceber. Quer dizer, é o que todo mundo diz que é o normal, então eu nunca tive que entrar em conflito por isso. Mas também gostava de algumas garotas, e eu me dizia que era só admiração, que era curiosidade e logo ia passar, que era só fase da adolescência. Acho que eu entendo o que você sentiu esses meses, porque eu também me sentia assim quando a gente estava junta. A verdade é que eu te beijei porque eu queria comprovar se o que eu estava sentindo por você era verdade. Que não era só minha frustração com o Leo. Mas era verdade mesmo. E eu fiquei assustada com quão certo foi.

— Eu também — respondi num sussurro. — Mas ao mesmo tempo foi libertador. Conhecer você mudou a minha vida, Ayla.

Uma sombra de sorriso se instalou na boca dela.

— Você disse na carta que contou pros seus pais...

Eu assenti.

— E como eles reagiram?

Deixei escapar um suspiro e olhei para minhas unhas malfeitas, apoiadas na escrivaninha.

— Meu pai foi ótimo, mas minha mãe tá fingindo que eu nunca disse nada.

A expressão de expectativa dela se fechou de tristeza.

— Sinto muito.

— Tudo bem. Acho que no fundo já esperava isso dela. Fiquei surpresa com quão receptivo meu pai foi, mas... O mais importante é que eu não esperava isso de *mim*. Há duas semanas, se alguém tivesse me dito que eu ia te conhecer pessoalmente, te beijar e me assumir pra minha família, acho que eu teria xingado a pessoa.

A Ayla riu, e senti o gelo entre nós começar a se dissolver. Tudo começava a parecer normal outra vez. Mas não como antes.

Melhor.

— Se alguém tivesse me dito que eu iria conhecer o Leo e, no dia seguinte, beijar uma garota, acho que essa pessoa teria apanhado.

Abri um sorriso, agora mais abertamente.

— Eu tava quase esquecendo como você é agressiva.

A expressão de ultraje no rosto da Ayla me provou que estávamos mesmo nos acertando. Ela estava me perdoando.

Mas o que isso significava?

— Ei! Nem faz tanto tempo assim — ela reclamou.

— A gente se fala todos os dias há quase cinco meses. Dez dias é uma eternidade pra mim.

Ela sorriu, dessa vez de verdade, com o rosto todo, fazendo seus olhos se enrugarem, quase fecharem.

— Você também mudou minha vida, Ray — disse com uma voz doce. — Você não tem noção da importância que tem pra mim. As coisas entre nós podem ter começado confusas, mas nada na minha vida parece tão certo quanto a gente.

Fiquei ali, sorrindo, olhando para ela como uma boba. Me permiti estender a mão e tocar na tela, me sentindo feliz e, ao mesmo tempo, frustrada.

— Odeio que a gente esteja tão longe.

— Eu também. — Ela estendeu a mão para fora do alcance da tela e, quando a puxou de volta, estava segurando o Totoro de pelúcia que eu tinha comprado para nós duas. — Não sei como isso vai funcionar, mas... — Ela apoiou os pés sobre a cadeira e, colocando o Totoro em cima dos joelhos, segurou-o com força. — Eu acho que te amo.

Soltei uma risada, parecendo mais relaxada com a declaração do que realmente me sentia. Meu coração tinha acelerado, e eu podia sentir o nó em meu estômago, mas dessa vez a sensação não era de ansiedade — era de alegria.

— Bom, eu tenho *certeza* que te amo. Mas entendo que eu tive mais tempo pra pensar nisso.

Do outro lado da tela, a Ayla acompanhou minha risada.

— Fica tranquila que a gente vai dar um jeito de fazer as coisas funcionarem — assegurei, apesar de também não fazer ideia de como ia ser. — Contanto que a gente esteja junta.

— E conte a verdade uma pra outra — ela alfinetou.

— E conte a verdade uma pra outra — concordei, repetindo suas palavras.

Ela sorriu para mim, e eu sorri para ela.

Foi aí que percebi que não importava quão difícil as coisas pudessem ser a partir de agora e quais obstáculos e preconceitos eu teria que enfrentar, era por momentos como aquele — por aquela sensação no peito, por aquele sorriso no meu rosto e no rosto da Ayla — que eu sabia que toda a minha luta valeria a pena.

Nada no mundo era mais incrível do que a felicidade que eu estava sentindo agora.

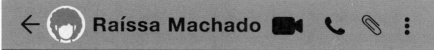

20 DE SETEMBRO

Ok, se vamos fazer isso direito, precisamos trabalhar uma coisa muito importante 16:16

https://spoti.fi/2M0mOAS 16:16

Essa é a lista de todas as músicas que você precisa conhecer se quiser continuar comigo 16:16

Vc tem noção de que, se essa lista for decepcionante, pode ser que ela acabe com tudo entre a gente? 16:20

Tenho sim, e estou preparada pra isso 16:22

Ok, então vou escutar 16:23

Se eu aprovar, faço a minha e te mando 16:23

Tudo bem, estou no aguardo 16:23

Escute com carinho 20:16

https://spoti.fi/2WX8eet 20:16

Isso significa que não te decepcionou? 20:18

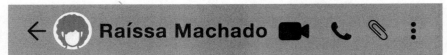

> A resposta tá na última música da playlist 20:20

> Mas não vale pular 20:20

Tá bom 20:22

Ai!!!! 20:26

Que música linda!!! 20:26

> VC PULOU? 20:30

Óbvio, aprendi a ser rebelde com vc ♡ 20:31

Acrescentei uma música na minha playlist 20:31

Em resposta à sua 20:31

> Vou ouvir 20:31

> AI, TE AMO 20:35

> ♡♡♡♡♡ 20:35

Te amo mais ♡ 20:36

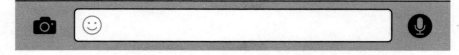

Epílogo

AYLA

Dois meses depois

— Eu só não consigo entender por que, depois de sete méses me sacaneando por gostar de velharia, vocês tão insistindo tanto nisso. — Olhei para Drica e Vick, desconfiada. — Vocês *sabem* que no cinema não tem como pausar o filme nem voltar porque não entenderam a legenda, né?

Adriana lançou um olhar sarcástico para mim. Deixei escapar uma risadinha.

— O.k., eu sei que vocês sabem o que é cinema e até gostam — expliquei antes que elas ficassem irritadas com a implicância. — Mas esse cinema em específico tem a proposta de parecer antigo, ainda usa rolos e tudo. Vocês sabem, né?

— Claro, né? — Vick respondeu, levemente impaciente. — Por que outro motivo a gente escolheria *esse?*

— É exatamente isso que quero saber — falei, exasperada. — Por que vocês escolheriam *esse?*

Drica deu de ombros.

— Tédio.

— Curiosidade — disse Vitória.

Voltei a olhar desconfiada para as duas.

— Aposto que vocês estão aprontando alguma...

— Credo, Ay, dê um pouco mais de crédito pra gente.

— Só estamos tentando ser boas amigas e conhecer seu cinema favorito — endossou Drica. — A gente não precisa passar a vir aqui sempre só porque tá vindo uma vez pra conhecer, né?

— Não, mas...

— Então pronto — interrompeu Drica, agarrando meu braço e me puxando em direção ao cinema.

Elas tinham ido me buscar em casa, que ficava bem longe do bairro onde moravam, dizendo que queriam *muito* conhecer o meu cinema preferido, um lugar meio velho e que provavelmente faliria em breve. Assim, do nada. Quer dizer, tínhamos combinado isso durante a semana, mas ainda assim foi tudo muito repentino.

Não era do feitio das duas saírem da sua rota de áreas nobres de Campinas.

O.k., talvez eu estivesse sendo injusta. A Drica e a Vick estavam tentando ser mais abertas às minhas sugestões, desde que eu tinha prometido que ia confiar mais nelas e ser menos reservada. Elas conheceram minha mãe — que estava bem menos rígida do que nos últimos meses, desde que meu pai tinha saído de casa, ainda que, é claro, não *tanto* assim —, foram à minha casa depois da escola (mais de uma vez!) e até toparam assistir um filme clássico para entender por que eu gostava tanto "dessas coisas".

Elas também acompanharam todo o meu desespero quando eu descobri que, de fato, ia conhecer meu irmão, e ficaram comigo até o último segundo antes do encontro, quando meu pai foi me buscar em casa para me levar para almoçar e conhecê-lo. Depois, ainda me ajudaram a escolher um presente para ele e me encheram de conselhos — não muito bons, devo acrescentar — sobre como lidar com essa novidade que era *ter um irmão*. Especialmente quando esse irmão já tinha onze anos.

Vick e Drica estavam sendo ótimas. Elas *mereciam* que eu confiasse nelas.

Relaxei e me deixei ser levada.

— Tudo bem... — foi tudo o que eu disse antes de ouvir meu celular tocar. Quando tirei o aparelho do bolso e vi o nome da Ray estampado, o sorriso que abri foi involuntário.

— Ah, não… Lá vem a melação — Drica reclamou, revirando os olhos. Eu mostrei a língua para ela antes de atender.

— Oi, amor!

— Oi, bonita. Tá em casa? — A voz dela parecia animada.

— Não… tô indo no cinema. — Por um instante, pensei que ela queria me chamar para jogar, mas então notei o barulho de rua ao fundo. — Onde você tá?

— Vim no cinema também.

— Hmmm, sozinha? — perguntei, parecendo mais ciumenta do que eu realmente pretendia. Sabia que provavelmente ela estava com o Leo e com a Gabi, que eram seus melhores amigos. Eu tinha mais inveja deles por poderem estar com ela o tempo todo do que ciúmes.

Ainda era um pouquinho estranho pensar no Leo, amigo dela, como uma pessoa totalmente separada do "Leo" com quem fiquei conversando nos últimos meses. Logo depois que Ray e eu fizemos as pazes, cheguei a conversar com ele uma vez por Skype, num dia em que os dois estavam juntos. Ele me pediu desculpas por ter mentido e ficamos conversando por um tempo, mas foi bem desconfortável. Agora, porém, eu já estava aprendendo a me acostumar. Na verdade, desde que a Raíssa comentou que a Gabi tinha terminado com o namorado e que ela suspeitava que a amiga estivesse sentindo alguma coisa pelo Leo, ele tinha passado a ser parte do meu *ship* preferido. Meu maior passatempo era ouvir as suspeitas da Ray e buscar sinais que indicassem que um dia eles ficariam juntos.

Até agora eu só tinha me decepcionado. O Leo simplesmente não tomava *atitudes*. Era bem frustrante até.

— Não, tô esperando uma garota — respondeu a Raíssa no celular, me fazendo focar completamente na conversa.

— Ei! Que garota? — Bom, talvez *agora* eu estivesse com ciúmes. Um pouquinho só. Ela estava me provocando.

— Uma garota linda e bravinha que tá vindo na minha direção. Olha pra frente.

Eu olhei.

Boquiaberta, avistei a Raíssa do outro lado da rua, na frente da bilheteria do cinema, aonde Vick e Drica estavam me levando.

Mal tive tempo de registrar antes de dar um berro de felicidade e sair correndo.

— O que você tá fazendo aqui? — gritei, pulando no colo dela e me agarrando ao seu pescoço.

— Ayla, eu vou cair! — Ela cambaleou e estendeu uma mão para se apoiar na parede enquanto retribuía meu abraço com a outra. A risada dela em meu ouvido foi como música.

A nossa música.

— O que você tá fazendo *aqui*? — repeti, voltando para o chão quando ela quase caiu para trás. — Aqui, em Campinas, no meu cinema preferido?

Eu sabia que estava soando um pouco histérica, mas não podia evitar. A Raíssa estava ali! Ali, na minha frente! Eu tinha acabado de abraçá-la!

— Consegui convencer meu pai a convencer minha mãe a passar o final de semana aqui. — Ela riu, os olhos brilhando de felicidade.

Foi então que uma voz masculina nos interrompeu, saindo da lanchonete logo ao lado do cinema. Eu olhei para o homem, que era praticamente a Raíssa de barba, só que mais alto e com barriga de chope.

Ruborizei da cabeça aos pés.

— Não teve nada que convencer, foi seu pedido de aniversário. A gente prometeu que ia vir assim que acabassem as aulas, não é? — ele disse, bagunçando o cabelo da Raíssa.

O cabelo dela!

Estava diferente, com uma iluminação em tom de mel e os fios mais curtos. Ela estava *linda*. Eu queria dizer isso, mas a presença do seu pai me inibiu.

Ele estendeu a mão para mim.

— Tudo bem com você, Ayla?

Apertei sua mão, me sentindo mais nervosa do que jamais tinha me sentido. Mais até do que quando conheci o "Leo".

— Ay, esse é meu pai, Felipe. Pai, essa é a Ayla.

Ela não fez nenhum comentário como "minha amiga", "minha namorada", nem nada do tipo, e fiquei curiosa para saber o que tinha dito para ele. Sabia que o pai dela tinha aceitado superbem sua sexualidade, mas daí a já apresentar a namorada?

E do que diabos eu devia chamá-lo?

Seu Felipe? Sogrão? *Tio?*

— Oi, tudo bom? — falei apenas, evitando qualquer vocativo.

A única coisa que me consolava era que a Raíssa parecia tão sem graça quanto eu.

— Bom, meninas, vou deixar vocês curtirem o dia. Tava só comprando um lanche. — Ele estendeu uma embalagem para viagem da lanchonete e se virou para a filha. — Qualquer coisa me liga, tá?

— Pode deixar. — Raíssa pulou no pescoço do pai e o abraçou. — Brigadão, pai.

Quando eles se separaram, o pai dela acenou para mim e para Vick e Drica, que estavam mais atrás de nós.

— Prazer te conhecer, Ayla. — E então seguiu em direção a um carro estacionado ali na frente.

Quando ele deu partida e foi embora, eu voltei a abraçá-la.

— Ah, meu Deus, eu não acredito que você tá aqui! E você tá linda, seu cabelo tá lindo, meu Deus, que saudade eu tava! — Apertei-a contra mim, sentindo seu calor e ouvindo novamente a risada dela em meu ouvido.

Eu podia me acostumar a esse som.

— Fico feliz em saber que suas amigas são ótimas em manter segredo.

Desfazendo o abraço a muito custo, eu me virei para Drica e Vick e encontrei as duas sorrindo para nós.

— Eu sabia que vocês estavam aprontando alguma!

Elas deram de ombros.

— Eu ainda quero ver um filme aqui pra descobrir qual é a graça, mas por hoje a gente veio só cumprir a missão de te trazer até a Raíssa. Não se acostuma — disse Vick, estreitando os olhos.

Eu não me contive e puxei as duas pelo pescoço. Eu estava muito fã de abraços hoje.

— Vocês são maravilhosas, obrigada.

— Ai, Ayla, tá me enforcando — reclamou Vick, com aquele jeitão meio frio dela. Como se eu acreditasse nisso...

Quando finalmente fiquei a sós com a Raíssa, meu sorriso voltou a se alargar e eu segurei suas mãos.

— Eu não tô acreditando ainda. Tô achando que vou acordar a qualquer instante e descobrir que é tudo mentira.

Ela riu e me puxou para a sala do cinema. Ray já estava com os dois ingressos em mãos. Àquela hora, a sessão ainda estava vazia.

— Não é, eu juro. Pedi pro meu pai de presente de aniversário.

— Mas seu aniversário foi em setembro! Faz dois meses!

Ela deu uma risadinha.

— Não foi fácil guardar esse segredo — admitiu. — Mas valeu muito a pena ver a sua carinha de surpresa. Você deveria era agradecer a Gabi e o Leo, foram eles que tiveram a ideia.

Ela entregou o ingresso ao funcionário na porta da sala do cinema.

— Com certeza vou agradecer. E muito! Inclusive, em retribuição, posso até dar uma de cupido pros dois!

Raíssa riu.

— Eu fico tentando tirar alguma informação do Leo, se ele gosta dela e tal, mas ele é *muito* difícil, meu Deus! Vive desconversando. Isso pra mim é o mais suspeito, porque o Leo nunca foi tão fechado sobre nada.

Apontei para ela, como se tivesse acabado de fazer uma grande descoberta.

— Rá! Isso é uma pista importante, amor. *Com certeza* ele gosta dela também. Vamos ter que pensar em como resolver esse problema.

Quando escolhemos as poltronas, num canto da sala, e sentamos uma do lado da outra, a Ray disse:

— Mas pode ser depois? Agora eu queria curtir você.

Senti minhas bochechas corarem completamente.

— Tô muito feliz que você tá aqui. — Eu estava me sentindo uma manteiga derretida de tão feliz. Segurei sua mão e entrelacei nossos dedos. — Me diz uma coisa: o seu pai... Ele sabe? De mim, quer dizer.

— Sabe, claro.

— Ai, que vergonha. — Escondi o rosto com a mão livre, mas logo senti os dedos da Ray agarrando meu pulso.

— Que vergonha o quê! — disse ela, meio rindo. — Meu pai é ótimo. Aposto que ele vai falar de você por uma semana.

— *Bem*, eu espero.

— Não tem nem como falar mal de você.

— Você é muito exagerada. E eu tô *muito* feliz de você estar sendo exagerada aqui na minha frente. Pensei que esse dia ia demorar uma eternidade pra acontecer.

Ela riu junto comigo.

— Eu também. Mas meu pai é um anjo!

— E a sua mãe?

Ela soltou um suspiro.

— Ainda tá fingindo que nada mudou, mas... eu tô aqui, né? Tô tentando me manter otimista.

Eu fiz carinho na mão dela, tentando consolá-la.

— Ela podia ter te impedido de vir. Mas não fez isso. Tenho certeza de que as coisas vão melhorar. — Então, quando o silêncio recaiu entre nós, eu acrescentei: — Mas o importante é que você está aqui. Do meu lado! — Abri um sorriso, feliz. — E o seu fim de semana é meu, né? O fim de semana todinho?

Ela apertou minha mão na hora em que as luzes se apagaram.

— A vida inteirinha se quiser.

Sorri para ela, meu corpo inteiro irradiando felicidade. Eu nunca tinha me sentido tão inteira, tão completa quanto me sentia desde aquele final de semana, mais de dois meses atrás, quando a Ray mudou completamente minha vida.

Mas ali, do lado dela, era como se esse sentimento de completude triplicasse. Estávamos mais conectadas agora, lado a lado, do que jamais estivemos antes.

Com a mão livre, puxei seu rosto para perto do meu, ansiosa para sentir sua boca na minha de novo. Ela me deu um selinho, então outro, e na terceira vez eu deslizei a mão até a sua nuca e não deixei que se afastasse de novo.

Nós só tínhamos quarenta e oito horas para recuperar aqueles dois meses separadas e os próximos tantos que viriam depois que ela fosse embora.

Mas eu não queria pensar em nenhum desses momentos, exceto o ali e agora.

E ali e agora, eu pretendia fazer com que cada segundo ao lado dela valesse a pena.

Agradecimentos

A cada começo de história, sinto como se fosse a primeira vez. Com o tempo, a gente vai pegando certas manhas, ficando calejada, aprendendo a nossa forma ideal de trabalhar — mesmo assim, escrever um livro novo é sempre uma incógnita. Quando eu comecei *Conectadas*, nunca imaginei que essa história ia mexer comigo de tantas maneiras e mudar tanto a minha vida. E eu acho que devo começar agradecendo a mim mesma por não ter desistido, mesmo quando a vida ameaçava me devorar.

Agradeço à minha mãe, Glícia, por ser, hoje e sempre, a pessoa que mais acredita em mim. Obrigada por ter me soterrado de livros, por ter estimulado minha fome de conhecimento, por ter tido orgulho de mim e me incentivado a seguir com um sonho que parecia impossível. Você é a minha força, o meu exemplo e a minha maior inspiração.

Um imenso obrigada à Alba, minha agente, por me fazer crescer como autora a cada livro que construímos juntas, por ser uma mulher que eu admiro tanto e, principalmente, por embarcar comigo nessa loucura de escrever um livro em dois meses! Às agentes superpoderosas da Increasy: Guta, Mari e Grazi, vocês são maravilhosas!

Obrigada a toda a equipe da Seguinte por dar essa oportunidade de ouro para mim e para a história da Ray e da Ayla, e por todo o trabalho sensacional que vocês fizeram editando, revisando, lapidando esse livro. Nathália, sem você e seu olhar afiado, *Conectadas* não teria ficado tão incrível. Antonio, Gabriela, Diana, Sofia, diagramadores, designers, revisores: obrigada! Graças a vocês, pude realizar o grande sonho da minha vida.

Às melhores amigas-betas-tietes que alguém pode ter: Agatha e Júlia, obrigada por sempre acreditarem em mim — mesmo quando eu não acreditava. Vocês me dão forças para continuar todos os dias. Às minhas irmãs de agência, em especial Lola e Thaís, obrigada pelos sprints, pelos chicotes, pelas palavras de motivação. Eu nunca teria terminado esse livro sem vocês!

Um agradecimento mais que especial ao João, por ter me ensinado tanto sobre games e ter sido a maior inspiração para este livro. Todo o apoio que você me deu e continua me dando é o que me dá forças para lutar sempre.

Obrigada à minha família (de sangue e de coração) por se orgulhar tanto e me motivar a ser a melhor versão de mim mesma, todos os dias. Aos meus amigos, que acompanham e vibram pela minha trajetória on e off-line. Amo vocês!

Não posso também deixar de agradecer a todos os leitores que me acompanham, torcem por mim e fazem eu me sentir tão amada. Sem vocês, eu provavelmente já teria desistido há muito tempo! Toda vez que bate a insegurança, vocês estão prontos para me dar todo o amor do mundo, e eu não poderia ser mais grata.

Espero que vocês tenham se sentido tão conectados com essa história quanto eu. Que o amor da Ray e da Ayla aqueça o coração de vocês e mostre a todos que ser livre e verdadeiro consigo mesmo é o primeiro grande passo para a felicidade!

Com amor,
Clara

Entrevista com a autora

1. Como surgiu a ideia do livro?

Acho que a ideia inicial veio por causa dos fakes do Orkut. Pra quem não sabe (tô me sentindo velha tendo que explicar isso, haha), no finado Orkut, a rede social mais badalada antes do Facebook, existia toda uma comunidade de pessoas que criavam perfis falsos e interagiam como se fossem personagens. Só que muitos dos perfis masculinos eram, na verdade, administrados por garotas. Vários casais que se formavam, depois de um tempo, revelavam seus perfis reais, mas acontecia bastante de as meninas continuarem mentindo por medo de contar a verdade.

Como não existem mais fakes e o Orkut, tive que repensar a forma como a Ayla e a Raíssa iam se conhecer. Quem me inspirou a trazer essa história pros games foi meu ex-namorado. Durante seis anos, acompanhei muito dos jogos que ele gostava, conheci amigos que ele fez on-line, ouvia as histórias e lia os livros baseados naqueles universos, então a ideia veio fácil.

2. Você já teve amigos virtuais que nunca encontrou, ou nunca achou que fosse encontrar?

Nossa, muitos! Na época dos fakes, conheci muita gente na internet e a maioria nunca encontrei pessoalmente. Alguns acabei conhecendo anos depois. Também fiz vários amigos publicando no Orkut e no

Wattpad, leitores e autores, e muitos deles fazem parte do meu círculo de amizades até hoje.

3. Se você fosse participar de um concurso como o do livro, que cosplay você faria?

Nossa, essa é uma pergunta MUITO difícil, especialmente para uma libriana. Eu sempre sonhei em fazer cosplay de Lilimon e de Angewomon, do Digimon. Mas recentemente adicionei a Mikasa Ackerman, de *Attack on Titan*, à minha lista.

4. Além de Feéricos, Raíssa e Ayla se aproximam muito através dos livros e filmes que compartilham. Quais são as histórias que alguém precisaria ler ou assistir para te conhecer?

Harry Potter e A Mediadora são a base de tudo que sou hoje, então acho que, se tiver lido as duas séries, a pessoa já me conhece muito bem. Mas eu também sou a louca do romance — de *Bonequinha de luxo* a *Orgulho e preconceito* a *Com amor, Simon* — e dos dramas coreanos e animes. Bem eclética, né? Haha!

5. Você faz anotações em livros? Já trocou livros anotados com alguém?

Nunca! Tenho dó até de dobrar o cantinho da página. Mas eu amaria trocar livros com alguém.

6. Ayla fala que se interessou por Feéricos porque o universo do jogo a afastava dos problemas da vida real e permitia que ela fosse quem quisesse. O que você faz quando precisa de uma pausa do mundo real? Que atividades te trazem esse conforto?

Os dramas coreanos têm me trazido muito desse conforto ultimamente, sobretudo depois que comecei a trabalhar com livros (tem sido mais difícil ler por lazer desde então). Mas o que mais me ajuda a recarregar as energias é viajar. Eu amo de paixão, me sinto outra pessoa, mesmo que tenha sido só um final de semana. Infelizmente, é mais fácil ver série do que viajar, haha.

7. Tanto Ayla quanto Raíssa sentem pressão para esconder partes de si mesmas. O que você gostaria de dizer para as pessoas que sentem que precisam esconder quem elas são?

Você é incrível! Lembre-se disso todos os dias. *Diga* isso para si mesmo todos os dias. E eu sei que o mundo nem sempre permite que sejamos quem queremos ser, e que muitas vezes temos medo de assumir aquilo que faz parte de quem somos, mas sempre existirão pessoas que vão nos amar do jeitinho que somos. Permita que elas te enxerguem. Aceite a mão que elas estendem para você. Tudo fica mais fácil quando temos uma rede de apoio. E faça terapia! Por mais fundamental que seja ter amigos e se abrir com os outros, a terapia é um olhar profissional muito diferente. Ela nos ajuda a enxergar nossos medos e inseguranças e a lidar com eles, a nos sentir mais confiantes com o mundo e, principalmente, a nos amar. Mesmo que o mundo nem sempre facilite as coisas para nós.

8. Você começou publicando seus textos na internet, e este é seu primeiro livro lançado por uma editora tradicional. Que diferenças você sentiu em cada formato?

Eu acho que a mais impactante foi ter que terminar um livro inteiro antes de mostrar para o mundo. Foi muito difícil! A gente se acostuma a ter a opinião do leitor ali, capítulo por capítulo. É uma segurança. Além disso, você não precisa se preocupar tanto com tamanho, em seguir uma estrutura, você só vai escrevendo e dando corda para os personagens.

Desde que comecei a publicar livros digitais na Amazon, já senti uma diferença. Os leitores da Amazon focam mais no conjunto, veem o todo, e avaliam o livro de uma forma diferente dos comentários das plataformas gratuitas. Além disso, tem um investimento que você faz, com criação de capa, revisão, diagramação, então você também espera um retorno financeiro que, pelo menos, compense o que você gastou.

No formato físico, a estrutura tem que ser pensada de outra forma. A gente pensa no tamanho, porque não quer que o livro fique caro; pensa no começo instigante, que tem que atrair caso a pessoa abra na livraria antes de decidir se compra. Fora que você precisa aprender a desapegar do texto, aprender que ele não é só seu. Isso já se tornou mais fácil para mim desde que comecei a trabalhar com uma agência literária, mas com uma editora isso vai muito além do trabalho entre mim e a agente. As decisões não são mais só minhas, quem coordena tudo não sou eu. E dá um medinho pensar que dessa vez vou atingir um público muito maior sem ter nem uma palinha do que eles podem achar!

9. Qual é a sua formação, e quando decidiu que queria ser escritora?

Eu sou formada em jornalismo, mas queria ser escritora desde criança. Foi muito difícil decidir meu curso superior, porque não existia faculdade para isso. Achei que jornalismo era para mim, por gostar de ler e escrever, mas acabei me decepcionando muito. Felizmente a faculdade acabou me ajudando a entrar no mercado editorial, e hoje trabalho como assistente editorial, que é algo que também amo fazer.

10. Que dica você dá para quem quer ser escritor?

Pare de glamourizar a profissão do escritor. Eu sei que todo mundo sonha em viver de escrita, virar *best-seller* e influenciar muita gente com as coisas que escreve, mas infelizmente essa não é a realidade da maioria dos escritores no Brasil. As coisas não acontecem da noite para o dia. Você tem que batalhar muito, aprender sobre o mercado, procurar profissionais que possam te ajudar a crescer como escritor (leitores críticos, agentes literários etc.), melhorar seus textos, ler pra caramba e entender que críticas, assim como receber um "não", fazem parte. O quanto você tira disso é que vai te impulsionar adiante.

Além disso, muita gente foca na publicação tradicional, que é uma das mais difíceis de conseguir, e esquece que existem muitas outras formas de começar! As plataformas de publicação on-line têm sido fundamentais na formação de novos escritores e têm ajudado muita gente a conquistar público e chamar a atenção de grandes editoras. Talvez valha a pena pesquisar mais sobre elas e começar por aí. Tudo depende muito do que se encaixa no seu estilo.

11. Se você pudesse mandar uma mensagem para a Clara adolescente, o que diria?

Ahh, eu poderia dizer tanta coisa pra Clara adolescente, mas acho que ela nunca me ouviria. Ela se achava muito inteligente, sabe-tudo. Achava que ninguém a compreendia. É muito difícil enxergar certas coisas quando você tá perdida dentro de si mesma. Mas acho que, se eu pudesse, eu seria a mão que a tiraria do casulo em que ela estava e a ajudaria a ver o mundo de verdade. A viver as coisas que ela precisava viver para enxergar as coisas de outra forma.

12. Para quem gostou de *Conectadas*, que outros livros você indica?

Com amor, Simon e *Leah fora de sintonia*, da Becky Albertalli; *Quinze dias* e *Um milhão de finais felizes*, do Vitor Martins; *Tash e Tolstói*, da Kathryn Ormsbee; *Amor plus size*, da Larissa Siriani; *Quando tudo ruir*, da Lola Salgado; *Todo dia*, do David Levithan; *Para todos os garotos que já amei*, da Jenny Han; *Céu sem estrelas*, da Iris Figueiredo. São muitos livros incríveis!

13. Se as pessoas quiserem te seguir nas redes sociais, onde elas podem te encontrar?

As redes que eu uso com mais frequência são o Twitter (@altaexposicao) e o Instagram (@claraalvesg). Podem me adicionar no Facebook também (Clara Alves), mas quase não fico mais por lá.

1ª EDIÇÃO [2022] 11 reimpressões

ESTA OBRA FOI COMPOSTA PELO SETE EM BEMBO E IMPRESSA
PELA GRÁFICA BARTIRA EM OFSETE SOBRE PAPEL PÓLEN SOFT DA
SUZANO S.A. PARA A EDITORA SCHWARCZ EM ABRIL DE 2022

A marca FSC® é a garantia de que a madeira utilizada na fabricação do papel deste livro provém de florestas que foram gerenciadas de maneira ambientalmente correta, socialmente justa e economicamente viável, além de outras fontes de origem controlada.